국어시간에 소설읽기 3

국어시간에 소설읽기 3

전국국어교사모임 엮음

Humanist

국어 시간에 가장 많이 읽는 책

전국국어교사모임은 신나고 재미있는 국어 수업을 만들기 위해 20년이 넘게 애써 왔습니다. 특히, 중·고등학생들이 읽을 만한 책이 없는 상황에서 학생들이 즐겨 읽을 수 있는 책들을 펴내 청소년 문학에 새바람을 불러일으켰습니다. 학생들의 눈높이를 가장 잘 알고 있는 현장의 국어 선생님들이 엮은 '국어시간에 읽기' 시리즈는 학생들의 관심과 흥미를 살폈을 뿐 아니라, 학생들의 삶이나 현실과 맞닿아 있어 공감을 끌어낼 수 있었습니다.

우리 모임에서 청소년 문학으로 낸 첫 번째 책은 김은형 선생님이 수업에 활용했던 소설을 모아 엮은《국어시간에 소설읽기 1》입니다. 이 책은 나오자마자 청소년 문학 베스트셀러가 되었습니다. 학생들의 눈높이에 맞는 책인지라 수업 시간에 가장 많이 읽는 책이 되었으며, 여러 권위 있는 단체에서 '중학생이 읽기 좋은 책', '중학생에게 읽기를 권장하는 책'으로 뽑았습니다. 우리는 이어서《국어시간에 시읽기》,《국어시간에 생활글읽기》등을 차례로 펴냈고, 그 책들은 모두 현장 국어 교사들이 수업에 적극 활용하는 책이면서 학생들이 즐겨 읽는 책으로 자리 잡았습니다. 이후 아이들에게 더 많은 읽을거리를 제공하고 싶다는 바람으로 《국어시간에 세계단편소설읽기》, 《국어시간에 세계시읽기》, 《국어시간에 세계희곡읽기》 같은 세계 문학 선집도 엮게 되었습니다. 이 모든 읽을거리가 청소년들의 삶을 더욱 풍성하게 하고, 청소년들의 생각을 더 크고 넓게 해 줄 거라 믿습니다.

'국어시간에 읽기' 시리즈는 학생들에게 읽기의 즐거움을 맛보게 해 준 책입니다. 또한 청소년 문학 시장에 다양한 분야의 책이 나올 수 있도록 마중물 역할을 하였습니다.

'국어시간에 읽기' 시리즈를 통해 학생들이 세상을 이해하고 세상 속으로 한 걸음 나아가기를 기대합니다. 또한 우리 주변의 진솔한 삶의 이야기, 그 속에 숨어 있는 보석 같은 깨달음이 여러분과 함께하기를 바랍니다.

이 책들이 모든 사람에게 오래도록 사랑받기를 바랍니다.

전국국어교사모임

| 여는 글 |

소설로 차린 맛있는 밥상

아이들과 같이 책을 읽으려면 이것저것 준비할 것이 많습니다. 수준과 요구가 제각각인 아이들에게 맞는 책을 딱 고르기도 쉽지 않습니다. 그래서 올해는 각자 가방에 책 한 권씩을 가지고 다니라고 했고, 국어 시간에 그걸 챙겨 주기로 했습니다. "가방에 책 한 권!" 외치고 시작하는 국어 시간, 아이들은 참으로 다르면서도 획일적인 책을 가져왔습니다. 매스컴을 오르내렸던 몇 권의 베스트셀러와 집에서 굴러다니는 오래된 책들로 요약할 수 있는, 우리 아이들의 밥상은 패스트푸드를 닮아 있었습니다.

우리는 우리 손으로 밥상을 차려 아이들을 앉히고 싶었습니다. 아이들이 저절로 수저를 들고 맛보게 하고 싶었습니다. 그러기 위해서 책을 고르는 일은 음식의 간을 보는 일과도 같은 작업이었습니다. 반 전체가 대체로 행복하게 재미있게 읽을 수 있고, 나아가 인간과 세상을 돌아보는 눈길을 담은 소설 찾기!

세 사람이 고른 소설은 조금씩 맛이 달랐습니다. 아이들의 정서를 담은 것에서부터 그 아이들의 진솔한 삶을 담은 작품이 있는 반면, 반짝하는 힘을 가진 단편소설의 미학을 맛볼 수 있는 작품도 있고, 나와 내 주변을 성찰하고 감동을 얻을 소설도 있었습니다. 우리는 이런 다양성이 소설이라는 밥상의 맛을 풍성하게 한다고 생각했습니다. 한 상 차려 놓고 아이들을 풀어 놓는 일, 그래서 아이들이 각자의 마음을 건드린 책들과 조금씩 다 다르게 만나는 일, 그런 풍경을 바랍니다.

교실에서 아이들과 같이 읽고, 이야기하고 싶은 것들은 '생각해 보기'와 '더 읽어 보기'에 담았습니다. 책은 저 혼자 존재하는 것이 아니라, 책을 읽는 '나'에게 다가와 새롭게 태어나는 것입니다. '생각해 보기'에서 함께 나누고 싶은 주제들을 문제로 담다 보니, 결국 읽은 사람 자신의 문제를 풀어내는 쓰기가 많아졌습니다. 정답을 찾으려 하지 말고 자신의 답을 생각하고 글로 써 보기 바랍니다. '더 읽어 보기'에서는 주제에 관련된 책들을 몇 권 더 소개했습니다. 이 책에 담긴 소설들을 디딤돌로 삼아서 소설 읽는 재미를 경험했으면 좋겠습니다. 나아가 스스로 책을 찾아 읽게 하는 힘을 기르는 것, 이것이 소설을 고른 세 사람의 마음입니다.

소박한 밥상을 염두에 두었는데 제법 풍성하게 밥상이 차려졌습니다. 달콤하면서 삼삼하고, 씹는 맛도 있으며 입안에 맛이 오래 남는 그런 밥상이었으면 합니다. 마지막으로, 읽는 행복을 안겨 준 이 소설의 작가들에게 고마움을 전합니다.

서미선, 이민수, 정윤혜

차례

불균형

우오즈미 나오코

살아가기 위해서는 작전이 필요해.

우선 남의 기분을 맞추지 말 것. 즉, 쿨하게 살아가는 거다.

따라서 이제 친구를 사귀지 않는 거다. 눈에 띄지 않도록, 그렇지만 내 주위 사람들에게 맞추지 않고 나 좋을 대로 살아가는 것, 이것이 작전이다.

나는, 다리 바로 앞에서 멈춰 섰다.

작은 다리. 폭도 좁고 길이도 오 미터가 채 안 되는. 다리 밑은 근처의 주택가를 누비듯이 흐르는 도브 강.

밤 아홉 시가 넘은 시각. 부슬부슬 안개비가 내리고 있었다.

편의점에 갔다가 집으로 돌아오는 중이었다.

좀 전까지 침대에서 뒹굴며 잡지에 실린 양과자 특집 기사를 멍하니 보고 있었다. 그러다 보니 슈크림 빵이 굉장히 먹고 싶어졌다. 아파트를 나와서야 안개비가 내리는 걸 알았다. 하지만 우산을 가지러 되돌아가는 게 귀찮아서 편의점까지 지름길로 달려갔다. 그리고 집으로 돌아오는 길, 다리를 막 건너려던 참이었다.

마침, 차 한 대가 스치듯 다리를 지나갔다. 캄캄하던 주위가 전조등 빛으로 밝아졌다.

그 순간!

다리 한가운데 난간에 몸을 딱 붙이고 서서 강을 바라보는 사람의 윤곽이 드러났다.

초록색 원피스에 초록색 머리.

(초록아줌마!)

나는 멈춰 서서 숨을 죽였다. 그리고 곧장 그 사람 뒤로 다가갔다.

(자, 어서 원하는 걸 말해.)

등으로 스윽, 손을 뻗었다.

(자, 어서 원하는 걸.)

하지만 아무것도 떠오르지 않았다.

그러다가 입에서 제멋대로 말이 튀어나왔다.

"도와줘!"

…… 도와줘? 내가 뭐라고 한 거지?

"어머?"

여자가 깜짝 놀란 얼굴로 나를 돌아보았다.

나도 놀라 내밀었던 손을 도로 내렸다.

초록아줌마가 아니다. 젊은 여자다. 이십대 후반 정도 되었을까?

게다가 자세히 보니 옷도 초록색이 아니라 노란색 비옷이다.

어째서 초록색으로 보였지? 내 눈이 어떻게 되었나? 초록색으로 보였던 머리도 자세히 보니 비옷과 같은 노란색이었고, 차양이 좁은 모자를 쓴 거였다.

창피해서 얼굴이 빨갛게 확 달아올랐다.

"미안합니다."

서둘러 여자 옆을 지나갔다.

"잠깐."

여자가 나를 불러 세웠다.

"너 지금 도와 달라고 하지 않았니?"

"미안합니다."

나는 돌아보면서 다시 한 번 말했다.

"정말 괜찮아? 무슨 일 있었니?"

"저기……, 제가 왜 도와 달라고 했는지 잘 모르겠어요. 그러니까 괜찮아요."

나는 횡설수설했다. 여자는 물기 어린 신비한 눈으로 나를 지그시 바라보았다.

당황한 나는 아파트까지 단숨에 뛰었다.

'초록아줌마' 이야기는 지금 내가 다니는 중학교에 파다하게 퍼져 있다.

머리카락을 초록색으로 물들이고 온몸에 초록색 옷을 걸친 중년 여자가 출몰한다는 이야기.

며칠 전에도 우리 반 여자아이가 해질 무렵 학원으로 가다가 국도변에 있는 '팅커벨'이라는 카페 앞에서 초록아줌마를 봤다고 해서 한바탕 소동이 났었다.

그때 초록아줌마는 초록색으로 물들인 머리에, 초록색 폴로셔츠와 치마를 입고, 초록색 긴 양말까지 신고 있었다고 했다.

이 초록아줌마 이야기는 우리 반에서만 떠돌고 있는 게 아니었다. 2학년뿐만 아니라 1학년과 3학년을 포함한 학교 전체에서 유행하고 있다.

그리고 이 초록아줌마에겐 언제부턴가 이런 이야기가 따라다녔다. 초록아줌마의 초록색 부분, 말하자면 머리와 옷을 만지면서 소원을 빌면 그 소원이 반드시 이루어진다는 이야기.

하지만 나는 쭉 이 이야기를 무시해 왔다.

"소원을 말할 수가 없었어!"

카페 앞에서 초록아줌마를 봤다는 여자아이가 정말 억울하다는 듯이 이야기하는 걸 들었을 때도 바보 같다고만 생각했다.

많은 사람들이 봤다고 하니까 머리를 초록색으로 염색하고 초록색 옷을 좋아하는 이상한 취향의 아줌마가 이 근처에 사는 것이 사실일지도 모른다. 하지만 그 아줌마를 만지면서 소원을 말하면 그게 이루어진다니, 말도 안 된다.

그런데 다리에서 그 여자를 보았을 때, 나는 눈곱만큼의 의심도 없이 바로 초록아줌마라고 생각했다.

게다가 필사적으로 소원을 생각했고, 도와 달라고 말해 버렸다.

정말이지 어떻게 됐었나 보다.

하지만 내가 도와 달라고 한 의미를 생각하는 건 관두자. 어둡고 깊은 강물 밑바닥을 들여다보는, 그런 기분이 들기 때문이다.

나의 작전은 '쿨!'이다.

특히 학교라는 세계에서 살아가기 위해서는 쿨한 게 아주 중요하다고 생각한다.

중학교에 들어오기 전에 두 가지 원칙을 정했다.

첫째, 쿨하게 살아간다.

둘째, 친구를 사귀지 않는다.

2학년이 된 지금까지 그럭저럭 잘해 온 것 같다. 원칙대로 친구는 한 명도 사귀지 않았다. 나름대로 쿨하게 살아갈 작정이다.

왜 이렇게 결심했느냐고?

그건 초등학교 5, 6학년 시절이 아무리 지우려 해도 지워지지 않기 때문에. 아니 좀 더 정확하게 말하면 너무나 비참했기 때문에.

정말이지 그 시절은 내 십사 년 팔 개월의 인생에서 가장 비참한 시간이었다. 두 번 다시는 그런 시간을 보내고 싶지 않다.

나는 어릴 때부터 다른 사람의 기분을 잘 맞추는 편이었다. 주위 사람들을 웃기기 위해서 지나치게 신경을 썼다.

분위기가 어색하면 무슨 말이든 해서 사람들을 웃겨야 한다고 생각했고, 조용한 분위기에서는 먼저 말을 꺼냈다.

하지만 그렇게 해서 잘 지낸 건 초등학교 4학년 때까지이다.

5학년으로 올라가면서 반이 바뀌었다. 4학년 때까지 친했던 친구들과는 다른 반이 되었다.

5학년이 되어 맨 처음 자리를 배정받았을 때, 내 뒷자리에는 사토 유카리라는 마르고 피부가 하얀 아이가 앉았다. 유카리는 만화를 잘 그렸다.

"있잖아, 여기다 만화 좀 그려 줄래, 응?"

나는 내 국어 공책 맨 뒷장을 펼치곤 큰 소리로 유카리에게 말했다.

"어머 너, 굉장히 잘 그린다. 나중에 분명 만화가가 될 거야."

솔직히 말하면, 나중에 분명 만화가가 될 정도로 유카리가 만화를 잘 그린다고, 진심으로 생각한 건 아니었다.

침몰해 가는 배에서 구조를 기다리고 있는 듯한 새 학기의 분위기가 싫었다. 분위기를 띄우려고 비위를 좀 맞추었을 뿐이다.

게다가 우리 반에 4학년 때까지 친했던 친구가 하나도 없던

나로서는 한시라도 빨리 '친한 친구'를 만들고 싶었다. 유카리는 얌전해 보였고 내 이야기를 잘 들어 줄 것 같아 친구가 되면 좋겠다고 생각했다.

유카리는 내 국어 공책에 만화를 그려 주었다.

맨 처음엔 꽃다발을 안은 여자아이 그림. 다음 날은 개를 데리고 있는 여자아이 그림. 그 다음 날은 파티 드레스를 입고 하이힐을 신은 여자아이 그림. 나는 그림을 그려 달라며 날마다 유카리에게 공책을 내밀었다.

나와 유카리 둘레에 앉은 여학생들은 이 사실을 알고 있었다. 때때로 내 국어 공책을 돌려 보기도 했다.

얼마 안 있어 몇몇 여학생들이 내게 다가왔다.

"우리도 그 공책에 만화 그려도 돼?"

다들 만화를 잘 그리거나 좋아하는 아이들이었다.

왜 자기 공책에 그리지 않고 내 국어 공책에 그리고 싶어 하는지 의아했다.

그 아이들은 저희들 멋대로 내 국어 공책을 '전람회'라고 불렀다. 내 공책에 그리는 게 재미있었던 것 같았다.

'전람회'를 가지고 있던 나로서는 기쁜 일이었다. 거절할 이유가 없었으므로, 그러겠다는 아이가 오면 그리게 했다.

하지만 얼마 가지 않아 난처한 일이 생겼다. 한 학기가 반도 지나지 않았는데 국어 공책을 다 쓰고 만 것이다.

앞쪽은 수업용으로 쓰고 뒤쪽은 '전람회'용으로 썼는데, 얼마 안 쓴 수업용 쪽과 뒤쪽 만화가 맞부딪치고 말았다.

"이제 다른 공책으로 하자. 이번엔 유카리 공책이 어때? 아니면 에미나 케이코 공책으로 하면 어떨까?"

내가 이렇게 제안했지만 바로 반대에 부딪쳤다.

"다른 애 공책은 '전람회'가 아니잖아."

그리고 그날도 또 에미가 내 공책을 찾았다.

"공책 가져갈게."

나는 거절할 수가 없었다.

"이제 더 이상 그릴 데가 없으니까 가장자리에 그려."

다음 날, 공책에는 수업 시간에 필기한 내용 위로 커플 옷을 입은 여자와 남자 그림이 사인펜으로 그려져 있었다.

화가 났다.

에미 책상에 가서 공책을 탁탁 두드리며 소리쳤다.

"무슨 짓이야!"

유카리는 내 편을 들어주지 않았다. 나를 '독재자'라고 부르는 에미와 케이코 편이 되었다. 엄청난 충격이었다.

"독재자는 결국 혼자가 되지. 이건 자업자득이야."

우리 반의 다른 아이들은 에미 일당이 하는 말만 단순히 믿고는 보고도 못 본 척했다. 진실을 물어보는 아이는 아무도 없었다.

외톨이가 되었다.

처음엔 무척 화가 났다. 그래서 에미 일당이 소곤소곤 욕하는 것을 들어도 그다지 마음이 쓰이지 않았다. 내가 잘못한 게 아니니까 언젠가 꼭 저 애들이 사과할 거라고 굳게 믿었다.

만약 에미와 케이코가 사과하러 오지 않아도 유카리만은 내게 올 거라고 생각했다.

하지만 한 달이 지나도록 아무도 사과하러 오지 않았다. 사과는커녕 가장 심하게 나를 따돌리는 건 에미도 케이코도 아닌 유카리였다.

나는 선생님한테 말하지 않았다. 말해 봐야 소용없다. 고자질했다고 더욱더 무시당할 뿐이다.

식구들에게도 말하지 않았다. 엄마는 그 무렵 시간제로 일하다가 정직원이 되어 몹시 긴장하고 있었다. 그런 엄마에게 마음을 털어놓기란 어려웠다. 세 살 아래인 남동생은 너무 어렸고, 아버지는 원래부터 늦게 오시고 토요일도 골프 치러 가거나 골프 연습을 하거나 아니면 잠을 잤다.

따돌림을 당하는 건 아주 비참하다. 이 사실을 절대로 말하고 싶지 않았다.

어쨌든 이 상태로 그 애들이 싫증 낼 때까지 어떻게든 내버려 두려고 했다.

하지만 그 애들은 싫증 내지 않았다, 당연히.

상황이 점점 심각해졌다.

내가 혼자서 가만히 참고 있는 동안에, 유카리 일당뿐만 아니라 반 여학생 전체가 나를 무시하는 분위기가 되었다.

학교를 결석하지는 않았다.

누구 하나 내 말을 들어 주지 않아도 선생님이 눈치채지 못해도 아무렇지도 않은 얼굴을 했다.

하루라도 학교를 안 가면 필사적으로 버티고 있는 내 몸이 쩍, 하고 금이 가서 산산이 부서질 것 같은 기분이 들었다.

6학년이 되었을 때도 반은 바뀌지 않았다. 5학년 때의 상태는 졸업 때까지 이어졌다.

중학생이 되기 전 봄방학 때 우리 집은 이사를 했다.

부모님은 내가 따돌림 당한 사실을 끝내 몰랐다. 그러나 나 때문에 이사한 건 아니다.

그때까지 살던 전세 아파트를 떠나 새 아파트를 샀기 때문이었다.

새 아파트는 넓고 고급스러웠다. 나와 내 동생은 저마다 방이 생겼다.

이사한 첫날 저녁을 먹으면서 건배를 했다.

"이사하느라 애썼어요."

엄마는 기분이 좋아 가장 높이 잔을 들었다.

"이리로 이사 올 수 있었던 건 나뿐 아니라 당신도 아침부터 밤까지 열심히 일해 준 덕분이에요. 정말 고마워요."

아버지는 건조한 말투로 말했다.

"어머, 난 내가 좋아서 일을 할 뿐이에요."

엄마는 정말 쑥스러운 듯 몸을 굽히며 웃었다.

(이사, 만세!)

나는 혼자서 마음속으로 축하했다.

진짜, 진짜, 기뻤다.

그 초등학교 출신 애들이 가는 중학교에 가지 않아도 된다. 같은 시내지만 학군이 다르니까 그 초등학교 출신 아이들이 있을 리가 없다.

나는 새 벽지에 둘러싸인 새 침대 위에서 날마다 생각했다.

중학교에 들어가면 다른 사람으로 새롭게 태어나자!

초등학교 때 나는 너무 나약했어.

힘껏 저항했다고 생각했지만 지금 돌이켜 보면 결국은 당하기만 한 거야.

초등학교 때의 일은 잊자. 그리고 다른 사람으로 새롭게 태어나자!

그러나 또 평소처럼 되면 금세 분위기를 타 버리게 될까 봐 두려웠다.

잘 생각해 보는 거야.

이 세상은 언제 어디서 무슨 일이 일어날지 모르잖아.

내가 정신 차리고 있다고 해서 잘되는 것도 아냐.

극단적인 이야기일지 모르지만 만약 내가 노인이 될 때까지 열심히 노력하고 착한 일만 하면서 산다 해도 백 살이 되는 생일에, 길을 지나가다 나쁜 사람에게 살해당할지도 모르는 거잖아.

살아가기 위해서는 작전이 필요해.

우선 남의 기분을 맞추지 말 것. 즉, 쿨하게 살아가는 거다.

따라서 이제 친구를 사귀지 않는 거다. 눈에 띄지 않도록, 그렇지만 내 주위 사람들에게 맞추지 않고 나 좋을 대로 살아가는 것, 이것이 작전이다.

그리고 중요한 포인트는 나는 이제 '당하는 쪽'이 아니라는 거다. 다시 말해서 나에게는 친구가 없는 게 아니다. 내가 친구를 만들지 않는 쪽을 택했다는 거다.

《불균형》(우리교육, 2004)

우오즈미 나오코魚住直子

일본 후쿠오카에서 태어나, 히로시마대학교 교육학부 심리학과를 졸업했습니다. 청소년의 심리 상태를 잘 드러낸 작품을 쓰는 작가로 유명합니다. 또한 아동문학 작품으로는 판타지 작품을 주로 썼습니다. 〈불균형〉으로 제36회 고단샤 아동문학 신인상을 수상했으며, 〈불균형〉은 2000년에 영화로 만들어지기도 했습니다.

:: 생각해 보기

1 주인공 '나'는 어릴 때부터 다른 사람의 기분을 잘 맞추는 편이고, 조용한 분위기에서는 먼저 말을 꺼내 다른 사람들에게 웃음을 주는 성격이었습니다. 이렇게 자신도 남을 배려했는데 오히려 상대방이 나를 얕잡아 보거나 무시하는 행동을 한 적이 있었나요? 소설 속의 '전람회' 사건처럼 사소한 시작이었지만 억울하고 속상한 일이 있었다면 이야기해 보세요.

2 소설 속 주인공 '나'는 따돌림을 당한 후 "쿨하게 살아간다, 더 이상 친구를 사귀지 않겠다."라는 원칙을 세우고 중학교 생활을 시작합니다. 이런 아이가 우리 반에 있다고 가정하고, 한 한기를 마치면서 롤링페이퍼를 써 준다면, 나는 그 친구에게 어떤 말을 써 주고 싶나요?

:: 더 읽어 보기

이 글은 〈불균형〉의 시작 부분입니다. 주인공이 과연 중학교에 올라가서 친구를 만들지 않고, 쿨함을 유지하며 학교생활을 해 나가는지 궁금하지 않으세요? 앞부분의 초록아줌마는 또 누구였을까요? 이후에 펼쳐지는 흥미진진한 이야기는 여러분 각자가 소설을 찾아 끝까지 다 읽어 보기 바랍니다. 주인공이 처음에 초록아줌마로 착각을 했던 젊은 여자, '사라'도 사실은 직장에서 '디자이너'로 인정을 받지 못해 좌절을 맛본 사람입니다. 주인공은 우연히 알게 된 사라 아줌마와 속내를 털어놓는 편안한 사이가 되면서 자신의 상처를 극복할 수 있는 힘이 생기지요. 쿨하기를 원하는 사람일수록 속마음은 그 누구보다도 진실한 소통을 원한다는 것, 상처를 가진 사람들이 만나 서로를 비추어 줄 때 어느덧 그 상처는 바람을 쐬고 햇볕을 만나 조금씩 아물고 있음을 느끼게 하는 소설입니다.

여학생들의 따돌림을 다룬 소설로 〈진실게임〉(아니카 투르, 물구나무)도 있습니다. 사비나와 화니는 커다란 가슴을 가지고 있어 늘 친구들에게 놀림을 받는 카린을 왕따시키고, 사비나를 화니에게 빼앗긴 노라는 카린에게 특별한 반감이 없지만 사비나와 화니가 벌이는 무서운 진실게임에 합류합니다. 남학생들은 이해하기 힘든, 여학생들의 질투와 부러움, 무시가 뒤얽혀 만들어지는 폭력, 이 책을 읽다 보면 사춘기 여학생들에게 친구 관계가 얼마나 중요한지 절실히 느끼게 됩니다.

그 밖에도 뚱뚱하니까 모두가 싫어할 거라는 생각 때문에 자신만의 울타리 안에 갇혀 있던 열여섯 소녀 에바가 남자 친구를 만나고, 새로운 친구를 사귀면서 조금씩 자신의 열등감을 벗게 되는 과정을 그린 〈씁쓸한 초콜릿〉(미리암 프레슬러, 낭기열라)도 재미있습니다. 중요한 것은 열등감 그 자체가 아니라, 그것에 짓눌려 마음의 문을 닫아 버리느냐 아니면 그것을 극복하고 자신을 새롭게 만나느냐에 달려 있음을 알게 하지요.

책장을 덮으면서 우리 주변 누군가의 얼굴이 떠오르면 좋겠습니다. 평소에는 눈길 한 번 제대로 주지 못하고 지나쳤지만 이 책들을 읽고 나니 조용히 이름을 불러 보고 싶은 친구, 어색하지만 다가가서 손을 내밀고 싶은 친구의 얼굴이 떠오른다면 정말 좋겠습니다. 책보다 소중한 건, 꽃보다 아름다운 건 바로 사람이니까, '이해'라는 내 마음 한 자락을 기다려온 한 친구일 테니까요.

라면은 멋있다

공선옥

술 취한 노인이 지나가며 야단을 친다. 열 받지만 할 수 없다. 연주 앞이지 않은가. 진희하고 있을 때라면 나는 틀림없이, 뭔데요? 정도는 했을 것이다. 그러면 대부분의 ‘꼰대’들은 슬금슬금 뒤꽁무니를 빼며 저쪽 밝은 쪽을 총총 멀어지는 것이다. 연주가 먼저 일어섰다.

연주가 일하는 햄버거 가게 앞에서 기다리는 시간은 좀 지루했다. 더구나 날씨마저 추웠다. 그러나 나는 가게 안으로 들어갈 수가 없었다. 돈이 없기 때문에, 아니, 돈을 아껴야 하기 때문이다. 돈을 아껴야 할 만큼 돈이 부족하니 하긴 돈이 없다는 말이 맞다. 연주는 이따금 흘깃흘깃 내가 서 있는 바깥쪽을 향하여 까치발을 하고 고개를 들어 올리곤 했다. 나는 그때마다 손가락으로 브이 자를 그려 보인다거나 어깨를 으쓱해 보인다거나, 그도 아니면 그냥 일부러 찻길을 바라봐 버리곤 했다. 연주가 안으로 들어오라고 하면 어쩌나, 불안한 마음이 들어서였다. 역시나, 연주는 일을 마치고 밖으로 나오자마자 내 어깨를 툭 치며 말했다.

"야, 내가 들어가면 니가 일 못 하잖아."

"신경 안 쓰면 되지."

"그게 맘대로 되냐?"

"하긴."

다행이다. 연주가, 너 돈 없어서 그런 거지? 하고 물을까 봐 나는 조마조마했다.

"연주야, 우리 오늘은 좀 걷자."

"야아, 나 다리 아프단 말야."

"난 걷는 게 좋은데."

"난 어디 들어가 앉았음."

"그래, 그럼 우리 라면 먹으러 갈까? 오늘같이 추운 날, 라면 좋잖아?"

"넌 만날 라면이냐? 하긴, 그게 맛있긴 하지만."

또 다행이다. 연주는 내가 만날 걷거나, 라면만 먹는 것을, 부잣집 아이 폼 내는 것으로 여기고 있는지도 모른다. 아아, 어쩌다 일이 이 지경까지 와 버렸나. 하여간 연주가 '부잣집 아이'로 알고 있을지도 모를 나 이민수는 '가난하지만 평범한 집 아이'(연주가 이렇게 말했다.) 김연주와 바람 부는 거리를 나란히 걸어 단골 분식집에서 라면 한 그릇씩 먹고 라면집 앞 공원으로 갔다. 밤바람이 차가워서인가, 연주는 이따금 몸을 후루루 떨었다. 그러고 보니 연주가 입은 스웨터가 몹시 낡아 보였다. 내가 보푸라기 잔뜩 인 옷을 바라보고 있다고 느껴서인지 연주가 몸을 조금 움츠리며 말했다.

"중학생 때 산 거라서……."

"야, 난 옷 오래 입는 사람들이 멋있더라. 요새 애들 뭐냐, 새 옷도 금방 버려 버리고. 우리 아파트 가 보면 옷 수거함에 새 옷들이 잔뜩 버려져 있더라. 에구, 청소년들이 이래가지고 장래 나라 꼴이 어찌 될는지."

연주가 나를 물그러미 바라보았다.

"넌 꼭 할아버지들처럼 말해."

"그래서 싫다구?"

내가 좀 예민하게 반응했나? 그러나 연주는,

"아니, 의젓해."

그야말로 의젓하게 대답했다. 나는 큼큼, 목을 좀 가다듬고 고개를 한 바퀴 돌렸다. 이번에도 또 다행이다, 싶어서였다. 연주가, 지난번 100일 하루 남겨 놓고 헤어졌던 진희 고 계집애처럼 따지고 들지 않아서 얼마나 다행이란 말인가. 진희는 똑같은 상황에서 틀림없이 이렇게 종알댔을 것이다.

"야, 아파트 수거함에 버려진 옷들이 다 청소년들이 버린 거라는 증거라도 있냐?"

아니면,

"애들, 애들 좀 하지 마, 꼭 꼰대 같아."

진희는 내가 꼰대 같아서 '재섭다(재수 없다)'고 말하고 가 버렸다. 그러나 나는 안다. 진희가 나를 떠난 이유를. 그것은 내가 가난한 집 애이기 때문이다. 저를 위해 쓸 수 있는 돈이 내게 없기 때문이다. 그 애는 제 생일인데도 내가 선물을 사 주지 않았다고 잔뜩 삐쳤던 것이다. 그래서 나는 결심했다. 여자애를 사귈 때는 절대로 솔직해서는 안 된다고. 나는 나를 철저히 위장해야 한다. 위장하지 않으면 여자애들은 진희처럼 '재섭써.' 한마디 남기고 떠나 버릴 거니까. 나는 진희를 미워하지 않는다. 가난한 집 애를 싫어하는 건 진희 취향일 테니까. 그러나 나는 진희하고 헤어지고 나서 마음잡기가 힘들었다. 하루에도 몇 번씩 머리끝으로 열이 뻗쳐올랐다. 나는 그럴 때마다 죄 없는 머리카락을 우두둑 쥐어뜯었다. 나는 마음을 잡자고 결심했다. 그러지 않으면 내가 스무 살도 되지 않아 대머리가 될 것만 같았다. 무엇을 해야 마음을 잡을 수 있을까, 궁리하며 하늘을 봤다. 수많은 간판들이 눈을 어지럽혔다. 거기, 진학학원 옆에서 오들오들 떨고 있는 간판 불 하나가 눈에 들어왔다. 비전독서실.

"이 썩을 인사야, 공부를 못하면 공부하는 흉내라도 내 봐라 좀."

그날따라 엄마의 그 말이 폐부를 강렬하게 찔렀다. 낮에 봐 놨던 독서실 때문이리라.

"그렇잖아도 낼부터 할라고 합니다요."

누나도 끼어들었다.

"노력이라도 해."

나는 손을 내밀었다.

"독서실비."

엄마도, 누나도 얼어붙었다. 그럴 줄 몰라서 손을 내민 것은 아니었다. 맘을 잡는 것도, 공부를 하는 것도 돈이 필요한 일이었다.

"환경이 아무리 안 좋아도 사람이 마음먹기 나름이다."

엄마는 그러니까 굳이 돈 들여서 독서실 가지 말고 집에서라도 하라는 거겠지. 겉으로야 그렇게 말을 하지만 남들은 학원이다, 과외다, 눈이 핑핑 돌아가는 세상인데 겨우 독서실비를 가지고 벌벌 떨어야 하다니, 하면서 엄마는 속으로 울고 있음에 틀림없다. 누나가 그런 엄마 처지를 좀 거들고 싶었나 보다.

"야, 시립도서관도 있잖아."

"거긴 순전히 초딩들뿐이야. 글고, 그 시립이 좀 멀어?"

하마터면 내 속을 들킬 뻔했다. 그러니까 내가 굳이 독서실을 다니려고 하는 이유를 들자면 마음잡고 공부하겠다는 명분 아래 그곳에 가면 여자애들을 만날 가능성이 있기 때문이기도 했다. 그 정도 정보야, 우리들 사이에선 상식이니까.

"니가 간만에 공부 좀 한다는데 학원비는 못 보탤망정 한 달 독서실비는 내가 보태 주마. 대신 너도 밥하고 빨래하고 청소해."

엄마와 누나가 돌아가면서 하는 집안일을 나도 해야 한다는 조건으로 누나가 비상금을 털었다. 물론 그전에 내가 집안일을 하지 않은 건 아니지만 이젠 확실하게 의무적으로 해야 하는 것이다. 어쨌든 누나 덕분에 다니게 된 독서실에서 나는 의도했든 안 했든, 연주를 만났다. 방학하기 직전이었고 진희하고 헤어진 지 딱 한 달 만이었다. 연주는 방학하자마자 독서실을 끊고 아르바이트에 나섰다. 까딱했으면 나는 연주를 만나지 못했을 수도 있었다. 연주가 독서실을 그만두기 직전에 내가 독서실을 나오기 시작하다니. 인연치고는 대단한 인연이라고 나는 생각했다. 학기 중에 독서실에 다녔던 것은 학원을 다닐 수 없는 집안 형편 때문이라고 연주는 말했다. 나도 그렇다는 것을 그러나 말하지 못했다. 진희에게서 받은 상처가 아직 아물지 않은 것이 틀림없었다.

식구들은 요즘 누나 등록금 문제로 초비상이었다. 누나가 대학에 합격한 것은 기쁨이자 두려움이 될 것이라고 한 내 예상이 맞았다.

아버지가 말했다.

"내 몸이 부서지는 한이 있더라도 우리 딸 대학 졸업시켜 주마."

엄마도 결기 있게 나왔다.

"엄마 아부지가 설마하니 너 대학 공부 하나 못 시켜 주겠냐."

그러나 엄마, 아버지가 버는 돈을 하나도 안 쓰고 석 달을 모아도 모자라는 돈이라고 엄마는 한숨을 쉬었다. 아버지는 숫제, 대학이 아니라 도둑들이라고 분개했다. 아버지는 그래도 그놈의 도둑들 소굴엘 들어갔다 나와야 사람대접을 받으니 기가 막힌다고도 했다. 엄마, 아버지는 그 도둑들 소굴엘 들어가 보지 못한 사람들이었던지라 엄마는 오늘도 뜨거운 물에 손이 퉁퉁 부르트도록 '소문난 갈비' 집의 기름때 묻은 불판을 철 수세미로 북북 닦아 냈을 것이며, 아버지는 오늘같이 추운 날도 길거리에 좌판을 벌여 놓고 "메이커 기지바지가 한 벌에 단돈 만 원!"을 외쳤을 것이다.

때가 때이니만큼 나도 돈이 없다. 돈이 있더라도 돈을 쓰지 말아야 한다. 그걸 알면서도 나는 오늘도 돈을 썼다. 그깟 라면값 쓴 것도 돈 쓴 것이냐고 누군가 묻는다면 나는 아마 속으로 피울음을 울지도 모른다. 속으로 피울음 나는 것이 분해 나는 연주 집 앞에서부터 우리 집까지 열 정거장이 넘는 거리를 성난 소처럼 달릴지도 모른다. 그러나 묻는 사람 없이도 나는 찬 밤거리를 달려 집까지 왔다. 다행히 식구들은 아직 아무도 들어오지 않았다. 나는 원래는 오늘 낮에 해치웠어야 할 빨래를 하고 걸레질을 하고 밥을 했다.

연주가 내게 물었다.

"넌 집에 가면 뭐 해?"

"밥 먹고 책 좀 보고 컴도 좀 하다가 음악도 듣고 그러다가 자는 거지 뭐."

말해 놓고 나서 캬아, 어떤 자식인지는 몰라도 자식이 신세 늘어졌구나, 소리가 절로 나오려고 했다. 집에 온 나는 밥 먹고 내 방에 들어가 책을 보는 대신 부엌으로 들어갔다. 나는 라면을 먹었지만 식구들 밥을 해 놔야 한다. 밥만 해 놓고 국을 안 끓여 놓으면 밥한 공도 무시당한다. 국까지 끓여 놔야, 그래도 밥한 티라도 낼 수 있다. 밥을 안치고 내가 젤 자신 있는 김칫국을 끓인다. 두부가 있으면 좋겠다. 냉장고 문을 열어 본다. 냉장고 안에는 오직 김치뿐이다. 누나가 기적적으로 두부를 사 가지고 지금이라도 들어와 준다면 늦지는 않을 텐데. 그러나 누나는 오늘 밤 새워 일해야 할지도 모른다. 누나는 대학 입학 합격 통지서를 받은 날부터 장례식장 식당에서 서빙 일을 한다.

일단 멸치 국물을 우려내서 김칫국을 끓이기로 한다. 압력 밥솥이 칙칙 돌아간다. 어쭈, 이민수, 이젠 아예 주부가 다 되셨어, 혼잣소리로 중얼거리며 나는 카세트 라디오를 부엌에 가져다 놓고 아무 방송이나 틀어놓는다. 재작년 온갖 집안 살림에 차압 딱지가 붙었다. 엄마, 아버지가 한 치킨 가게가 망해서 세를 못 냈더니 가게 주인이 차압을 붙인 것이다. 라디오는 그런 와중에도 용케 살아남았다. 엄마가 이불 속에다 라디오를 감췄기 때문에 집달리들에게 라디오가 들통 나지 않은 것이다. 엄마는 나중에 차압 딱지를 피한 라디오를 안고서, 내가 얼마나 현명하냐, 하면서 괜히 혼자서 감격스러워했다. 텔레비전은 그 뒤 재활용품으로 다시 사들였는데 컴퓨터는 아직 구하지 못했다. 내가 연주 앞에서 한 말대로라면 나는 지금쯤 밥을 먹고 음악을 듣고 컴을 할 시간이다. 그러나 없는 컴을 할 수는 없으니 청소 좀 하고 텔레비전이나 보는 수밖에. 그러나 오늘은 왠지 텔레비전 볼 생각도 안 든다. 이상하게 마음이 들떠 올라 아무것도 할 생각이 나질 않는다. 사실 밥도 무슨 정신으로 했는지 모를 지경이다.

라면을 먹고 라면집 앞 작은 공원에서 우리는 캔커피를 마셨다. 공원 너머에는 연주가 사는 아파트 단지가 있었다. 그곳은 가난한 사람들이 사는 임대 아파트라고 했다. 우리 집은 다세대 주택이다. 지하에는 신혼부부가 살고, 1층에는 중국에서 온 이주 노동자들이 살고, 우린 2층에 산다. 3층에는 누가 사는지 모른다. 가끔 큰 소리가 나는 것을 보면 거기도 외국인들이 사는 것 같다. 말소리가 외국 말이다. 찻길이 가깝고 찻길 너머가 공장 지대여서 환경이 썩 좋다고는 할 수 없다. 이따금 소음과 먼지 때문에 내가 인상을 쓸라치면 아버지가 말한다.

"야, 그래도 옛날 지하 살 때보다는 지금이 백 배 좋다."

아버지 말대로 당분간 '형편이 필 때까지'는 지하 방보다는 백 배는 좋다고 여기며 살 수밖에 없을 것이다. 환경이 아무리 안 좋아도 사람이 마음먹기 달렸다고 한 엄마 말을 믿는 수밖에. 지하 방보다는 '백 배' 나은 다세대 주택 2층에서 나는 가난한 사람들이 모여 사는 영구 임대 아파트에 사는 연주를 생각한다. 연주는 내게 말했다.

"난 니가 집에서 뭘 먹는지, 뭘 하는지, 어떻게 자는지 다 궁금해."

"나라고 안 그러겠냐?"

나는 제법 목소리 톤을 근사하게 부풀려서 대꾸했다.

"정말?"

연주가 눈을 동그랗게 뜨고 나를 빤히 보았다.

"정말이잖고."

"넌 정말 어른스러워."

진희는 똑같은 말을 해도 '꼰대' 같다고 하는데, 연주는 '어른스럽다'고 한다. 내 마음에서 연주한테 잘해 줘야겠다는 생각이 용솟음쳤다.

"연주야, 조금만 기다려. 내가 너 생일 선물로 폭신한 코트 한 벌 사 줄게."

아아, 내가 드디어 사고를 치고 마는구나! 그러나 이미 엎질러진 물.

"정말?"

연주는 이번에도 동그란 눈, 동그란 입으로 묻는다.

"당근이지."

"근데 내 생일 언젠지 알아?"

"언제야?"

아, 제발 여름이기를. 그러나,

"일주일 뒤가 내 생일이야."

아, 발등에 불이 떨어졌구나!

바로 그 순간이었다.

"떽, 머리꼭지에 피도 안 마른 것들이 연애질은, 자식들이. 카아악."

술 취한 노인이 지나가며 야단을 친다. 열 받지만 할 수 없다. 연주 앞이지 않은가. 진희하고 있을 때라면 나는 틀림없이, 뭔데요? 정도는 했을 것이다. 그러면 대부분의 '꼰대'들은 슬금슬금 뒤꽁무니를 빼며 저쪽 밝은 쪽을 총총 멀어지는 것이다. 연주가 먼저 일어섰다.

"가자."

"그래, 가자."

연주에게는 확실히, 사람을 착하게 하는 힘이 있는 것 같다. 그것은 연주가 착하기 때문이다. 재섭써, 소리 같은 건 아예 할 줄도 모르는 착한 연주에게 내 무엇을 못 해 주리. 걸레를 든 손에 절로 주먹이 쥐어졌다.

손에 힘을 주고 거리로 나왔으나, 다가오는 일주일 뒤 연주에게 줄 코트를 살 수 있는 돈을 벌 만한 곳은 쉽게 구해지지 않았다. '알바 구함' 쪽지를 보고 들어간 햄버거 가게에서는 문전 박대를 당했다.

"아이고 학생, 그 얼굴에 분화구나 좀 정리하고 오지그래."

햄버거 가게는 연주만큼 예쁜 아이 아니면 적어도 여드름 없는 얼굴 정도는 되어야 하나 보다. 고등학교 들어오면 좀 나아지려나 기대했던 여드름은 갈수록 기승을 부리며 피어났다. 그 여드름이 이런 식으로 내 인생의 장애물이 될 줄은 몰랐다. 돈 벌면 맨 먼저 연주 코트부터 사고 여드름 약도 사고, 엄마에게는 핸드크림, 아버지한테는 귀마개 달린 모자, 누나한테는……. 머릿속으로 돈 생기면 구입할 품목들을 헤아리며 내가 찾아간 곳은 용우가 일하고 있는 편의점이었다. 헤어진 진희는 용우 사촌이다. 용우는 제 사촌 진희를 내게 소개해 주며, 소개비 조로 내게서 오천 원가량의 '삥'을 뜯었다. 그런 것 저런 것을 생각하면 나는 정말이지 용우를 찾고 싶지 않았다. 그러나 지금 내게는 용우의 도움이 절실하게 필요하다. 용우야말로 우리들 사이에서는 '생활 정보인'으로 통했다. '알바 창구'로 공인된 용우를 찾아가면 어떤 자리든 소개를 받을 수 있을 것이었다. 학기 중에도 일을 하니 방학인 지금 당연히 용우는 일을 하고 있을 것이다.

"어이, 민쑤우."

어색함을 무마해 보려고 오버하는 용우를 보며 나도 어색하게 웃었다. 용우는 어울리지 않게끔 제 '삶의 현장'에서 아는 사람을 만나면 부끄러워하는 면모가 있었다. 세파에 시달리긴 했지만 용우도 알고 보면 순진한 놈임에는 틀림없었다.

나는 용우와 악수 대신 하이파이브를 한 뒤 캔커피 두 개를 따서 한 개를 용우한테 전넸다.

"진희하고는 잘 돼 가냐?"

용우가 물었다.

"야, 걔하고 헤어진 게 언젠데."

"왜?"

"걘 내 생일 때 선물해 줬는데 난 안 해 줬거든. 아니, 못해 줬지. 내가 재수 없다고 하더라."

"우리 집안 사람들이 물질을 좀 따지는 편이지. 마음이 어떠냐?"

"힘들었는데 지금은 괜찮아. 김연주라는 애를 사귀게 됐거든."

나는 용우에게 솔직하게 말하지 않을 수 없었다.

"그래? 마침 잘됐다. 나는 방학 동안 맘 잡고 공부 좀 해야겠다. 여기서 니가 일해라."

하루 정도 용우한테 인수인계에 따른 지도를 받았다. 나는 돈벌이에 대한 기대감에 꽉 차서 말했다.

"주간에도 일하고 야간에도 일해도 되지?"

"몸 생각은 안 하냐?"

역시 용우는 말하는 품이 '알바 업계'의 지존다웠다.

"난 사실 일주일 뒤에 돈이 필요한데."

"가불 땡겨."

편의점에서의 아르바이트가 시작되었다.

주야간을 함께 하면 돈을 더 벌 수 있겠으나 용우 말대로 몸 생각도 할 겸 '독서실 알리바이'를 위해 주간에만 하기로 했다.

"요새 공부에 재미 좀 붙였냐?"

아침에 서둘러서 집을 나가는 참인데 엄마가 뒤에서 물었다.

"예? 예 뭐 그럭저럭."

"그래도 너무 무리하진 말어."

엄마가 흐흐흐, 흐뭇하게 웃는 것 같았다. 주경야독의 길이 이렇게 힘들 줄 몰랐다. 사실을 말하자면 주경야독은 아니다. 원래는 주경야독을 하려고 했다. 낮에는 편의점에서 일하고 밤에는 독서실에서 공부하자고 마음먹었는데 독서실에서 한 시간을 버티기가 어려웠다. 그래도 편의점에서 막바로 집에 가는 것보다는 독서실을 경유하여 집에 가는 것이 마음 편했다. 나는 어쨌든 독서실을 다녀온 것이 되니까.

돈만 아는 짠돌이라 여겼던 용우가 새삼스레 위대해 보였다. 어디 용우뿐인가. 연주도 있다. 그들을 보면서 나는 왜 한 번이라도 나도 돈을 벌어야겠다는 생각을 하지 않았던 것일까. 아르바이트 한 번 할 생각도 하지 않고 보내 버린 시간들이 무지하게 아깝다는 생각이 들었다. 지난 세월을 내가 잘못 산 것만 같았다.

"스스로 돈을 벌어 봐야, 돈 아까운지도 알지."

"돈 벌기가 쉬운 일이 아닌 줄 알면 돈 함부로 못 쓴다."

"어렵게 번 돈은 어렵게 쓰고 쉽게 번 돈은 쉽게 쓴다."

예전에 엄마, 아버지가 한 번씩은 했던 말들이다. 왜 나는 그때 그 말들을 대충 한 귀로 듣고 한 귀로 흘려버리곤 했던가. 내 철없음에 왈칵 눈물이 쏟아질 것만 같았다.

사장님이 물었다.

"학생은 아르바이트가 첨인가?"

"예."

"어쩐지, 용우 같지 않다 했지."

사장님의 말이 일을 잘한다는 것인지, 잘 못한다는 것인지 알 수 없었다. 그러나 그만두라는 소리를 안 한 걸 보니 잘 못하지는 않은 모양이었다.

밤 근무자와 교대하고 바깥으로 나오다가 깜짝 놀랐다. 아버지의 행상 트럭이 편의점 앞을 휙 스쳐 지나갔기 때문이다. 아버지 차는 유독 덜컹거려서 차라기보다 무슨 철제 깡통 같은 느낌을 주었다. 아버지는 편의점 앞을 지나 신호등 앞에 멈춰 있었다. 일을 끝내고 이제 집으로 들어가는 모양이었다. 낡은 차 꽁무니를 바라보고 있자니 왼쪽 갈비뼈 밑에서 찌잉 찌잉, 두 번 버저가 울렸다. '가슴에서 버저가 울린다'고 하면 굳이 가슴이 아프다고 하지 않아도 되어서 편리하다. 돈을 벌어서 아버지 차를 새 차로 바꿔 주면 좋을 텐데, 찌잉 찌잉. 나는 연속해서 울리는 버저를 가까스로 잠재우고 연주를 만나러 가기 위해 아버지와는 반대 방향으로 쏜살같이 연주를 만나러 가기 위해 아버지와는 반대 방향으로 쏜살같이 달려갔다. '버저 울리던 마음'이 설렘으로 순식간에 바뀌었다.

"난 가끔 꿈을 꿔."

"꿈 안 꾸는 사람이 어딨냐?"

"아니, 그런 꿈 말고. 상상하는 거 말야."

우리는 여전히 바람 부는 길을 걸었다.

"우리 오늘은 라면 먹지 말고 햄버거 먹자. 팔다 남은 거라고 주더라."

우리는 내가 일하는 편의점과 같은 이름의 편의점에서 따뜻한 캔커피를 사서 공원으로 들어가 햄버거를 먹었다. 여자애를 사귄다는 건 정말 좋은 것이었다. 어떤 대화를 나누어도 알 수 없는 즐거움이 물밀 듯이 밀려왔다. 똑같은 대화를 남자애들끼리 나눈다면, 그저 입만 아플지도 모른다.

"상상력이 율리 좋은가 보다. 우리 담탱이가 그러는데 말이야, 미래는 상상력 좋은 사람들의 세상이 된다더라고."

"알아? 상상력도 요샌 돈이라는 거. 창이 큰 집에서 사는 아이는 꿈도 크게 꿉니다……. 꿈 크게 꾸려면 일단 창 큰 집으로 이사부터 가야 해. 그지?"

"와아, 진짜네. 야아, 그거 진짜, 재수 없다, 야아……."

나는 왜 진작 그 생각을 못 했지? 그때야, 또 다른 아파트 광고

가 생각났다. 당신이 사는 곳이 당신을 말해 줍니단가? 하여간 재수 없기는 마찬가지인 광고 문구 말이다. 우리는 사회 양극화에 관한 대화를 나누었다. 아버지가 이따금 텔레비전을 보며 했던 말을 떠올렸다. 아버지가 했던 말을 내 말인 것처럼 해서 나는 얼른 말했다.

"세상이 갈수록 잘사는 사람은 더 잘살게 되고 못사는 사람은 더 못살게 되는 게 문제야."

"너희 집은 어떤지 모르지만, 우리 집은 아빠가 작년과 올해 똑같이 일해서 똑같이 버는데도 작년보다 더 살기 힘들대. 그게 문제야."

"너희 아빤 뭐 하시는 분이야?"

"바 타셔."

"바?"

"응, 왜 건물 높다란 데 올려다보면 가끔 밧줄 몸에 감고 간판 작업하는 사람들 있잖아. 그런 일 하셔."

아, 나는 그런 사람들을 보면서도 왜 그런 직업에 대해서는 한 번도 생각해 보지 못했을까. 새삼스럽게 연주네 아버지가 위대하게 느껴졌다.

"너희 아빤 뭐 하셔?"

"울 아부지는, 음, 그냥 상업이지 뭐."

하기야 행상도 상업은 상업이다. 내 얼굴이 나도 모르게 붉어져 왔다. 아버지 직업이 부끄러운 건지, 아버지 직업을 제대로 말하지 못하는 내가 부끄러운 건지 알 수 없었다.

우리는 추위 때문에 더는 대화를 나누기가 불가능해질 때까지 대화를 나누다가 헤어졌다. 연주에게 따뜻한 코트를 사 주고 싶다는 생각이 다시 한 번 용솟음쳤다. 집 골목을 들어서는데 골목 어둠 속에서 남녀가 금방이라도 포옹을 할 것처럼 마주 보고 있었다. 나는 못 본 척 다세대 주택 현관문을 열었다. 나도 그 정도 매너는 있다. 현관의 철제문이 삐걱 열리는 소리에 남녀가 놀라 그제야, 안녕 인사를 하는데 보니 여자는 다름 아닌 누나였다. 나는 얼른 2층으로 올라가 버렸다. 누나가 씩씩대면서 들어오기에 괜히 민망하니까 자기가 먼저 성을 내는 것으로 알았다. 그런데,

"너 똑바로 말해. 독서실 안 가고 어디 갔는데?"

누나가 독서실로 나를 찾아왔는데 내가 없어서 어디 갔느냐고 물었더니 요새 아르바이트하고 있다는 말을 누군가한테 들은 모양이었다. 그 누군가는 틀림없이 용우였을 것이다. 누나는 장례식장 일이 너무 힘들어 다른 일을 찾아보기 위해 독서실 근방까지 왔고, 온 김에 독서실엘 들른 것이다.

"편의점!"

나는 꽥 악을 썼다. 그새 밥을 푸던 누나가 흠칫 놀랐다

"내 등록금 땜에?"

"그래!"

입속에 밥이 가득해서였을 것이다. 그래서 긴말하기가 귀찮아, 얼른 대꾸한다는 게 그만 실언을 한 것이 틀림없다. 그러나 내

말은 누나에 의해 이미 기정사실화되고 있었다.

"야아, 고맙다 야. 난 니가 언제나 철들까 했는데. 야, 근데 요새 너 여자애 사귄다는 말도 있더라?"

아니 도대체 용우라는 자식은 누나한테 뭘 얻어 처먹은 거야? 슬슬 부아가 치밀어 오르기 시작했다.

"남이사."

"이상하게 사귀는 건 아니지?"

나는 밥숟가락을 탁 놓았다.

"내가 뭐 누나 같은 줄 알아?"

"내가 뭘?"

"누나의 사생활이라 내가 말 안 하려고 했는데."

"너하고 나하고 같냐? 넌 이제 겨우 고1, 난 대학생."

"난 차원이 다르거든. 우린 추위를 무릅쓰고 대화를 나눠. 무슨 대화냐, 사회 양극화에 관한 것이지. 누나는 알아? 상상력에도 돈이 필요하다는 거. 누나가 뭘 알아? 어둠 속에서 겨우……. 우린 안 그래. 우린 라면 먹고 햄버거 먹고 대화해. 추위를 무릅쓰고서 말야. 캔커피 온기가 식을까 봐 손으로 감싸 쥐고 우리는 어른들 야단맞아 가며 공원 벤치에서……. 에이 씨."

거기까지 말했는데 나를 물끄러미 바라보던 누나 눈가가 붉어지고 있었다. 내가 너무 말을 잘해서 감동을 먹어서인지도 모른다.

"나도 고딩 땐 그랬는데."

아직 고등학교 졸업도 안 해 놓고 '고딩 때'란다. 그러고 보니 누나는 이즈음, 일이 힘들어서인지 한꺼번에 나이를 먹어 버린 사람처럼 보였다. 눈 밑도 푹 꺼진 것이 다른 일거리를 찾을 것이 아니라 아예 쉬어야 할 것 같았다. 갈비뼈 밑에서 찌잉, 버저가 한 번 울렸다.

연주는 생일에도 일했다. 나는 가불을 땡겼다. 나는 이제 돈 때문에라도 꼼짝없이 편의점에 매인 몸이 되었다. 부담감이 엄습했지만, 모든 세상 일이 그렇다는 것을 나는 알고 있었다.

아버지가 밥을 먹다가 불쑥 말했다.

"세상에 좋은 것이 있으면 나쁜 것이 있고 나쁜 것이 있으면 좋은 것이 있는 법이다."

우리는 모두 아버지를 바라보았다.

"좋은 것만 있고 나쁜 것만 있는 것은 아니라는 뜻이야."

그런 말을 하는 저간의 속사정은 알 수 없었다. 알든 모르든 상관없는 일이기도 했다.

엄마가 말했다.

"아버지 말씀 새겨들어라. 나중에 너희들 살아가는 데 다 피가 되고 살이 될 것이다."

엄마 말대로 새겨듣지는 않았던 것 같은데 편의점 문을 나서다가 문득 아버지의 그 말씀이 떠올랐고 그때서야 그 말씀의 뜻을 알 것도 같았다. 그러니까 아버지의 말씀을 이 경우에 대입하면, 편의점에 매이는 부담감이라는 나쁜 것이 잇으면 연주에게 선물할 수 있는 좋은 것이 있다, 뭐 그 정도가 될 것이다.

나는 햄버거 가게 앞에서 연주를 기다렸다. 아버지의 말씀 중에서 좋은 것에 속하는 것이 틀림없는 '연주에게 줄 선물'을 생각하면서. 늘 그랬던 것처럼 연주는 까치발을 들고 내가 서 있는 곳을 한 번씩 확인하곤 했다. 그럴 때마다 또 나는 늘 그랬던 것처럼 손가락으로 브이 자를 그려 보인다거나, 어깨를 으쓱해 보인다거나 아니면 그냥 딴 곳을 쳐다봐 버리곤 했다. 그러나 다른 날과 달리 오늘은 그리 지루하지도 않았다. 일을 끝내고 나오는 연주는 또 늘 그랬던 것처럼,

"왜, 들어오잖구선."

했다.

"내가 들어가면 니가 일을 못 하잖아."

"신경 안 쓰면 되지."

"그게 맘대로 되냐?"

"하긴."

여느 날과 다름없는 대화였다. 그렇지만 이제 나는 오랜 세월이 지나도 이 단순한 몇 마디의 대화를 잊지 못할 것 같은 예감이 들었다. 우리가 하루에 한 번씩 이 대화를 나누고 산 지 한 달째였다. 우리 만남의 공식 오프닝 멘트라고나 할까. 그 아무렇지 않은 대화는 이제 우리 둘만의 은어가 된 것만 같았다. 그러나 오늘은 다른 날과 달랐다. 오늘 우린 라면집도 아니고 공원도 아닌 옷 가게로 가야 했다.

"내가 사 올 수도 있었는데, 니 취향을 몰라서 못 샀어."

"난 빨간색 반코트 스타일 좋아해."

내 가슴이 뛰었다. 아, 연주가 빨간색 반코트를 좋아한다는 사실을 알게 된 것이 이렇게 내 마음을 설레게 하다니. 우리는 찻길을 건너 옷 가게가 밀집해 있는 상가로 갔다. 드디어 코트 가게 앞에 섰다. 가게 안쪽에 빨간색도 진열되어 있었다.

"빨간색 있다."

연주는 가게 문 앞에서 멈칫거렸다.

"이제 됐어."

"옷 안 사?"

이제 곧 연주가 입게 될 빨간색 코트 생각에 내 뺨이 다 빨갛게 달아오르는 밤이었다.

"넌 이미 나한테 옷 사 준 거나 마찬가지야."

"아직 안 샀잖아."

"그 마음이면 됐어."

순간, 분한 마음이 엄습했다.

"야, 내가 니 옷 사 주려고 편의점에서 가불 땡겨 가지고 왔단 말야!"

"그러니까 더 못 쓰지. 그 돈 엄마 아빠한테 갖다 드려라. 너희 집도 우리 집 못지않게 힘든 것 같던데, 니가 이렇게 함부로 돈을 쓰면 되겠냐? 사람이 양심이 있지."

연주와 내가 그렇게 옷 가게 앞에서 한참 옥신각신하는데, 저 앞쪽에서 낯익은 트럭이 다가오고 있었다. 아, 아버지의 행상 트럭이었다. 어디로 몸을 숨기려야 숨길 수도 없었다. 나는 그 순간, 어떻게 해야 할지 알 수 없는 채로 오래 눈에 익은 그 철제 깡통이 다가오는 것을 바라보았다.

"아들아, 여기서 뭐 하냐?"

아버지가, 반갑게 얼굴을 내밀었다.

"도, 독서실에 가려구요."

"그래? 우리 아들 밥은 먹었냐?"

"예? 예!"

아버지가 주섬주섬 호주머니를 뒤지더니 구겨진 천 원짜리 지폐 몇 장을 꺼냈다.

"우유 같은 것도 사 먹어 가면서 공부해라 이?"

꾸깃꾸깃한 지폐의 감촉이 꼭 아버지의 손같이 꺼칠했다. 아버지의 철제 깡통이 상가 골목 언덕을 내려갔다.

"우리 라면 먹으러 가자."

연주가 라면집을 향하여 앞장섰다. 나무젓가락 포장지를 뜯는데 문득 왼쪽 갈비뼈 밑에서 버저 울리는 소리가 났다. 연주가 단무지를 와사삭 씹으려 물었다.

"왜 그래?"

"방금 왼쪽 갈비뼈 밑에서 찌잉 찌잉 버저가 울었거든."

"넌 멋있어."

"라면 먹어서?"

"다아."

드디어 라면이 나왔다. 우리는 라면을 맹렬하게 먹기 시작했다. 라면은 역시 추울 때 먹어야 제맛이다. 그리고 갈비뼈 밑에서 찌잉 찌잉, 버저 울리는 소리가 나는 저녁의 라면은…… 멋있다.

《나는 죽지 않겠다》(창비, 2009)

공선옥

전남 곡성에서 태어나, 전남대학교 국어국문학과를 졸업했습니다. 1991년 《창작과비평》 겨울호에 중편 〈씨앗불〉을 발표하며 작품 활동을 시작했습니다. 낮은 사람들에 대한 따뜻한 연민이 녹아든 소설을 주로 쓰고 있습니다. 소설집 《피어라 수선화》, 《내 생의 알리바이》, 《멋진 한세상》, 장편소설 〈오지리에 두고 온 서른 살〉, 〈시절들〉, 〈수수밭으로 오세요〉 등과 산문집 《자운영 꽃밭에서 나는 울었네》, 《공선옥, 마흔에 길을 나서다》 등이 있습니다. 1995년 제13회 신동엽창작기금, 2004년 오늘의 젊은 예술가상을 받았습니다.

:: 생각해 보기

1 "가슴에서 버저가 울린다"는 말은 어느 경우를 두고 한 말인지 소설에서 모두 찾아보세요. 그리고 그 말에 담겨 있는 '나'의 마음을 헤아려 보세요.

2 나와 나의 가족(아버지, 어머니, 누나), 그리고 연주가 '돈' 때문에 겪는 어려움은 무엇인가요? 또한 각 인물들이 이 어려움을 극복하기 위해서 어떤 노력들을 하고 있는지 찾아보세요.

3 앞으로 연주와 민수의 사이가 어떻게 진행될지 상상해 보고, 둘의 뒷이야기를 만들어 보세요.

:: 더 읽어 보기

여러분은 친구들을 집으로 편하게 데리고 오나요? 나의 부모님이 어떤 일을 하시는지 스스럼없이 말하나요? 혹은 담임 선생님께서 가정방문을 하신다면 반가운 마음으로 우리 집부터 먼저 초대할 수 있는지요? 언제부터인가 우리는 주변 사람들의 눈을 의식하게 되었습니다. 내가 입은 옷, 내가 가진 가방이나 휴대폰이, 어쩌면 내가 사는 집이 다른 사람 앞에서 왠지 초라하게 느껴질 때가 있지요.

민수도 그런 아이입니다. "여자애를 사귈 때는 절대로 솔직해서는 안 된다고, 나를 철저히 위장해야 한다"고 결심했습니다. 지난번 여자 친구가 자신을 떠난 이유는 돈이 없어 생일 선물을 주지 못했기 때문이라 생각하니까요. 이번만큼은 여자 친구를 잃고 싶지 않기에, 생일 선물을 꼭 챙기려 합니다. 하지만 '돈'이 없습니다. 라면값 한 번도 허투루 쓸 수 없는 민수는 일주일 뒤, 여자 친구 연주의 생일에 푹신한 코트 한 벌을 사 주기 위해 아르바이트를 시작합니다. 연주에게 한 약속을 지키려면 돈을 벌어야 하기에 '삶의 현장'으로 뛰어든 것이지요. 그 과정에서 돈 때문에 어려움을 겪지만 최선을 다해 살아가고 있는 아버지, 어머니, 누나를 새롭게 만나게 됩니다. 무엇보다도 있는 그대로의 나를 멋지게 봐 주는 연주의 진심을 만나게 됩니다.

연주는 착합니다. 하지만 연주만 착한 것이 아닙니다. "연주에게는 확실히 사람을 착하게 하는 힘이 있는 것 같다"고 느끼는 민수도 착합니다. 민수는 자기 안의 소리를 듣습니다. 가슴에서 울리는 버저(아버지를 보고 두 번, 누나를 보고 한 번, 연주 앞에서 다시 한 번)는 타인을 연민의 눈길로 받아들일 때, 자기를 포장하지 않고 추레한 그대로 드러내도 이해받을 것 같은 느낌을 몸이 알아챌 때, 민수 안에서 울리는 소리입니다. 관계로 인해 상처받은 경험이 나를 포장하고 위축되게 했다면, 또 다른 관계로 인해서 민수는 새로운 눈길로 사람을 보게 되고 마음을 열게 되지요. 그때 팡파르처럼 버저는 울립니다. '괜히 애쓰지 마, 네가 느낀 것이 진실이야.'라고. 소설의 뒷부분 연주 앞에서 울리는 버저 소리를 그렇게 이해한다면 민수와 연주 사이는 잘 될 것 같지 않나요? 혹시 둘의 사이가 삐끗하더라도 둘은 쿨하게, 건강하게 잘 지내리라는 믿음이 생깁니다.

공선옥의 또 다른 작품 〈나는 죽지 않겠다〉의 주인공과 이 소설의 주인공은 서로 닮았습니다. 두 소설의 주인공 모두 '공부'보다 '돈' 걱정이 먼저지요. '돈'에 큰 욕심이 없음에도 불구하고 주인공들은 '돈' 때문에 위축됩니다. '돈' 때문에 마음의 고초를 겪습니다. 하지만 '돈'이 주인공들의 삶을 삐뚤게 만들지는 못합니다. 망가뜨리지도 못합니다. 왜냐하면 우리들의 주인공들은 '돈' 앞에 손 놓고 당할 만큼 나약하지 않으며, 그들은 결코 혼자가 아니기 때문입니다.

형편이 어렵지만 남의 눈에 휘둘리지 않으면서 꿋꿋하고 야무지게 살아가는 주인공은 이경혜의 단편 〈reading is sexy〉에서도 만날 수 있습니다. 이제 막 사귀게 된 남자 친구를 엄마가 일하는 허름한 라면집으로 데려가고, 대학은 나중에 돈이 남아돌 만큼 여유가 생길 때 가면 된다고 말하는 당찬 여고생 연저. '섹시한 직업인 사서'가 되면 좋지만, 책만 읽을 수 있다면 무얼 하든 상관없기에, 내 인생은 무조건 만족스럽게 되어 있다는 연저는 긍정의 힘으로 가득 차 있습니다. 남자 친구인 주인공은 그런 결론이 어떤 과정을 통해서 나온 것인지 알기에 마음이 짠합니다. 하지만 불쌍하지는 않습니다. 더욱 사랑스러울 따름이지요.

비록 웃으면서 말을 해도 그들에겐 가난하기에 눈물을 삼키며 포기해야 할 것들이 있을 겁니다. 돈으로 인해 간혹 휘청거릴지언정, 돈 앞에서 무릎을 꿇지 않은 이들에겐 가슴 깊이 남다른 힘이 있습니다. 가슴에서 버저가 울리듯, 그 힘을 가진 사람에게 문학은 작지만 밝은 빛을 곧게 비춰 주고 있습니다.

경두

성석제

너는 잘못한 게 워낙 많으니까, 경두. 너는 학교를 중퇴했고 집을 나왔고 어른과 천사의 말을 안 들었고 배달을 하면서 툭하면 교통신호를 위반했으니까, 아무나 너를 때리고 죽이고 치어도 되는 거니. 너는 왜 도망가지 않는 거냐, 경두.

경두, 내가 처음 수술에서 깨어났을 때 들은 건 방울방울 물이 떨어지는 소리였다.

그 소리가 내 몸에 연결된 링거 병에서 나는 소리라는 걸 알게 되었을 때, 아니 링거 병에서는 그런 소리가 나지 않는다는 것을 깨달은 다음에도 나는 고개를 들 수 없었다, 경두.

온몸이 차가웠고 점점 더 차가워지는 것 같았다, 경두.

사람들은 나를 혼자 있게 내버려 두었다. 나는 수술을 받은 환자였다. 마취에서 깨지 않으면 영원히 혼자 있게 내버려 둘 수도 있겠지. 경두, 네가 내게 처음으로 말을 걸어왔다.

아저씨, 정신이 들어요?

경두, 너는 오토바이를 타는 소년. 오토바이를 타고 배달을 다녀오다가 달려오는 차에 치였다고, 그 차의 운전자는 여자였고 술을 마셨고 보험에 들어 있지 않았다고 했다, 경두. 너는 비 오는 길바닥에 오토바이와 함께 처박혔다. 정신이 들어서 네가 처음 한 일은 오토바이를 돌본 것. 오토바이는 흠 하나 없이 말짱했다. 너는 그래서 웃었다. 웃으며 병원으로 실려 왔다, 경두. 너는 마취에서 빠져나오려고 버둥거리는 나를 네 오토바이처럼 보살펴 주었다.

야이 씨발놈아, 배고파, 밥 안 줘?

경두, 너는 내 맞은편 병상에 누워서 소리를 치는 사람이 병원에서 제일 욕 잘하는 사람이라고 말해 주었다. 병원 안에서 일어나는 일을 모르는 게 없었다, 너는 경두. 그의 아들도 만만치는 않더구나, 경두. 아버지 옆 보호자용 간이침대에 누운 채 대꾸했다.

내가 씨발놈이면 아버진 뭐야. 썹한 놈인가.

경두, 경두, 너는 낄낄낄 웃었다. 눈물이 나도록 웃었다. 웃으면서 병상과 병상 사이를 새처럼 날아다녔다. 네 웃음소리 속에 되새떼가 둥지를 튼 것 같았다, 경두.

아이, 아파, 아파, 아파, 엄마, 엄마.

경두, 아들이 뭐라고 했겠니.

아버진 할머니 돌아가신 게 언젠데 엄마를 찾어. 바보야? 제발 조용히 좀 해. 내가 미친다.

경두, 밥을 가지고 오는 수레 소리가 들리면 너는 누구보다도 빨리 달려 나갔다. 많이 먹고도 너는 늘 배가 고프다고 말했다. 너는 비쩍 말랐다, 경두. 네 팔은 새 다리처럼 가늘고 네 다리는 누군가 껍질을 벗기기 위해 비틀어 놓은 버드나무 가지 같았다. 그 다리에는 네가 사고 났을 때 다친 상처가 있었다. 처음에는 잘 꿰매 놓았던 자리가, 네가 자꾸 딱지를 뜯는 바람에 벌어져 있었다. 작은 물고기 주둥이처럼.

경두야, 우리 자장면 먹을까?

너는 고개를 저었다, 경두. 자장면 배달을 하도 많이 다녀서 자장면은 보기도 싫다고 했다. 자장 냄새가 코에 배어서 냄새도 맡기 싫다던 너, 경두.

경두야, 피자도 싫으니?

피자 배달 다녀오다가 다쳤다고 했다. 너는 밥만 많이 먹으면

배부르다고 했다, 경두. 배가 불러도 늘 배가 고픈 것 같다고 했다, 경두. 한창 자랄 나이라 그렇다고 앞자리의 다리 부러진 환자가 말했다. 그는 맞는 말만 골라서 하는 이상한 사람이었다, 경두.

사고가 난 뒤부터 병원에서 먹고 자게 된 경두. 집에서 나온 후 처음으로 침대에서 자게 되었다는 경두. 깨끗한 시트를 좋아하는 경두. 깨끗한 시트가 깔린 침대를 찾아 밤마다 이리저리 돌아다니는 경두. 병실에서 제일 오래, 칠십 일이나 있어서 모두가 다 알고 모두를 다 아는 경두.

경두, 술에 취한 운전자는 너를 치고 백 미터를 더 달려가 멈추었고 잠시 멈춘 뒤 그냥 계속 달려가려고 하다가 택시에 막혔다. 택시 기사는 그녀를 끌고 경찰서로 갔고 너는 비 오는 길바닥에 쓰러져 있었다. 택시 기사는 경찰로부터 표창을 받아 개인면허를 받는 게 중요했다. 경두, 그들은 어른이었다. 경찰서로 가는 도중에 타협을 했고 그들은 다시 네게로 돌아왔다. 너의 오토바이는 그때까지도 헛바퀴를 돌리며 너를 지키고 있었다, 경두.

난 어른들보다 오토바이를 더 믿어요.

경두, 너는 그렇게 말했다. 네 말이 옳다. 택시 기사는 너를 병원으로 옮겼고 병원에서 교통사고 환자를 실어 오면 주는 수고비를 받았고 그녀의 남편에게서는 더 큰 돈을 받았다. 그는 갔다, 경두. 택시 기사는 네게 오렌지 주스를 많이 먹으라고 말했다. 쪼끄만 놈이 밤에 오토바이를 몰고 다니니까 사고가 난 거지, 오렌지만 많이 먹으면 나을 거야.

경찰서에서는 아무도 오지 않았고 너에게는 친구가 없었다. 아니, 오토바이가 있었지만 오토바이는 입이 없고 증언을 해 줄 수 없고 네가 있는 삼층 병실까지 올라올 수도 없었다. 너는 버려졌다.

사람들은 네가 차에 받힌 횡단보도를 매일 수백 번도 넘게 지나다닌다. 네가 쓰러져 있던 자리에는 풀이 났다.

그녀는 소리쳤다, 경두.

술 안 먹었어요. 절대 횡단보도가 아니었어요. 오토바이가 갑자기 나타나서 길을 가로질렀어요. 비가 왔어요. 할 수 없었어요. 얘, 네가 그랬잖아.

그녀의 남편은 말했다.

도의상 치료는 해 주지만 다른 건 없어, 알아?

경두, 너는 병상 한구석에서 몸을 핫도그처럼 동그랗게 말고 자는 척했다.

이 망할 년이 사고는 쳐 놓고 이제 와서 큰소리는 무슨 큰소리야. 이년아, 누가 보험도 없이 차를 끌고 나가랬니.

사고를 낸 부부는 너를 면회 올 때마다 병실 복도에서 싸웠다.

똥차를 공짜로 준다고 좋다고 받아 와서는 한번 타 보라고 한 게 누군데, 누군데.

밖에서 그들이 서로의 뺨을 치고 멱살을 잡고 머리채를 끌고 다닐 때 너는 새처럼 몸을 움츠리고 그 소리를 듣고 있었다. 남자는 네 아버지를 닮았다. 네 아버지는 매일 너를 때렸다. 네 어머니에게 가라고, 경두.

네 어머니는 남편과 이혼을 하고 술집을 떠돌다가 다시 결혼을 했다, 경두. 경두, 너는 어디로도 갈 수 없었다. 네 어머니의 남편은 너를 좋아하지 않았고 그 역시 주먹이 셌다. 네 어머니도 그에게 혁대로 맞았다. 경두, 네 어머니가 이를 악물며 맞고 있는 소리를 들으며 며칠 밤을 지새고 너는 아버지에게 다시 돌아갔다. 경두, 네 아버지는 없었다. 네 책상도, 동생들도. 그 후로 너는 아버지를 만날 수 없었다. 네 책상도, 동생들도. 다리가 부러진 환자는 너보다 너에 대해 많은 걸 아는 척했다. 묻지도 않고 듣고 싶지도 않았는데 너에 대해 쉬지 않고 이야기했다.

그러는 사이 네 작은 오토바이가 팔렸다. 병원 사무장이 병원 주차장을 비좁게 한다고 네 오토바이를 제 동생에게 헐값으로 넘긴 것. 너는 사고 보상금을 받으면 더 좋은 오토바이를 살 수 있을 거라고 믿었다, 경두.

너는 본드 안 하냐.

다리 환자가 네게 물었다.

너 그날 본드 했지.

너는 못 들은 체 딴 데를 보았다, 경두.

너도 조금 있으면 어른이니까 한잔 받어.

다리 환자는 밤마다 의사 몰래 술을 마셨다. 혼자 마시기 심심하면 네게 권했다. 언젠가 네가 한잔 받아 마시고 밤새 울다가 웃다가 엄마를 불렀다고 했다, 경두.

한 대 필래?

다리 환자는 병실에서 담배도 피웠다. 고개를 젓는 경두, 수줍게 웃는 경두, 말없이 지켜보는 경두.

밤마다 옷을 갈아입고 어디론가 사라지는 경두. 발정 난 고양이의 울음소리 속에 새벽마다 돌아오는 경두.

뭐 하고 오니?

전자오락요.

어디서?

오락실이요.

그 다음엔?

비디오방이요. 나 액션이 좋아요. 투투투투, 쾅쾅. 연애 영화는 싫어.

너 이 새끼, 포르노 보러 가는 거잖아. 다 알어, 임마.

다리 환자가 말하면 너는 가만히 있다가 엉뚱하게 내게 조그만 목소리로 물었다.

아저씨, 포르노가 뭐예요.

야한 영화다.

에이, 그런 건 뻔해요.

뭐가?

지겹다고요. 그런데 아저씨는 왜 그렇게 아는 게 많아요?

내 대답을 듣지 않고 밥을 날라 오는 수레 소리에 귀가 번쩍

띄는 경두. 내 밥을 타다 주는 경두. 내 밥을 갖다 주고 물을 챙겨 주고 밥을 먹는 경두. 배달을 잘하는 경두.

아저씨가 나보다 더 아프잖아요.

텔레비전을 보는 경두. 유선방송 프로그램을 줄줄 외우는 경두. 노래가 나오는 프로그램을 좋아하는 경두. 발끝을 까딱거리는 경두. 어깨를 흔들거리는 경두.

저게 무슨 말이니.

몰라요.

모르는데 좋아?

모르니까 좋잖아요.

내가 열에 들떠 밤새 소리를 질렀을 때 의사들은 고스톱을 치고 있었다고 알려 준 경두. 당직 간호사는 라면을 먹고 있었다고 일러 준 경두.

아프면 바보예요.

오토바이 이야기만 하면 눈이 반짝이는 경두. 나이 때문에 면허를 못 따서 진짜 오토바이는 타지 못한다는 경두. 밤에는 오토바이를 빌려 탈 수 있다는 경두. 확 튀어 보이게 '쇼바'를 '만땅'으로 올리고 불바퀴를 달고 안테나 단 오토바이를 타고 싶어 하는 경두. 아직 타지 못하는 경두, 일 년은 아르바이트를 더 해야 그 돈을 모을 수 있는 경두, 그때까지는 47시시 스쿠터를 타고 철가방을 들고 아파트를 오르내려야 할 경두. 경두, 아르바이트가 아닌 본업으로 아르바이트 학생처럼 배달을 하고 합숙을 하는 경두.

멋있으니까 타는 거예요. 바람에 머리를 휘날리니까 기분이 좋아요, 아저씨. 청룡열차 타는 거 같아요. 차보다 훨씬 더 재미있어요, 아저씨.

다리 환자가 끼어들었다.

야, 오토바이 안 타 본 사람 있냐. 돈이 없으니까 오토바이 타지. 돈 있으면 차를 타지 왜 오토바이를 타냐.

너는 나를 보고 이야기했다.

스트레스가 확 풀려요, 아저씨. 아저씨도 오토바이 타고 밤에 나가 봐요. 쭉쭉빵빵한 계집애들이 태워 달라고 덤벼들어요. 보상금을 받으면 진짜 오토바이를 살 거예요, 아저씨. 밤에만 탈 거예요. 난 밤이 좋아요, 아저씨. 밤에는 짭새들도 나이를 몰라봐요.

그렇지만 너는 너무 몸이 작았다. 네 얼굴엔 난 아직도 어리다고 씌어 있었다. 경두, 경두.

너는 금방 들킬 거야. 금방 잡혀, 알아?

다리 환자는 귀가 밝았다. 악착같이 우리 사이에 끼어들려고 했다. 너는 더 작은 소리로 내게 소곤거렸다.

오토바이는 겨울에는 안 타요, 춥잖아요. 귀가 떨어질 것 같아요. 그래도 타는 애들은요, 오토바이에 미친 애들이에요. 자유롭잖아요. 자유로워요. 아저씨는 자유가 무슨 말인지 알아요?

학교를 그만둔 경두, 그만둘 생각도 없었는데 어느새 배달 가방을 들고 오토바이에 올라타 있던 경두. 자장면을 배달하는 경두. 피자를 배달하는 경두. 중국집 뒷골방 자장면의 숲에 잠이 든 왕자, 경두.

아저씨, 선생이에요?

왜? 선생 아닌데.

선생같이 생겼어요. 면회 오는 사람들한테서도 선생 냄새가 나요.

무슨 냄새냐.

이 썩는 냄새하고 담배 냄새요.

……내가 싫어?

아뇨. 아저씨는 환자잖아요.

친구의 오토바이를 얻어 탔다가 친구와 함께 친구에게 주머니를 털린 아이의 부모에게 잡힌 경두. 교무실에 꿇어앉아 있던 경두. 경두, 돈을 훔치게 꾀었다고 맞는 경두. 부잣집 아들을 도둑놈으로 만든 악질·불량·비행 청소년 경두.

비겁한 새끼였어요. 돈 있는 애들은 다 그래요. 잘못해도 돈 뒤로 숨으면 되니까요. 개들이 본드 열 번 하는 거하고 우리가 한 번 하는 거하고 같아요.

누구도 변호해 주지 않고 누구도 학교에 와 주지 않아서 학교에서 쫓겨난 경두. 경두, 오토바이를 타는 아이들을 구경하다가 먹여 주고 재워 주고 입혀 주고 오토바이를 타게 해 주는 중국집에 취직했다는 경두.

두 달 있다가 토꼈어요.

왜?

주방장이 호모였어요. 방도 구해 주고 용돈도 준다고 했거든요. 나는 싫다고 했지만요. 주방장 따라간 애도 있어요. 난 나왔죠. 난 배달 잘해요.

밤마다 너는 옷을 갈아입고 밖으로 나갔다 새벽에 돌아왔다. 화장실에서 네 손으로 미리 빨아 놓은 환자복으로 갈아입고 침상을 파고들어 끙끙거리며 잠을 잤다. 그런 날은 네가 좋아하는 아침도 먹지 않고 오전 내내 잠만 잤다, 경두.

경두야, 텔레비전 좀 켜 봐.

유선방송에 다 벗은 차림의 여자들이 나오면 너는 고개를 돌렸다, 경두. 네가 젖가슴을 출렁거리며 춤을 추기라도 한 것처럼 창피해 하고 부끄러워했다, 경두.

넌 여자 친구 없니?

그딴 거 없어요.

열다섯 살인데?

계집애들 만나면 돈 써야 되잖아요. 돈을 모아야 오토바이를 사죠. 오토바이만 있으면 돈 안 써도 계집애들이 줄을 서요.

병원 안에서 쌓인 스트레스를 풀기 위해 밤마다 외출을 하는 경두. 24시간 편의점에 가서 빵을 먹고 1.5리터 콜라를 사서 전자오락실에 들어가는 경두. 누구에게도 방해받지 않고 즐기는 경두. 비디오방에 가서 부수고 때리고 죽이는 영화를 즐기는 경두. 소음기에 구멍을 뚫은 오토바이처럼 시끄러운 소리 속에서도 잠이 드는 경두.

경두, 네가 외출을 나간 어느 날 잘생긴 청년이 너를 찾아왔다. 새벽 두 시였다.

이 자리에 있던 애 어디 갔어요?

새벽 두 시에 입원실에 들어와 환자에게 그런 질문을 하는 것, 또 그 질문에 또박또박 대답을 하는 것도 이상하고 우스운 일이다만 나는 대답해 주었다, 경두.

잠깐 나갔나 봐요.

청년 뒤에는 머리를 박박 깎은 네 또래의 아이가 겁먹은 표정으로 서 있었다, 경두.

이런 좆만 한 새끼가 또 어디로 토꼈어. 또 그거 하러 간 거 아냐.

전 몰라요, 삼촌.

요렇게 놀다가 나한테 걸리기만 해 봐, 죽여 버릴 테니까. 한꺼번에 죽여 버려, 좆마니들.

청년은 자동차 키 묶음에서 늘어뜨려진 부드러운 짐승 꼬리를 배배 꼬았다가 풀며 말했다, 경두. 나는 소름이 끼쳤다. 자는 척하고 있었지만 네가 그 자리에 있는 것처럼 가슴이 뛰었다. 그 고동 소리를 듣고 청년이 내게로 온다면 나는 나도 모르게 잘못했다고 빌 것 같았다. 네 말대로였다, 경두. 나는 죽었다 살아난 환자였다. 너보다 약하고 힘없는 환자였다.

청년이 가고 난 다음 자는 척하고 있던 다리 환자가 말했다.

경두 삼촌이랍니다.

친삼촌이요?

친삼촌은요, 부모도 버린 애들인데. 미니버스로 학원 다니는 애들 실어 나르는 일을 하고 있대요.

말 한번 예쁘게 하더군요. 생기기는 멀쩡하게 생겨 가지고.

그 친구 하는 일이 불법이에요. 그쪽도 경쟁이 치열해서 먹고살기 힘든 모양이고요. 버스 한 대 값이 얼마예요? 그 돈 갚아야지, 먹고살아야지, 경쟁도 해야지, 칼부림도 나요.

어떻게 그렇게 잘 아세요?

내가 아파트 공사판에 오래 다녔거든요. 공사 끝나고 나면 보수공사를 하는데 몇 달 일하다 보면 아파트가 어떻게 돌아가는가 점쟁이보다 더 잘 알게 돼요.

다리 환자의 얘기는 언제 들어도 지겨웠다, 경두. 네가 전자오락실에 있다가 그 청년에게 정육점의 생고기처럼 끌려 나오는 광경이 떠올랐다, 경두. 네가 비디오방에서 고치처럼 잠들어 있다가 그 청년의 품에 아기처럼 안겨 으슥한 곳으로 끌려가 죽도록 맞는 것을 보는 것 같았다.

사고 나서 보상받으면 돈이 되잖아요. 저 친구도 그 돈 때문에 오는 거죠.

안 주무세요?

자야죠. 몇 십니까?

세 시요.

네 시가 넘어도 너는 오지 않았다, 경두. 점심 때에 깨어 보니 네가 내 옆 침대에 잠들어 있었다. 무사한 너를 보고 나는 기뻤다, 경두. 네가 깨자마자 다리 환자가 너에게 삼촌이 다녀갔다는 이야기를 했다.

이제 넌 죽었다.

너는 식탁의 왕자, 가지처럼 새파랗게 질렸다, 경두. 너는 한참 동안 말없이 앉아 있다가 내게 물었다.

뭐라고 해요?

어디 갔냐고 묻더라. 잠깐 나갔다고 했다.

너는 말없이 텔레비전만 보고 있었다. 네가 좋아하는 랩 음악이 나오는 텔레비전을. 다리 환자가 말했다.

걱정한다고 되겠냐. 걱정하지 마.

걸리면 난 죽어요…….

네 목소리는 잘 들리지 않았다.

네가 뭘 잘못했는데?

삼촌은 그런 거 안 따져요. 자기 하고 싶은 대로 해요.

너는 잘못한 게 워낙 많으니까, 경두. 너는 학교를 중퇴했고 집을 나왔고 어른과 천사의 말을 안 들었고 배달을 하면서 툭하면 교통신호를 위반했으니까, 아무나 너를 때리고 죽이고 치어도 되는 거니. 너는 왜 도망가지 않는 거냐, 경두.

도망가도 소용없어요. 아무도 도망가지 못해요. 삼촌은 손가락을 까딱하기만 해도 나를 찾아낼 수 있어요. 잡히면 난 죽어요…….

경찰도 찾지 못하는 너를, 경두, 네 부모가 너를 찾을 마음은 없겠지만 찾으려고 해도 찾지 못하는 널, 그 친구가 어떻게 찾아낸다는 말이냐, 경두. 그놈은 네 삼촌이 아니다. 너처럼 연약하고 힘없는 아이들의 피를 빨아먹는 거머리일 뿐이야, 경두. 하지만 나는 네게 그런 말을 하지는 못했다. 사무장이 병실에 들어섰다.

이경두, 사모님 오셨다.

사모님이라는 그 여자, 젊고 예쁘고 화장을 많이 한 그 여자. 병실 안을 환하게 만든 그 여자. 독한 향수 냄새를 퍼뜨리며 커다란 귀고리를 찰랑거리던 그 여자. 땀이 많은 그 여자.

얘, 너 참 한심하고 대책 없는 애다. 사고는 네가 내 놓고 부모도 없지, 아는 사람도 없지, 어떻게 하자는 거니. 내가 언제까지 네 치료비를 대 줘야 하는 거야. 나도 더 이상 못 참겠다. 내일까지 부모님 모시고 와. 안 그러면 나도 경찰에 신고할 거야. 내일까지야. 알았어?

경두, 너는 입술을 깨물고 한마디도 못 했다. 다리 환자가 참지 못하고 입을 열었다.

술 먹고 사고 낸 건 누군데 애보고 책임지라는 거요.

아저씬 뭐예요. 아저씨가 사고 나는 거 봤어요?

아니, 세상이 다 아는 일 가지고 이제 와서 아니라고 하면 어떻게 하자는 거냐고.

웃기는 사람이네, 증말. 왜 남의 일에 쌍지팡이를 짚고 나서는 거야. 아저씨가 애 부모예요? 왜 끼어들고 난리야.

뭐 이따위 여자가 다 있어.

다리 환자가 몸을 일으키려다 아이쿠, 소리를 내며 자리에 눕는 순간 사무장이 끼어들었다.

사모님, 흥분하지 마시고 말로 해결하십시오. 한 방에 오래 같이 있다 보니까 편을 들게 되는 거 아니겠습니까.

불쌍한 경두, 가엾은 경두, 너는 어른들끼리 아이처럼 싸우는 걸 보고 침상에서 점점 몸을 오그라뜨렸다. 환자복이 걷어 올려지고 네 종아리에 벌어진 상처가 드러났다. 물고기 주둥이처럼 빼끔하게 벌어진 그 상처에 두껍게 앉은 딱지.

사무장은 병실 밖까지 가서 고개를 숙이고 사모님을 전송했다. 돈을 내는 건 그 여자니까.

경두, 눈치를 보는 경두. 두리번거리는 경두. 눈치를 보지 않으면 이상해 보이는 경두. 간호사, 의사, 사무장, 엘리베이터의 눈치를 보는 경두. 창문을 보는 경두, 퇴원 인사를 하러 다니는 사람을 보는 경두, 아기처럼 속눈썹이 길고 착한 아기처럼 눈과 눈동자가 뚜렷하고 힘없는 아기처럼 한곳만 보는 경두.

너 이제 큰일났다. 그러니까 사고 났을 때 곧 경찰서로 갔어야지. 저런 것들을 내가 얼마나 상대해 봤는지 넌 모르지. 두고 봐라. 이젠 병원에도 안 온다, 너. 이제 네 치료비 네가 내게 생겼어, 알아? 야, 아저씨 말 듣고 있어? 어른이 말할 땐 들어야지, 어딜 봐.

다리 환자가 천장을 쳐다보며 맞는 말만 하는 사이, 경두, 너는 점점 더 몸이 작아졌다. 네 상처는 점점 더 크게 벌어졌다, 경두.

경두야, 삼촌 부를까?

너는 대답을 하지 않았다. 너는 울고 있었다, 경두. 너는 밥을 날라 오는 수레바퀴 소리가 나도 움직이지 않았다. 네가 밥을 가져다 주지 않으면 우리는 힘들었다, 경두. 나는 팔이 부러졌고 앞자리 환자는 다리가 부러졌고 그 맞은편의 노인은 욕만 했다. 보호자들은 네게 여러 가지 일을 맡겼다. 경두야, 담배 좀. 경두야, 물 좀. 경두야, 텔레비전 켜. 너는 새처럼 재잘거리며 그 일을 해 주었다. 네 뼈에는 수소가 들어 있는 것 같았다. 그런데 너는 우느라 바빠 더 이상 날지 못하게 되었다.

야, 사내자식이 그만한 일로 울기는 왜 울어. 부모님 오시라고 하면 되잖아. 밥 안 받아다 줄 거야?

욕 잘하는 환자 보호자가 소리쳤다. 너에겐 너를 돌보아 줄 부모가 없다.

이경두, 너 내일까지 지금까지 치료비 안 내면 얄짤없이 퇴원해야 돼. 사모님한테 잘 보이란 말야.

사무장이 말했다. 치료비를 못 받으면 병원은 망한다. 누구에게든, 어떻게든 치료비를 받아 내야 한다.

경두야, 삼촌 부를까. 삼촌이라면 이런 일은 잘할 거야. 삼촌 연락처 없니?

너는 베개에 코를 박고 말했다.

나를 위하는 척하지 말아요, 아저씨. 아저씨나 잘하란 말야.

네가 그렇게 말하면 나도 할 말이 없어졌다.

씨발놈아, 날 죽여라, 응 죽여. 아파 죽겠어, 아퍼, 아이고 어머니. 얘가 날 죽이려고 해요.

노인은 울부짖었다.

그래 차라리 죽어, 죽어 버려. 나도 더는 못 참겠어. 젊은 놈이 맨날 이게 뭐야. 죽어, 제발 부탁이니까 이젠 그만 죽어, 진짜로 죽는 거야, 아빠.

아들이 마주 울부짖었다.

I'm a loser, baby. So why don't you kill me?

네가 좋아하는 음악 프로그램이었다, 경두. 네가 보지 않는 동안에도 텔레비전은 그 프로그램을 방송했다. 뮤직비디오에 가수가 나와서 그렇게 노래했다. 무슨 말인지 너는 몰랐지만 그 노래를 정말 좋아했다. 나는 너를 위해 그 노래가 무슨 뜻인지 알아두었는데, 너는 내게 노래의 뜻을 묻지 않고 울고만 있었다. 조그맣게 신음하며 울었다.

팔이 다시 부러질 것처럼 아파왔다, 경두. 나도 신음을 냈다. 간호사가 꽂았던 링거 주사 자국이 시커멓게 부풀어 올랐다. 간호사는 막 학교를 졸업한 신참이었다. 그날은 모든 게 최악이었다.

머리를 박박 깎은 네 친구가 나타났다. 부르지 않았는데도. 삼촌이 곧 올 거라고 말했다. 그 친구는 네 손을 잡고 침상 곁에 앉아 있었다.

너는 본드를 하지 않고 계집애들을 따라다니지도 않았다. 너는 착한 친구였다, 경두. 너는 아르바이트로 돈을 모아 오토바이를 사려고 했을 뿐이다, 너는 배달을 가다가 사고를 당했고 보상금으로 오토바이를 사려고 했을 뿐. 너는 오토바이의 쇼바를 만땅으로 올리고 불바퀴를 달고 싶어 했다, 경두. 너는 겨우 열다섯 살이고, 정리를 해 보자, 너의 부모는 너를 버렸고 선생도 너를 버렸고 네 친구들도 너를 버렸다. 너는 한 사람도 버리지 않았다. 네 삼촌도 버리지 못했다. 너는 사방에서 사람들을 도왔다. 네가 너를 위해 한 일이라곤 전자오락과 슉슉 소리 나는 비디오를 본 것뿐.

병실 안의 사람은 모두 잠이 들었다. 너를 감시하던 네 친구도 침상에 머리를 박고 자고 있었다, 경두. 그 아이의 팔에는 경두, 담뱃불로 지진 자국이 있었다. 내가 설핏 잠에서 깨었을 때 너는 소리 없이 옷을 갈아입고 있었다. 밤이 되었기 때문에, 너는 외출을 해야 했다. 스트레스를 풀기 위해, 경두.

병실을 나서기 전에 너는 무엇인가를 입에 집어 넣었다. 너는 배가 고팠다, 경두. 하루 종일 아무것도 먹지 못했다, 경두. 너는 우물우물 무엇인가를 씹으며 병실을 나섰고 절름거리는 발소리를 내며 사라졌다. 그리고 너는 돌아오지 않았다.

그게 뭐니, 네 입안에 있는 거?

너는 씩 웃으며 입안에 있던 걸 뱉었다. 그건 네 상처를 덮고 있던 커다란 딱지, 흐물흐물해진 딱지였다. 너는 수줍게 그것을 다시 입에 집어 넣었다.

그러면 상처가 덧나지 않니. 자꾸 커지잖아.

너는 다리를 걷어 올렸다. 물고기 주둥이처럼 보이는 그 자국을 보여 주었다.

괜찮아요. 오토바이가 달려왔다. 오토바이 위에는 아무도 없었다. 연결 부위마다 푸른 기름이 줄줄 흐르는 새 오토바이였다. 너는 새처럼 가볍게 그 위에 올라탔다, 경두. 쇼바가 아득히 높고 불바퀴를 달고 안테나를 올린 오토바이.

타요, 아저씨. 내가 특별히 태워 주는 거야.

나는 낑낑거리며 오토바이 위에 올랐다. 이상하지, 부러진 팔이 아프지 않았다. 오토바이는 가볍게 푸르륵거리는 소리를 냈다. 네 몸도 진동했다. 나는 네 허리에 팔을 감았다. 네 허리는 여자아이처럼 잘록했고 너에게서는 젖 냄새가 났다, 경두.

꽉 잡아요, 아저씨!

웅웅거리던 오토바이, 말굽을 차며 푸르륵거리는 말처럼 기다리던 오토바이, 네가 발로 기어를 연결하는 순간 오토바이는 총알처럼 달려 나갔다, 경두. 올림픽 대로였다, 경두. 너의 부드러운 머리칼이 내 얼굴을 간질였다, 경두. 너의 머리칼은 여자처럼 길게 자랐다. 너는 온몸을 웅크리고 앞을 향해 달려 나갔다. 내 뒤에 다른 오토바이가 나타났다, 경두. 네 옆에도 다른 오토바이가 있었다, 경두. 순식간에 대로는 오토바이로 가득 찼다, 경두. 너는 오토바이 앞바퀴를 들어 올렸다, 경두.

너는 시속 100킬로미터, 경두. 너는 시속 150킬로미터. 경두,

너는 시속 200킬로미터. 너는 속도였고 자유였다. 네 몸은 무기력하게 자전하는 지구 위에서, 늘 그렇듯 정해진 궤도를 따라 은하를 공전하는 태양계에서 가장 빠른 물질이 되었다.

나는 어지러웠다, 경두. 길바닥이 보이지 않았고 구역질이 나려고 했다, 경두. 너는 네 자유를 향해 달려갔고 나는 무서웠고 내리고 싶었다, 경두. 나는 용기가 없다, 경두. 나는 환자다, 경두.

나는 너의 허리를 잡았다. 세워 줘. 난 무서워.

경두, 경두, 경두, 경두, 경두, 너는 새처럼 재잘거렸다.

난 죽어도 좋아. 죽어 버릴 거야. 자유로워질 거야. 난 멈추지 않을 거야. 멈추지 않아, 절대 멈추지 않아.

경두, 네 오토바이는 시속 250킬로미터. 마하, 마하, 마하, 마하, 너는 음속을 뚫었다. 너는 오토바이와 한 몸이 되어 달렸다. 너와 오토바이는 서로에게 체인을 연결하고 핏줄을 뻗고 뇌수와 엔진을 교환하고 서로에게 파고들어 갔다. 그러면서 더욱 빠르게 달렸다. 너는 대기권을 탈출했다. 너는 태양계를 탈출했다. 너는 은하계를 탈출했다.

나는 꿈에서 깼다. 네 자리는 비어 있었다. 네 자리에 남아 있던 것, 그건 커다란 상처 딱지. 나는 네가 네 상처 속으로 오그리고 들어가 딱지가 된 거라고 생각한다, 경두.

너는 돌아오지 않았다. 너를 찾아오던 사람들도 오지 않았다. 앞자리의 다리 부러진 환자는 네가 죽었다고 한다, 신문을 보고, 경두.

경두, 너는 오토바이가 됐다. 우주를 넘어 날아가 버렸다, 경두. 경두…….

《조동관 약전》(강, 2003)

성석제

경북 상주에서 태어나 연세대학교 법학과를 졸업했습니다. 1986년 《문학사상》 시 부문 신인상을 수상하며 등단했습니다. 1995년 《문학동네》에 단편소설 〈내 인생의 마지막 4.5초〉를 발표하면서 소설을 쓰기 시작했습니다. '우리 시대의 이야기꾼'이라는 별명이 생겼을 정도로 재미있고 흥겨운 소설을 쓰고 있습니다. 소설집으로 《내 인생의 마지막 4.5초》, 《재미나는 인생》, 《황만근은 이렇게 말했다》, 《번쩍하는 황홀한 순간》 등이 있으며, 장편소설로 〈왕을 찾아서〉, 〈궁전의 새〉, 〈순정〉이 있습니다.

:: 생각해 보기

1 이 소설에 나오는 인물 중에서 가장 비난받아야 할 사람은 누구인지 세 사람을 순서대로 꼽아 보세요. 왜 그런지 이유도 함께 써 보세요.

2 이 소설의 문체는 독특합니다. 어떤 느낌을 주기 위해서, 어떤 효과를 얻기 위해서 이렇게 썼을까요?

3 경두는 자신만의 탈출구로 오토바이를 탑니다. 자신에게도 경두와 같은 탈출구가 있다면 무엇인지 써 보세요.

:: 더 읽어 보기

〈경두〉는 무척 안쓰럽고 슬픈 소설입니다. 경두는 자기 상처 속으로 오그리고 들어가 우리들의 상처가 되었지요. 이 상처는 인간을 단편적으로 이해하고, 돈으로 매사를 판단하며, 가정과 사회가 제 역할을 다하지 못함을 보여 주고 있습니다. 그 상처에 새살이 돋아나길 바랐지만, 경두의 주변에 힘이 되어 줄 사람은 없었습니다.

오토바이를 타는 것으로 탈출구를 삼는 〈경두〉를 읽다 보니, 《함께 있을 수만 있다면 1·2》(안나 가발디, 문학세계사)에 나오는 오토바이광이자 요리사인 프랑크가 생각납니다. 온통 나쁜 사람 천지인 〈경두〉에 비해 《함께 있을 수만 있다면》에는 세상과 제대로 소통하지 못하는 여러 사람들이 나와서 서로에게 힘이 되어 줍니다. 이 소설에는 부모에게 버림받고 부양해야 할 할머니가 있는 요리사와, 사람에게 상처를 입어 더 이상 그림 그리기가 어려운 화가의 사랑 이야기가 펼쳐집니다. 단순히 사랑 이야기라고 하기에는 아쉬운, 사람과 사람 사이의 소통과 연대를 다룬 이야기가 섬세하고 따뜻하게 그려져 있습니다. 〈경두〉의 결말이 가슴 아픈 사람이라면 이 소설을 꼭 읽고 위로받았으면 좋겠습니다.

오토바이를 타는 청소년이 나온다는 소재 차원에서 생각나는 소설은 《어느 날 내가 죽었습니다》(이경혜, 바람의아이들)와, 《짜장면》(안도현, 문학동네)입니다. 재준이의 오토바이 사고사를 접하고 유미가 읽어 내려가는, 재준이의 일기장 제목이기도 한 《어느 날 내가 죽었습니다》에는 유미가 새로 꾸리는 가정과 성장의 딱지를 어루만져 주는 어른들이 나옵니다. 《짜장면》의 주인공은 여자아이를 뒤에 태우고 신나게 달려 보기를 소망하는 청소년이고요.

《어느 날 내가 죽었습니다》와 《짜장면》에 비할 때 〈경두〉는 좀 더 막막하고 슬픈 소설입니다. 그러나 슬픔만 한 거름이 어디 있겠습니까. 궁지에 몰린 경두가 그 새벽에 오토바이를 타고 홀연히 사라졌을 때 뻥 뚫린 가슴만큼, 꼭 그만큼 읽는 이는 사람을 이해하는 경험을 할 수도 있습니다.

소설은 인간을 탐구하는 문학입니다. 〈경두〉에 나오는 인간들은 우리네 흉흉한 사회를 비춰 주는 거울입니다. 이 소설을 읽으며 '우리는 적어도 어떤 인간이 되어서는 안 되는가?', '경두에게 희망을 주려면 어떤 사람으로 살아가야 하는가?'를 생각해 보세요. 그리고 경두의 불행에 자신을 비추어 안도하는 선에서 한 걸음 나아갔으면 합니다. 경두처럼 선한 품성의 아이를 절망하게 만드는 사회를 바로 보는 힘, 자신과 다른 처지의 사람을 깊이 이해하려는 노력, 타인의 슬픔을 공감하는 힘에 대해서 생각해 봅시다.

쇼핑

수지 모르겐스턴, 알리아 모르겐스턴

딸아이는 온갖 청바지를 다 입어 본다. 벨트가 맘에 안 든다, 주머니가 밉다, 너무 꽉 낀다, 너무 안 낀다, 혹은 너무 길다, 너무 짧다. 내가 보기엔 눈곱만 한 차이도 없다. 난 지친다. 딸애는 화가 나서(나 때문에) 죽으려고 한다. 내가 도대체 판별력이 없다는 것이다. "엄마는 이렇게 형편없는 옷이 어떻게 나한테 어울릴 수가 있다는 거야?"

내가 보기엔 눈곱만 한 차이도 없는걸

구멍 난 양말, 쌓아 놓은 팬티가 점점 줄어드는 현상, 브래지어, 유행이 한참 지난 청바지, 없어진 스웨터, 그리고 후렴구처럼 반복되는 "내 옷은 입을 게 하나도 없잖아." 하는 짜증 섞인 푸념. 이 모든 것들이 함께 쇼핑을 나가자는 딸아이의 절박한 청원을 피할 길 없게 만든다. 벌도 한꺼번에 받아 버리는 게 낫다. 이왕이면 두 딸을 다 데리고 나가자. 한 방에 둘 다 다신 입 떼지 못하게 해 놓으면 얼마 동안은 조용하겠지.

하던 일을 잠시 내버려 두고 이 지겨운 의무를 수행하기로 한다. 낙관주의적인 전망을 가지고. 한동안 물건 장만하는 일을 잊고 살았다. 의욕도 있고, 기운도 있을 때 나가 보자. 오늘은 기나긴 목록에서 몇 가지를 없앨 생각은 전혀 없고, 한 번에 다 사서 끝내 버릴 작정이다!

옷을 갈아입는다. 딸아이가 나타나는데(제일 늦게) 보니 꽉 끼는 청바지에다 티셔츠는 세 겹쯤 덧입고, 발목을 훨씬 웃도는 운동화를 신고 있다. 나는 옷도 입어 보고 신도 신어 보고 하려면 썩 편리한 복장은 아닌 것 같다고 넌지시 말해 본다.

"괜찮아, 걱정 마. 난 빨리 갈아입을 수 있어."

지갑에 지폐가 충분히 들어 있는지, 신용카드랑 수표책은 잘 챙겼는지 확인을 해 본다. 이 아이들이 오늘, 나를 완전히 벗겨 먹으려고 들 것이다. 너무 많이 쓰면 안 되는데…….

나는 소비하는 걸 안 좋아한다. 별거 아닌 물건을 살 때에도 나는 큰 결심을 해야 한다. 내 성격, 내가 받은 교육이 꺼림칙하다. 어머니, 할머니, 증조할머니가 생각난다. 그들이 합창을 하는 것 같다. "이게 너한테 정말 필요한 물건이니? 없으면 안 되는 거야? 빨간색 땡땡이 무늬가 있는 흰 블라우스 입으면 진짜로 인생이 더 즐거울 거 같아?" 그들의 목소리가 백화점을 어슬렁거리는 나를 끈질기게 따라다닌다.

나는 돈 가지고 까다롭게 구는 사람이 아니다. 구두쇠도 아니고 깍쟁이도 아니다. 파티를 열거나, 음식을 한 상 잘 차릴 때나, 친구들 도와줄 때, 휴가나 여행을 위해서라면 얼마든지 돈을 팍팍 쓸 줄 아는 사람이다. 그러나 청바지 사는 데는?

첫 번째 백화점. 돌격. 분류. 입어 보기. 옷이라고 다 볼품도 없다. 싸구려같이 보이는데 비싸기는 너무 비싸다. 딸아이가 합성섬유로 만든 모양을 알 수 없는 회색 원피스를 들어 보인다. 내가 여기 온 것은 딸아이 취향을 비판하기 위한 건 아니니까. 그냥 돈만 내면 된다. 말을 돌려 본다. "단박에 사 버리기는 좀 그렇잖아. 다른 데도 좀 둘러보고 나서 결정하자, 응?"

딸아이는 입을 비쭉 내민다. 또 시작이다.

다 같이 계속 둘러본다.

작은딸이 양 옆에 푸른 줄이 그려져 있는 꿈에도 그리던 농구화에 눈독을 들인다. 신경이 날카로워지기 시작하려고 그런다. 판매원 아가씨가 다가온다. 천사같이 웃는 얼굴. 240사이즈(열두 살 나이에, 내 딸의 장래가 기대된다.) 상자를 찾아온다. 딸아이는 발을 밀어 넣고 끈을 매어 본다. 발을 굴러 보고, 걸어 보고, 뛰는 시늉도 해 보고, 말하자면 상당히 능동적인 자세로 운동화를 테스트해 본다. 괜찮아 보인다. 제발 괜찮아라…….

"그걸로 할까?"

"오른쪽 발은 꼭 맞는데……."

그래, 그렇게만 나가라!

"근데, 왼쪽 발이 좀 아파." 그러면 그렇지!

"이걸루 245사이즈 있어요?"

"찾아볼게요."

기도하는 심정. 아가씨가 상자를 들고 온다. "245는 없네요. 다른 모델로는 있는데." 그녀가 딸아이에게 농구화를 신겨 보인다. 딸들은 둘 다 마음에 안 들어 한다. 난, 마음에 든다. 내 마음에 든다. 아가씨가 체념한 얼굴로 우리를 바라다본다. "죄송합니다."

"나도 속상해요."

다음엔 4층에 있는 재킷 외투 코너로 올라간다. 난 초장부터 맥이 빠졌다. 딸아이가 재킷을 하나 입어 본다. 잘 어울린다. 용기를 내어 입 밖으로 표현한다.

"그렇긴 한데, 파스칼 거랑 거의 똑같애."

"여기 있는 재킷들 다 비슷비슷한데."

"아냐. 난 라인이 좀 많이 들어간 걸로 입을 거야."

이리저리 뒤지다가 흰색과 검은색으로 체크 무늬가 있는 재킷을 하나 꺼내 보인다. 딸아이는 싫다고 고갯짓을 해 보인다. "청바지랑은 안 어울리겠어."

다시 한 번 살펴보고 스포티해 보이는 감청색 재킷을 골라낸다. 딸애는 얼굴을 찌푸린다. "원피스랑은 같이 못 입겠는데."

나는, 깜찍하면서도 고급스러워 보이는 베이지색 재킷을 찾아낸다. 딸애는 가격표를 쳐다본다. "엄마, 이거 얼만지 알아?"

그래, 안다. 너무 비싸서 속이 쓰린다. "너만 좋다면야, 비싼 게 문제겠니."

딸아이가 받아 입어 본다. "글쎄, 생각보다 안 이쁘네."

재킷이란 재킷은 한 번씩은 다 입어 봤을 거다. 하나도 마음에 드는 것이 없단다. 옷가게를 나서는데 파김치가 된 기분이다.

사철 바겐세일이라고 써 붙여 놓은 옷더미에서 작은딸에게 어울릴 만한 추리닝이 하나 눈에 띈다.

"쟨, 저런 옷 수도 없이 많잖아." 언니가 못마땅한 소리를 하고 나선다. "내가 작년에 입던 것도 재 줬는데."

"그래, 쟨 그런 것만 입잖아. 이건 값도 안 비싼데 뭐!"

동생은 이것저것 입어 보지만 결정을 하지 못한다. 내 마음대로 할 생각은 없다. "흰색으로 하렴. 너한테 잘 어울리던데." 아이는 흰색을 다시 입어 본다. 언니는 속이 부글부글 끓는다. 노골적으로 싫은 얼굴을 하고 있다. 흰색을 산다. 열두 시가 다 되어 간다.

"왜 그러는 거니, 너?"

아차, 실수. 엎질러진 물을 주워 담을 수도 없고. 아니나 다를까.

드디어 터진다. "엄만, 몰라서 그래? 내건 하나도 안 샀잖아. 하나도! 난 속옷부터 다 사야 된단 말이야! 팬티 하나도 제대로 입을 게 없는데!"

나는, 저 아이에게 얼른 뭐라도 하나 사 주지 않으면 재미가 없을 것이라는 걸 직감적으로 알아차린다. 그것도 빨리. 애들을 데리고 속옷 코너로 간다. "골라 봐!"

딸아이는 팬티 몇 장과 브래지어 두 개를 집어 든다.

이제 마음이 좀 풀리나 보다. 긴장 완화. 다음엔 티셔츠를 보러 간다. 딸아이는 분홍색을 집어 든다. 보아하니 순면이 아니고 아크릴이 50퍼센트 섞여 있다. 합성섬유를 못 참는 내가 말한다. "그런 거 순면으로 된 게 있는지 한번 찾아보자."

딸아이는 밥맛이라는 듯(나 때문에) 들었던 티셔츠를 탁 내려놓는다. 또다시 긴장.

"점심 먹을까?"

"응!" 작은딸이다.

큰딸은 그러지 뭐, 하는 표정으로 나를 쳐다볼 뿐. 그래, 레스토랑에 따라와 주시는 것만 해도 황송해서 눈물이 나올 지경이구나.

"먹으면서 좀 쉬자. 뭐 먹고 싶니?"

"감자튀김!" 작은딸.

"에이, 싫어!" 큰딸.

"샐러드 잘 하는 집 있는데 거기 갈까?"

"싫어!" 만장일치.

"중국 식당은 어때?"

"웩!" 작은딸.

"너희들 피자 먹고 싶니?"

"괜찮겠다." 그러기로 한다.

시내 한복판에 있는 '모퉁이 카페'로 간다. 이 집 피자 맛은 기가 막히다. 딴 데랑은 비교가 안 된다. 모르긴 해도 세계에서 제일 맛있을 것이다. 이 집은 나름대로 격조 있는 표현을 동원해 피자의 미학을 펼친다. 종잇장처럼 얄팍하지만 바삭바삭하고도 탄탄한 빵 반죽. 그 위에 펼쳐지는 절묘한 맛의 파노라마. 큰 피자, 큰 만족.

소탈하면서도 싹싹한 여주인이 메뉴판을 가지고 온다. 내가 시키는 건 정해져 있다. 아이들도 마찬가지다. 아무 문제가 없다.

"자, 뭘로 하실까요?" 연필을 손에 든 채 그녀가 묻는다.

"난, 마르그리타로 주세요."

"저두요. 근데 치즈는 넣지 마세요." 큰딸아이가 말한다.

"피자에다가 치즈를 안 넣어요?" 여주인은 한 방 맞은 기분인가 보다.

"왜요, 불가능한가요?" 딸애가 꼬치꼬치 따진다.

"불가능한 게 아니라 맛이 없죠!" 딱하다는 말투다.

"아녜요, 난 그런 게 좋아요."

"음, 그럼 토마토랑 올리브유를 좀 많이 넣죠."

"그래 주세요."

작은딸은 바질향 소스를 넣은 파스타를 주문한다. 근데 바질은 넣지 말란다. 여주인이 이상한 눈으로 나를 흘깃 쳐다본다. 도대체 내가 애들을 어떻게 길렀기에 이 모양이지? 치즈 빼고, 바질 빼고, 왜 이렇게들 삐딱할까. 국가의 수치다. 지역의 수치다.

이 집 사람들은 손님들에게 맛있는 음식을 제공하는 데에 긍지를 느끼는 사람들이다. 우리를 마음에 안 들어 하고 있다. 그럼에도 불구하고 내 딸들은 저희들이 주문한 기형적인 요리를 맛나게 먹고 나온다.

진스빌에 가더니 딸애는 청바지를 한아름 안고 탈의실에 들어가서 안 나온다. 첫 번째 청바지가 나온다. 나는 목을 빼고 기다린다. 두 번째 바지가 나온다. 생각지도 못했던 행동이다. "입은 거 안 보여 줄 참이니?" 나도 할 일이 있어야 될 것 아닌가.

"마음에 드는 게 있으면 입고 나갈게."

"입은 거 다 보여 줘야지."

다음 번 청바지를 입고는 나를 부른다. 나무랄 데가 없다. 게다가 이 가격이면 안 살 이유가 없다!

"아냐, 여기가 좀 더 꼭 끼어야 돼." 딸아이는 제 허벅지를 가리키며 말한다. 글쎄 1밀리나 더 차이가 있을 수 있을까.

다른 걸 가져와서 입어 본다. 나무랄 데가 없다. 아까 거랑 꼭 같다. "이쁜데." 하고 말해 준다.

"아냐, 여기가 좀 더 꼭 끼어야 돼." 딸아이는 제 장딴지를 가리키며 말한다.

또 다른 걸 가져와서 꿰찬다. 나무랄 데가 없다. "이걸로 할까?" 되는 대로 말해 본다.

"아냐, 컷팅이 맘에 안 들어."

딸아이는 온갖 청바지를 다 입어 본다. 벨트가 맘에 안 든다, 주머니가 밉다, 너무 꼭 낀다, 너무 안 낀다, 혹은 너무 길다, 너무 짧다. 내가 보기엔 눈곱만 한 차이도 없다. 난 지친다. 딸애는 화가 나서(나 때문에) 죽으려고 한다. 내가 도대체 판별력이 없다는 것이다. "엄마는 이렇게 형편없는 옷이 어떻게 나한테 어울릴 수가 있다는 거야?"

"다 너한테 잘 어울려. 진짜 내 속마음을 말하라면 말이지, 근데, 여기 있는 거 다 합해도 네 옷장 속에 든 것만 못하다."

"엄마는!" 우리의 고3은 다음과 같은 불쌍한 낱말만 잔뜩 주워섬기며 자신의 처참한 의상 수준에 대해 발표를 시작한다. 구멍 난, 뜯어진, 올이 풀어진, 가장자리가 너덜너덜해진, 낡은, 유행지난, 썩어 빠진, 곰팡내 나는, 입을 수가 없는. "그 따위 옷 입고 나가려면 차라리 죽고 말겠다."

"그렇지만 아주 새옷도 있잖아!"

"예를 들면?"

"파란색 골덴 치마는 한 번도 안 입었던 거잖아!"

"그걸 어떻게 입어!"

"네가 사자고 그래서 샀잖아."

"실수였어."

"면 남방은 다 어쩌구?"

"엄마 때문에 할 수 없이 샀지. 난 남방은 싫어."

"청바지도 열 개는 되겠더라."

"이젠 안 맞아."

"아주 입고 꿰매지 않는 다음에야 어떻게 너한테 꼭 맞는 청바지를 만들어 낼 수가 있겠니!"

"맞고 안 맞고는 내가 알지, 엄마가 어떻게 알아. 알지도 못하면서 괜히 난리야."

"그래, 그래, 더 찾아다녀 보자." 작은딸은 지겨워 죽으려고 하고 나는 기운이 다 빠져 버렸다. 온몸이, 뼈 마디마디가, 바늘 끝 같은 신경이 다 피곤하다는 신호를 보내 온다. "빨리 사고 집에 가야 될 것 같다."

네 시 반이다. 낭패감이 딸아이 얼굴에 써 있다.

"난 아직 아무것도 안 샀잖아!" 울상을 하는 딸아이.

"아냐, 하루 만에 어떻게 다 사니. 그래도 팬티랑 브래지어는 샀으니까 발가벗는 건 면했잖아?"

무자비한 인상.

살아남으려면 뭐라도 사 주는 게 안전할 것 같다. 하지만 살아남을 것 같지가 않다. 그냥 포기해 버릴 수도 있을 것이다.

단박에 다시 티셔츠 가게로 가서, 참으로 다행히도, 분홍색과 노란색 티셔츠를 건진다. 이제 약간 잠잠해졌다.

더 이상은 나도 못 참겠다. 이제 집에 들어가서 저녁 준비할 시간이다. 나는 협상을 제안한다. "나 먼저 들어갈게. 너희들끼리 더 다녀 봐. 너 돈 가진 거 있니?"

"응."

"그럼, 과소비라고 판단되지 않는 한도 내에서 네가 쓰는 돈 나중에 다 갚아 줄게, 됐지?"

"알았어."

휴전을 선포한 뒤 아이들끼리 놓아둔다. 한 짐 덜어 놓은 날아갈 것 같은 기분에 집까지 올 기운이 생긴다. 깎고, 썰고, 다지고. 정리정돈. 무얼 해도 딸들이랑 쇼핑 다니는 것보다는 덜 힘든 것 같다.

저녁 준비가 거의 다 되어 갈 무렵 아이들이 까불거리면서 들이닥친다. 애들 치마 하나, 스웨터 하나, 농구화, 반장화, 스카프, 그리고 믿기지 않지만 진짜 청바지도 하나 사 가지고 왔다. 어떻게 된 걸까? 나 때문에 불편했다는 얘긴가?

돈을 다 물어 주겠다고 했다. 스카프값만 빼고. "스카프는 실컷 샀잖아! 쓸데없는 걸 왜 또 사니?" 그래도 아무렇지도 않은가 보다. 딸애는 날아갈 것 같은 발걸음으로 상큼하게 제 방으로 올라간다.

모델처럼 새로 산 스웨터와 치마를 입고 나타난다.

"아주 잘 어울리는구나." 기분이 썩 좋다.

딸애는 다시 오르락내리락 하면서 청바지를 입고 와 보인다. 아까 입어 보던 것과 뭐가 다른지 모르겠다. 딸애는 제가 사 온 청바지를 꼼꼼하게 뜯어본다. 주머니에 손을 넣어 보고, 거울을 본다. 마음에 안 들어 한다. 더럭 겁이 난다. "너무나 이쁘다, 얘."

"왜 이렇게 된 거지? 아까 가게에서 입어 볼 때는 그렇게 좋아 보였는데, 지금 보니까 나한테 안 어울리네. 안 되겠어."

"뭐가 안 돼, 잘만 어울리는구만."

"아냐, 어울리긴 뭐가 어울려!"

"그럼 가서 바꿔라."

"그래 봐야겠어."

딸애는 기분 나쁘고 속상한지 맥빠진 모습으로 제 방으로 올라간다.

남편이 들어온다. "오늘 하루 잘 지냈어?"

"부탁이야, 제발 묻지 말아 줘. 나 좀 살자."

"왜 그래?"

"애들이랑 쇼핑을 나갔었어." 이 한마디로 그는 충분히 무슨 얘긴지 알아듣는다.

"왜 그랬어?"

"사야 할 게 너무 많대."

"또?"

"옷은 입혀서 키워야 될 거 아냐!"

"옷이고 뭐고 애들 짐이 얼마나 많아, 집이 비좁을 지경인데."

"그렇긴 하지만 유행이라는 게 있잖아."

"난 그런 거 관심 없어."

사실은 나 자신도 찬성할 수 없으면서도 나는 일련의 용어들(구멍 난, 썩어 빠진, 낡은)을 사용해 가며 딸아이의 논지를 옹호해야 할 순간이다.

쓸데없는 옷가지들을 사들인 데에 대한 변호를 나는 제대로 해내지 못한다.

과소비를 용납할 줄 모르는 그가 구시렁거린다. "난, 이해 못 해."

미니스커트와 스웨터, 반장화를 차려입은 딸아이가 바비인형 같은 모습을 하고 나타난다. 이 아이를 알고 있는 나는 부르르 떤다. 저녁 식사의 많은 부분이 이 새옷 위에 가서 떨어질 것이다.

"아빠, 안녕!" 그도 자기 귀로 분명히 들었다. 딸애가 인사를 다 했다. 그는 그만 지고 만다. "아빠, 이 치마 예뻐?"

"아주 예쁘구나!" 심판관 말씀.

나는 재미있다는 눈초리로 그를 쳐다보며 눈으로 묻는다. "이제야 알겠지, 내가 왜 그랬는지?"

그가 웃는다.

영화 보러 나갈 때 입을 옷을 오늘 꼭 사고 말 거야

됐다! 엄마가 된다고 그랬다. 드디어 쇼핑을 가게 되었다. 어휴, 다행이다. 죽어라고 청치마만 입고 다닌 게 벌써 한 달째다. 다른 애들 다 입고 다니는 좋은 청바지가 나도 필요하다. 청바지 고르는 데는 나 나름대로의 기준이 있다. 위는 꽉 끼어야 되고 밑은 좀 짧아야 된다. 물도 적당히 빠진 색깔이라야 하고. 계산대에 가서 나를 위해 새로 산 옷값을 계산하는 순간을 눈에 그려보며 즐거운 꿈을 꾸고 있는 중이다, 지금.

유행은 중요한 것이다. 유행에 맞는 옷이라는 것이 소비사회의 결과물이라는 것을 인정하는 나는 스스로가 그 결과의 희생물이라는 것에 자발적으로 동의한다. 옷을 제대로 차려입어야 몸과 마음이 다 편하다. 옷은 내 신체적인 결함을 가려 줄 수 있는 제2의 피부이다. 콤플렉스여 안녕. 내 피부가 군중의 찬탄을 자아내지 못한다 해도 내 제2의 피부는 뭇사람들의 시선을 끌 수 있을 것이다.

그러나 우리 엄마 같은 엄마 밑에서 살면 꿈을 꿀 수가 없다. 엄마는 필요 이상으로는 1상팀(centime, 프랑스의 화폐 단위)이라도 쓰는 걸 지독히 싫어한다. 그런데 엄마랑 나랑은 필요라는 것의 개념이 다르다.

자, 백화점으로 돌격! 무엇무엇을 사야 하는지 미리 다 생각해 두었음에도 불구하고 머릿속이 복잡하다. 일단 가고 보자! 출발! 첫 번째 가게. 별볼일 없음. 두 번째 가게. 멋있다. 내 마음에는 다 드는데, 우리 엄마는 마음에 안 들어 하신다. 곁다리로 따라온 동생 마음에도 안 든다. 멋있다고 탄성을 지르고, 너무 필요한 물건이라는 걸 암시하며 불쌍한 척도 해 보고, 갖고 싶다는 암시를 해 봐도 소용이 없다. 꿈쩍도 안 한다! 역겹다. 글쎄, 상가 쪽에 가면 가격이 엄마 수준에 맞을지도 모르지. 그것도 모르는 일이야. 엄마는 일차 대전이 일어나기 전 시절 가격들에 대해 향수를 지니고 있는 것 같다. 그래서 꼭 할머니처럼 이렇게 말하는 때가 많다. "요샌 뭐든지 너무 비싸."

내 돈을 가지고 나왔다. 그리고 가격을 불문하고 살 건 사야겠다는 단단한 각오가 서 있다. 내일, 남자애들이랑 영화를 보러 가기로 했다. 입고 나갈 만한 옷을 오늘 꼭 사고야 말겠다.

좋아, 다음. 아니, 이게 뭐야……. 두 시간 동안이나 신발 가게, 스포츠용품 코너를 돌면서 시간만 질질 끌고 있다. 동생은 농구, 핸드볼, 크로스 컨트리, 수영 등 도대체 스포츠에 전혀 관심을 보이지 않는 우리 가정에 기현상을 일으키고 있는 장본인이다. 엄마는 이 아이에게 스포츠용품 일체를 갖춰 주면 나아질 거라고 생각하는 모양이지. 이틀에 한 켤레씩 새 농구화 사 주고, 추리닝도 수백 개씩 사 주고 반바지도 실컷 사 주고……. 나한테는 전혀다. 나는 진열장 앞에서 군침만 꿀꺽꿀꺽 삼킨다. 원피스, 치마, 바지 자꾸 입어 보자니 땀방울이 송글송글 맺힌다. 우리 엄마한테는 너무 비싸다.

엄마는 내게 팬티와 브래지어를 사 준다. 그걸로 내가 입이 찢어지기라도 할 줄 아는 모양이다.

어림없다. 난 기운이 안 난다. 스웨터도 하나 안 사고, 바지도 없고, 원피스도 없고.

편안히 먹으면서 잠시 잊고 싶지만 나 때문에 엄마가 편치 않은 게 눈에 보인다. 피자를 주문하면서 치즈를 넣지 말라고 했던 것뿐인데 내가 무슨 스캔들이라도 일으켰다는 기세다. 치즈를 싫어하는 게 내 잘못인가? 애기 때부터 치즈를 안 먹였으니까 그렇지. 엄마는 붉은무 절임을 싫어한다. 그렇지만 그게 말썽이 되는 일은 한 번도 없었다.

나는 알고 있다. 엄마가 쓰러지기 일보 직전이라는 것을. 엄마는 동생과 둘이 알아서 해 보라고 하면서 먼저 들어간단다. 그러면서도 돈은 한 푼도 안 준다. 내 돈 600프랑을 가져왔기에 망정이지.

열 발짝이나 떼어 놓았을까 한데 파스칼을 만난다. 옷 고르는 감각이 뛰어난 애다. 신난다는 듯이 나를 끌고 다닌다. 한 시간 후, 나는 의상 준비를 확실하게 끝낸다.

동생도 싱글벙글이다. 내가 산 옷이 다 자기한테도 맘에 들기 때문이다(우리 둘이는 체격이 같다). 보나마나 빌려 입을 꿈을 꾸고 있는 중이다. 얘야, 집에나 빨리 들어가자. 쇼핑백 꾸러미를 보더니 엄마가 기절초풍을 한다. 청구서가 얼마나 될 건지 속으로 계산하고 있는 중이다!

이제 패션쇼 시작. 엄마는 말할 것도 없이 죄다 마음에 들어 한다. 어디 가서 이 값에 이만한 물건을 사겠는가. 그러나 난 좀 속은 기분이다. 회색 치마는 색깔이 너무 옅고, 스웨터는 진짜 앙고라가 아니며 반장화는 진짜 가죽이 아니다. 게다가 청바지도 나한테 그렇게 잘 어울리지는 않는 것 같다.

이럴 수가!

부티 나지는 않겠지만 그래도 어쨌든 입을 건 생겼다. 나는 있는 옷을 잘 배합해서 멋을 연출하는 솜씨가 있는 사람이니까. 특히 유행 지난 패션을 이용해서. 이젠 창고에서 할머니 옷장 뒤져 보는 일만 남았다.

다음 쇼핑은 언제지?

《딸들이 자라서 엄마가 된다》(웅진지식하우스, 2010)

수지 모르겐스턴 Susie Morgenstern**, 알리야 모르겐스턴**Aliyah Morgenstern

1945년 미국 뉴저지주에서 유태계 미국인으로 태어난 엄마 수지 모르겐스턴과 소설을 쓸 당시 고등학생이었던 큰딸 알리야 모르겐스턴이 함께 썼습니다. 엄마 수지 모르겐스턴이 본격적으로 글을 쓰기 시작한 것은 아이들이 자라는 것을 지켜보면서부터였고, 호기심 많은 딸들의 삶을 주의 깊게 지켜보면서 동화와 청소년 소설을 썼습니다. 딸인 알리야 모르겐스턴은 언어학 박사가 되어 소르본느 대학에서 일하고 있으며 그녀 자신이 딸아이의 엄마가 되었습니다.

:: 생각해 보기

1 소설 속의 엄마와 딸처럼, 자신도 가족 중 누군가와 의견 차이가 심했던 경험이 있는지 생각해 보세요. 어떤 일이 원인이 되었으며, 해결은 어떻게 했는지도 이야기해 보세요.

2 대부분의 경우 '내가 보는 나'와 '남이 보는 나'는 같지 않을 것입니다. 먼저 나의 외모나 성격 등을 표현할 수 있는 형용사 세 개를 써 보세요. 그리고 가족이나 친구들 중 나를 잘 안다고 생각되는 한 명에게 나를 떠올리면 생각나는 형용사 세 개를 써 달라고 하세요. '내가 생각하는 나'와 '남이 생각하는 나'를 보면서 어떤 점이 같고 다른지 비교해 보세요.

:: 더 읽어 보기

이 책은 실제 작가인 엄마와 고3인 딸에게 벌어지는 일상의 소소한 사건을 1인칭 시점으로 번갈아 가며 쓴 책입니다. 번역된 작품이지만 딸의 사춘기에 절정을 맞는 모녀 간의 적대적인 감정은 국경을 초월하나 봅니다. 읽다 보면 어느새 자신이 처한 입장에 따라 딸의 입장에, 때론 엄마의 입장에 강한 공감을 하게 되지요. 혹시 요즘 들어 엄마가 내 마음을 몰라줘서 속상한 사람이 있나요? 그런 사람일수록, 특히 여학생이라면 이 소설을 찾아 처음부터 끝까지 엄마와 같이 읽어 봤으면 좋겠습니다.

책에 실린 부분은 엄마와 두 딸이 함께 쇼핑을 하면서도 각자의 속마음은 얼마나 다른지를 보여 주는 부분입니다. 동서양을 막론하고 청소년들에게 옷은 매우 중요한 자기표현의 수단입니다. 최근에는 청소년들이 소비의 주체로 떠오르면서 쇼핑 중독 증상을 보이는 이들도 있다고 하네요. 여기서 잠깐, 나에게 옷은 어떠한 의미인지, 나는 옷을 살 때 나만의 개성과 취향을 가지고 고르는지 《옷이 나를 입은 날》(임태희, 바람의 아이들)을 보면서 한번쯤 생각해 볼 만합니다.

한편, 같은 사건을 두 사람의 눈으로 그린 쌍둥이 소설 《내 남자 친구 이야기/내 여자 친구 이야기》(크리스티앙 그르니에, 사계절)도 생각납니다. 같은 시공간에서 동일한 사건이 벌어지더라도 시점에 따라서, 서술하는 사람의 생각과 느낌에 따라서 어떤 것이 드러나고 어떤 것은 숨겨지는지 흥미롭게 비교해 볼 수 있기 때문입니다. 《딸들이 자라서 엄마가 된다》도 딸의 일기와 엄마의 일기를 따로 모아서 엮었다면 이 책처럼 두 권의 소설로 나왔겠지요? 이 책을 읽고 나면 여러분도 부모님 혹은 친구와 '따로, 또 같이' 하나의 이야기를 써 보고 싶은 마음이 들지 모릅니다.

엄마에게 딸은 애물단지입니다. 어려서만이 아니라, 결혼을 하고 독립을 해도 딸을 향해 뻗어 나가는 마음은 가지치기가 어렵습니다. 딸 또한 자라면서 엄마를 한 여성으로서 온전히 이해하고 사랑하지 못한다면, 훗날 자신이 어릴 적 받은 상처를 그대로 자식에게 물려줄지 모릅니다. 살아가면서 그렇게 질긴 얽힘 속에 묘하게 닮아 가는 관계가 또 있을까요? 수필을 좋아한다면 《딸이 있는 풍경》(최순희, 그림같은세상)도 읽어 보세요. 두 딸을 키운 한 엄마의 진솔한 고백을 통해 지금 우리 엄마의 마음도 한결 쉽게 이해할 수 있을 거예요.

자식은 낳을 때의 고통과 기쁨보다, 키우면서 겪는 아픔과 감동이 더 크다면 여러분은 믿어지세요? 설마 하겠죠? 하지만 한때는 딸이었다가 지금은 엄마가 된 사람, 여러분 엄마들은 분명 고개를 끄덕이실 거예요. 딸(아들)들인 여러분도 곧 그런 날이 온답니다.

12분 동안의 전쟁

구드룬 파우제방

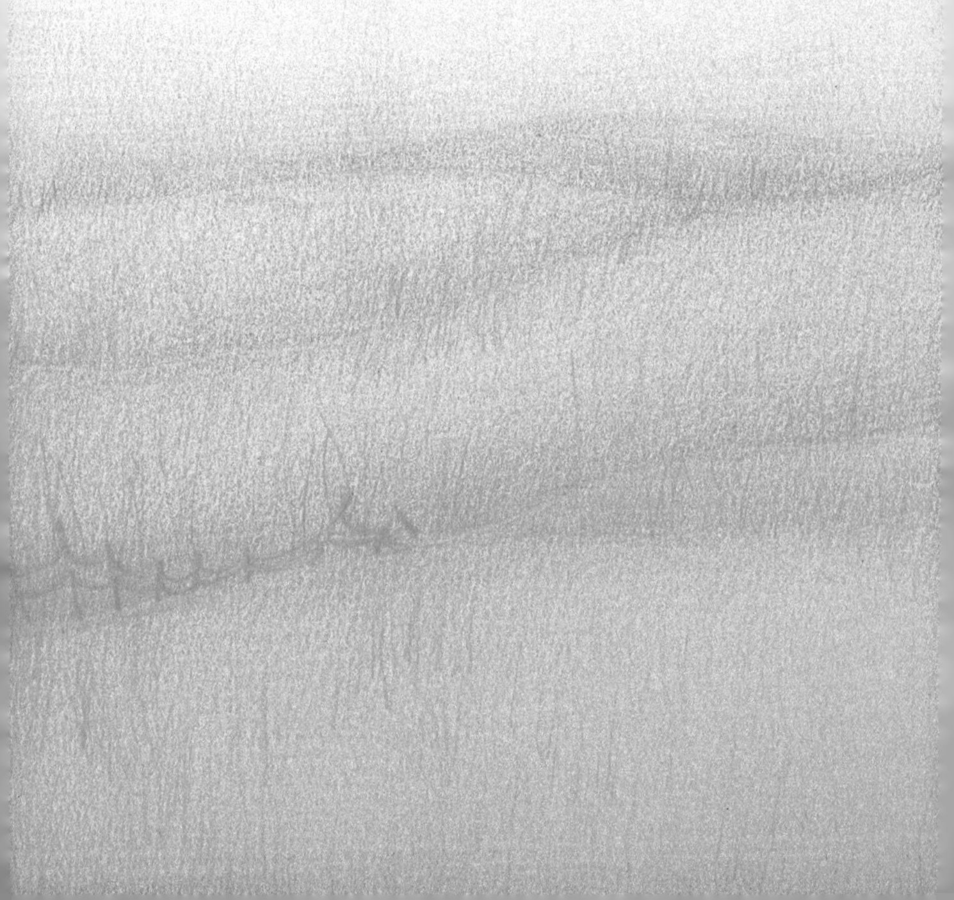

"일어나세요. 베른하르트 아저씨! 제발 제발 일어나세요."

그러나 아저씨는 일어나지 않았다. 플로리안은 흐느껴 울기 시작했다.

"아저씨 죽었어요? 아 제발, 죽지 않았잖아요!"

그는 아저씨의 머리와 녹색과 노랑색 바둑판 무늬의 셔츠, 축 늘어진 팔을 쓰다듬었다.

그는 점점 크게, 그리고 절망적으로 울었다.

베른하르트 아저씨가 또다시 오셨다. 플로리안은 그를 무척 좋아했다. 베른하르트 아저씨는 플로리안의 아버지보다 열다섯 살 위였고 이미 머리가 하얗게 셌다. 사실 아저씨는 외팔이였지만, 함께 있으면 지루하지 않았다. 아저씨는 오른쪽 팔을 지난 전쟁 통에 잃어버렸다.

일요일 오전에 그들은 함께 낚시를 하러 갔다. 그러나 폭우를 동반한 벼락 때문에 집으로 돌아와야만 했다. 오후에 가족 모두가 텔레비전 앞에 앉았을 때, 베른하르트 아저씨와 플로리안은 서로 눈짓을 했고, 아무도 모르게 살짝 빠져나왔다.

"바깥 공기가 말할 수 없이 좋구나. 그럼 우리 지금 무얼 할까?"

그들이 같이 목장 뒤에서 숲으로 접어 들었을 때, 베른하르트 아저씨가 말했다.

"전쟁놀이요."

마치 총알처럼 빠르게 플로리안은 대답했다.

베른하르트 아저씨는 대답하지 않았다.

그러나 플로리안이 기대에 가득찬 눈빛으로 그를 바라보았을 때 그는 깊이 생각하며 물었다.

"전쟁놀이? 그게 그렇게도 좋으니?"

"최고예요. 또 아주 재미있어요."

플로리안이 말했다.

"그렇지, 아주 재미있는 놀이지. 전쟁은 정말로 지루하지 않지.”

베른하르트 아저씨가 말했다.

“사람들은 다른 사람들을 쏘고, 탱크로 모든 것을 뭉개고 수류탄을 던지고, 적을 속이고 포박하고, 낙하산으로 뛰어내리고, 그렇게 정식으로 싸울 수 있어요.”

플로리안은 신나서 소리쳤다.

그는 베른하르트 아저씨가 다시 대답하지 않는 것을 이상하게 여겼다.

“전쟁에선 사람들이 자신의 용기를 증명할 수 있어요.”

플로리안은 계속해서 이야기했다.

“사람들은 영웅이 될 수 있어요. 그리고 사람들은 평상시에는 금지되어 있는 많은 일들을 할 수 있어요. 특히 사람들은 승리를 거둘 수 있어요. 승리라는 것은 즐거움을 만들죠. 그렇지 않나요?”

“전쟁에는 최소한 양자가 필요하단다. 승리하는 자와 패배하는 자가 그것이다.”

베른하르트 아저씨가 말했다.

“사람들은 그렇게 멍청하게 있다가 패배하진 말아야 해요.”

플로리안은 진지하게 말했다.

“넌 전쟁을 매우 잘 아는 것 같구나.”

아저씨가 말했다.

“네, 분명히요.”

플로리안은 말했다.

"전 늘 전쟁 영화를 봐요."

"전쟁을 몰랐을 때에는 나도 전쟁을 영화에서처럼 생각했었지. 선한 사람들이 승리하고 악한 사람들은 패배하며, 결백한 사람들은 구출되고 죄를 범한 사람들은 벌 받는 거라고."

베른하르트 아저씨는 우울하게 말했다.

"그래 좋다. 우리 전쟁놀이를 하자. 그러나 난 전쟁을 안다. 그러니까 난 서부영화에서 보여 주는 전쟁이 아니라 진짜 전쟁을 할 거다."

"아, 그래요. 우린 정말로 진짜 전쟁놀이를 해요."

플로리안은 신나서 소리쳤다.

"난, 전쟁이 일어나면 네가 지금 내게 느끼는 감정을 더 이상 느끼지 못할까 봐 염려된다. 넌 울기 시작할 거다."

아저씨는 말했다.

"제가요? 그러기까진 아저씨가 아마 오래 기다리셔야 할 거예요."

플로리안은 웃으면서 소리쳤다.

"플로리안, 난 너에게 이런 놀이를 하지 말자고 설득하려 한다. 네가 차라리 다른 놀이를 하자고 해도 난 너를 겁쟁이라 부르지 않을 것이다. 난 네게 지금 경고하고 있는 거란다."

아저씨는 아주 엄숙하게 말했다.

"자, 자 어서요. 난 전쟁놀이를 하겠어요."

플로리안이 보챘다.

"우리 둘 중 누군가 '됐어요!'라고 먼저 말하는 사람이 전쟁놀이에서 진 거다."

아저씨가 말했다.

"좋아요."

플로리안은 눈을 반짝이며 소리쳤다.

"알았다. 그럼 시작한다."

"우린 아직 총이 없어요."

플로리안이 말을 하면서 튼튼한 나뭇가지를 들어 올렸다. 그는 그중 하나를 아저씨에게 주었다.

아저씨는 갑자기 입을 다물었고 얼굴을 높이 들어 올려 귀를 기울였다. 그러고 나서 아저씨는 소리쳤다.

"저공 비행기다."

그는 플로리안의 목덜미를 움켜쥐고, 플로리안과 함께 자작나무 밑에 있는 진흙탕 속으로 몸을 내던졌다.

"하지만 베른하르트 아저씨. 이건 외출복 바지예요!"

플로리안은 소리쳤다.

"고개 숙여. 땅에 머리를 숙이고 움직이지 마. 그렇지 않으면 적들이 너를 썬 고기로 만들어 버릴 거다."

아저씨가 고함쳤다.

플로리안은 턱을 진흙탕 속으로 밀어 넣었다. 그는 한쪽 눈으로 베른하르트 아저씨도 좋은 바지를 입고 있는 것을 보았다.

"제기랄, 그들이 되돌아온다! 참호 속으로 내려가라."

아저씨가 소리쳤다.

"하지만 거긴 물이 가득해요."

플로리안은 가련하게 더듬거리며 말했다.

"빨리! 그렇지 않으면 우린 죽는다."

아저씨는 고함을 질렀고 플로리안에게 강한 일격을 가했다.

플로리안은 찰싹하는 소리와 함께 더러운 갈색 빗물이 고여 있는 참호 속으로 비틀거리며 처박혔다. 빗물이 고무장화 속으로 스며들었고, 그의 무릎까지 차올랐다.

"머리 숙여! 적들은 10킬로미터 떨어진 곳에서도 너를 잘 볼 수 있다."

아저씨가 그에게 소리쳤다.

"물속으로?"

플로리안이 놀라서 물었다.

대답도 없이 아저씨는 그의 어깨를 눌러 내렸다. 플로리안은 물속에 쪼그려 앉아야만 했다. 아저씨도 그 곁에 쪼그려 앉았다.

"어머니는 꾸중하실 거예요."

플로리안이 걱정했다.

"네겐 이제 어머니가 없다. 폭탄이 너희 집 정원 앞에 떨어졌다. 네 어머니는 곧 돌아가셨다. 너희 할머니는 파편으로 왼쪽 다리가 찢어졌다. 그분은 지금 피를 흘리고 있다. 네 아버지는 대들보에 눌려 질식하여 돌아가셨다. 그리고 네 할아버지는 두 눈을 잃었다. 네 여동생은 아직 살아 있으나, 흙 속에 파묻혀 있다. 사람들은 네 동생을 발견하지 못할 거다. 동생은 비참하게 죽어 갈 것이다. 넌 지금 고아다, 플로리안. 넌, 어떻게 홀로 전쟁을 겪어 나갈까를 생각해야 한다. 참호에서 나와라. 비행기가 지나갔다. 그러나 저쪽에서 또 떠드는 소리가 난다. 내 생각에는 저기서 적 보병들이 몰래 다가오는 것 같다. 그들은 우리 길을 차단할 것이다. 어서 여기를 떠나야겠다."

베른하르트 아저씨는 무정하게 말했다.

플로리안이 흠뻑 젖은 채 참호에서 기어 나오자마자, 아저씨는 비웃으며 말했다.

"네 총이 어디 있지?"

플로리안은 어리둥절한 채 뒤로 돌았다. 저기 참호에 총이 흠뻑 젖어 있었다.

"가져와라. 빨리! 넌 무기도 없이 어떻게 전쟁을 하려고 하니? 넌 웃음거리가 된다. 그리고 적들은 벌써 거의 근처에 와 있다. 그건 네 생명에 관계되는 일이다!"

아저씨는 비난하듯 소리쳤다.

플로리안은 얼굴이 벌겋게 달아올라 참호 옆에서 밑으로 몸을 기울여 막대기를 잡으려고 했다.

"난 지금 한 적군 병사와 싸우고 있다."

아저씨가 말했다.

"잠깐만 기다려요. 전 우선 제 총을 가져야 해요."

플로리안은 불쌍하게 말했다.

그러나 그때 아저씨가 소리쳤다.

"손들어!"

그러고는 총을 겨누었다. 플로리안은 놀라 급한 동작으로 뒤로 돌았다.

"손들어, 곧 어떻게 되겠니? 네가 나를 죽일 때까지 내가 일부러 봐주고 있다고 생각하니?"

아저씨가 호통쳤다.

"아니에요. 난 손을 위로 올리지 않을 거예요. 난 패배자가 되지 않을 거예요!"

플로리안이 소리쳤다.

그러고 나서 그는 아저씨에게 몸을 던져 덮쳤다.

이 순간 아저씨는 "탕"이라고 말했고, 두 주먹으로 플로리안의 가슴을 탁탁 쳤다.

"이제 무슨 일이 일어났겠니?"

아저씨가 물었다.

"넌 죽었다. 넌 직접 내 총에 달려들었다. 쓰러져라. 넌 지금 하나의 시체일 뿐이다. 그러면 난, 만일의 경우에 대비하여 네 발에서 장화를 벗길 것이다."

그러나 플로리안은 귀청이 찢어질 듯이 소리쳤다.

"난 안 죽었어! 난 안 죽었어! 그리고 지금 내가 아저씰 죽일 거야."

그때 아저씨는 무릎 사이에 총을 끼고 남아 있는 왼손으로 그의 옷깃을 잡은 채, 길과 참호 가장자리 사이의 쐐기 풀더미 속으로 그를 내던졌다. 플로리안은 몹시 따가워 엉엉 울었다. 쐐기풀이 그의 얼굴을 할퀴었다.

"이건 부당해요!"

그는 화를 내며 소리쳤다.

"넌 전쟁에서 공정한 일이 일어난다고 생각하니?"

젖은 바지가 다리에 달라붙은 아저씨가 물었다.

"네가 공정하게 하려고 한다면, 넌 다른 놀이를 해야 한다. 전쟁에선 언제나 한 사람이 다른 사람을 죽이는 것만을 추구할 뿐이다."

"그렇지만 아저씨는 나보다 더 강해요."

플로리안은 울며 소리쳤다.

"전쟁에선 항상 한 사람이 다른 사람보다 강하기 마련이다. 넌 방금 전에 몸을 던진 것을 잘 했어야 했다. 그랬더라면 넌 모든 것을 계속 피할 수 있었을 것이다."

"그러나 그래도 난 생명을 잃었을 거예요!"

플로리안이 말했다.

"많은 전쟁에서 그들이 승리한 것처럼 보일 때조차도, 전쟁에 참가하는 모두가 생명을 잃는다. 그리고 네가 무조건 계속 살려고 한다면, 네 생명을 위해 지금 달려가라. 탱크들이 몰려온다!"

아저씨가 말했다.

"쐐기풀에서 날 꺼내 줘요."

플로리안이 기진맥진하여 청했다.

"우리는 진짜 전쟁놀이를 하려 하지 않았니? 전쟁에선 어느 누구도 다른 사람을 곤경에서 구해 주지 않는다. 나와, 명령이다! 앞으로! 아니면 넌 탱크에 깔려 죽고 싶니?"

아저씨는 물었다.

아저씨는 플로리안을 잡아끌었다.

"길에서 떠나라, 숲 속으로! 달려라, 네가 달릴 수 있는 한 빨리!"

아저씨가 헐떡거렸다.

장화가 질질 끌렸고 바지가 착 달라붙었다. 두 다리의 피부가 따끔거렸다.

"난 더 이상 할 수가 없어요. 베른하르트 아저씨."

플로리안이 울먹였다.

"넌 더 할 수 있을 거야. 내가 너에게, 내가 지금 다시 적이라고 말하고 개머리판으로 머리를 찍으려 한다고 말한다면. 달려. 간다!"

아저씨가 슬프게 말했다.

그리고 그는 막대기를 흔들었고 얼굴을 찡그리며 소리쳤다.

"내 팔을 돌려다오. 이 지독한 새끼야!"

플로리안은 놀랐다. 아저씨가 이렇게 보인 적은 한 번도 없었다. 사나운 짐승처럼, 그는 한 마리 야수였다!

플로리안은 달리기 시작했다. 질퍽질퍽하고 움푹 패인 땅에서 그는 한쪽 장화를 잃어버렸다. 그는 짧은 양말만 신은 채 그저 계속 달려 뾰족한 가지와 덤불, 큰 가지 곁을 스쳐 지나갔다. 플로리안은 고통스러워 때로는 크게 비명을 질렀다. 그는 자기 뒤에서 아저씨가 점점 더 가까이 헐떡이는 것을 들었다. 두려움으로 인해 당황하여, 플로리안은 자기 앞에 놓인 가시덤불 사이로 돌진했다. 그러고는 바지가 어느 정도 젖어 있는지 얼마나 찢어졌는지를 느꼈다. 그러고 나서 그는 두 번째 장화를 잃어버렸고 가시덤불 속으로 들어갔다. 그는 마치 개처럼 헐떡거리는 소리를 들었다. 그의 심장은 목까지 두근거렸다.

갑자기 플로리안은, 자기 뒤에서 아저씨의 헐떡이는 소리가 더 이상 들리지 않는다는 사실을 알았다. 그는 황급히 뒤를 돌아다보았다. 아저씨는 보이지 않았다.

그러나 저쪽 덤불 위에 베른하르트 아저씨의 셔츠 색깔인 녹색과 노랑색의 바둑판 무늬 같은 것이 어렴풋이 보였다.

플로리안은 멈춰 서서 그쪽을 유심히 바라보았고 망설이며 되돌아갔다. 그래, 거기엔 정말로 베른하르트 아저씨가 가만히 누워 있었다. 그의 팔은 쭉 펴져 월귤나무 수풀 속에 걸려 있었다.

하얗게 질린 플로리안은 아저씨를 향해 몸을 굽혔다.

"베른하르트 아저씨."

그는 속삭였다.

아저씨는 여전히 움직이지 않았다.

플로리안은 당황하여 아저씨의 흰 머리에 손을 얹어 쓰다듬었다.

"일어나세요. 베른하르트 아저씨! 제발 제발 일어나세요."

그러나 아저씨는 일어나지 않았다. 플로리안은 흐느껴 울기 시작했다.

"아저씨 죽었어요? 아 제발, 죽지 않았잖아요!"

그는 아저씨의 머리와 녹색과 노랑색 바둑판 무늬의 셔츠, 축 늘어진 팔을 쓰다듬었다. 그는 점점 크게, 그리고 절망적으로 울었다. 잠시 후 그는 격정에서 차분한 감정을 회복했다. 그는 타박타박 걸었다. 그의 이빨은 공포로 덜덜 떨렸다.

그때 아저씨가 서서히 일어났다. 그의 얼굴에는 전나무 잎들과 이끼 부스러기가 달라붙어 있었다. 플로리안은 풀이 죽은 채 그를 빤히 바라보았다.

"아저씨, 이제 살아나셨군요."

그는 속삭였다.

"아니다. 난 죽었다. 난 총에 맞았단다. 한 아이의 아저씨인 어떤 사람이 날 쐈다. 평화 속에서 누군가를 죽인다는 생각은 해보지도 않았던 인자한 사람이었지. 우리 계속 더 할까?

아저씨가 말했다.

"아니요. 됐어요."

플로리안은 더듬거리며 말했다.

"나도 그렇다."

말없이 그들은 플로리안의 장화를 찾아 나섰다. 플로리안이 한쪽을 발견했고, 베른하르트 아저씨가 다른 한쪽을 발견했다. 그러고 나서 그들은 집으로 향했다.

"우리의 전쟁은 꼭 12분 걸렸다."

아저씨가 말했다.

플로리안은 놀라서 그를 올려다보았다. 그는 그것이 무한한 시간처럼 여겨졌다.

"우리 내일 다시 전쟁놀이를 할까?"

아저씨가 물었다.

"싫어요. 다시는 전쟁놀이 같은 것은 하지 않겠어요."

플로리안이 성급히 대답했다.

"난 좀 전에 너를 매우 불쾌하게 다루었다. 그건 내게도 쉽진 않았지. 그러나 난 너를 사랑하기 때문에 그렇게 했다. 난 네게 전쟁이 실제로 어떤 것인가를 이해시키려고 했단다."

아저씨가 말했다.

"저는 아저씨가 두려웠어요. 아저씨가 몽둥이를 들고 제 뒤를 따라 달려왔을 때, 아저씬 짐승처럼 보였어요."

플로리안은 거칠게 숨을 쉬며 말하곤 코를 훌쩍였다.

"전쟁에선 사람들이 짐승으로 변한단다."

아저씨가 진지하게 말했다.

"그리고 전 아저씨에 대해 두려움을 가졌었어요. 아저씨가 실제로 죽은 거라고 생각했으니까요."

"전쟁에선 그런 죽음이 일상적인 일이다. 난 그 당시 길가에

쌓여 있는 주검들을 보았을 때, 그냥 지나치곤 했다. 네겐 죽음이 일상적인 일이 되지 말아야 한다. 난 네가 두 팔을 지니기를 바라는 것이다. 어떤 탱크도 너를 으스러뜨리지 말아야 하며, 어떤 폭탄도 너를 산산조각 내지 말아야 하며, 어떤 총알도 너를 맞춰서는 안 된다. 너와 내가 사랑하는 모든 사람들은 부상 없이 온전하게 살 수 있어야 한다. 그리고 네가 영웅이 되려 하면, 넌 평화 속에서도 영웅이 될 기회를 발견할 수 있을 것이다."

플로리안은 아저씨의 남은 손에 자기 손을 살짝 밀어 넣으며 말했다.

"저도 아저씨가 다른 한쪽 손을 가졌으면 했어요."

"하지만 난 행복한 셈이지. 너도 보지 않니? 사람들은 어렴풋하게나마 한쪽 손만을 가지고도 여러 가지를 할 수 있단다. 지난 전쟁에서 60만 명이 생명을 잃어버렸다. 그들 중에는 분명히 너처럼 어린아이들이 수천 명이나 있었단다."

아저씨가 말했다.

그들은 목장 울타리 앞에서 입을 다물었다. 아저씨가 말했다.

"난 네 어머니가 아무 준비도 없이 너를 본다면 놀랄 거라고 생각한다. 내가 어머니에게 모든 것을 설명할 때까지 여기서 기다려라. 난 어머니가 내게 화를 내게 될까 두렵다. 어머니는 전쟁에 대해선 아무것도 모른다. 전쟁 후에야 태어났으니까."

"저도 어머니가 말할 것을 이미 잘 알고 있는걸요."

플로리안이 말했다.

"불쌍한 애야. 폐렴에 걸릴 수도 있단다! 그리고 이 셔츠와 바지는 얼마나 기가 막히냐! 내가 너의 어머니께, 너에게 새로운 셔츠와 바지를 사 줄 것을 약속하겠다. 그리고 또 커다란 종이 손수건통도, 그건 내가 책임질 일이다. 내가 휘파람을 불면 어머니의 화가 풀린 것이다. 그러면 넌 들어와도 좋다."

아저씨는 말했다.

아저씨가 몇 걸음 걸어갔을 때, 플로리안은 아저씨의 등 뒤에다 대고 소리쳤다.

"제게 전쟁을 가르쳐 줘서 고마워요."

《그리운 자작나무》(푸른숲, 1990)

구드룬 파우제방 Gudrun Pausewang

체코 보헤미아에서 태어났으며, 제2차 세계대전 뒤 독일로 이주하여 사범대학을 졸업했습니다. 그 후 칠레, 베네수엘라, 콜롬비아 등 남아메리카에서 오랫동안 교사 생활을 했습니다. 1970년 아들이 태어난 후 어린이와 청소년을 위한 책을 쓰기 시작했으며, 평화와 환경, 빈곤 문제 등 깊이 있는 주제 의식과 높은 작품성을 지닌 책을 꾸준히 펴내어 독일 청소년문학상, 취리히 어린이도서상, 구스타프 하이네만 평화상, 북스테후더 불렌 상 등 많은 상을 수상했습니다. 작품으로 〈평화는 어디에서 오나요〉, 〈핵폭발 뒤 최후의 아이들〉 등이 있습니다.

:: 생각해 보기

1 플로리안이 머리로 상상하는 '전쟁'과 베른하르트 아저씨가 몸으로 겪은 '전쟁'은 어떤 차이가 있나요?

2 "네가 영웅이 되려 하면, 넌 평화 속에서도 영웅이 될 수 있다."라는 베른하르트 아저씨 말의 의미를 생각하며, '평화 속에서 영웅'이 되는 방법을 열 가지만 찾아보세요.

:: 더 읽어 보기

전쟁놀이에는 몇 가지 규칙이 있습니다. 생존을 위해 수단과 방법을 가리지 말 것, 알량한 이성과 섣부른 반성 따위는 던져 버릴 것.

평화 속에서 사람을 죽일 수 있다는 생각은 해 보지도 않던 베른하르트 아저씨는 살아남기 위해서 누군가를 죽였습니다. 살아남은 그에게 세상은 어떻습니까? 역사의 피해자는 다시 가해자가 되고, 전쟁은 다음 전쟁에 정당성을 제공하고 있습니다. 이러한 악순환의 고리가 끊어지지 않는 한 베른하르트 아저씨는 또 다른 플로리안에게 '12분'을 가르칠 것입니다. 그것이 살아남은 자의 빚을 더는 길일 테니까요.

물론 나는 알고 있다. 오직 운이 좋았던 덕택에
나는 그 많은 친구들보다 오래 살아남았다. 그러나 지난 밤 꿈 속에서
이 친구들이 나에 대해 이야기하는 소리가 들려왔다 .
"강한 자는 살아남는다."
그러자 나는 자신이 미워졌다.
_브레히트, 〈살아남은 자의 슬픔〉

“이 세상의 모든 폭력이 사라지지 않는 한 우리는 누구나 불행한 인생을 살아야 할 것입니다.”《몽실 언니》(창비)의 작가 권정생의 이야기입니다. 우리 땅에서 전쟁이 있었는지조차 가물가물해지는 지금, 소설《몽실 언니》가 여전히 잘 읽히는 까닭은 우리의 역사가 몽실 언니처럼 절름발이이며, 아직도 많은 사람들이 이산의 아픔을 가지고 살아가기 때문입니다.

구드룬 파우제방의《평화는 어디에서 오나요》(웅진주니어)도 함께 읽어 볼 만합니다. 〈왜 할아버지는 텔레비전 탐정극을 못 보았나〉에 나오는 할아버지는 어느 눈 내리는 밤을 떠올립니다. 그날 밤 그가 눈과 추위 속에서 얼어 죽지 않고 살아남은 것은, 총을 내려놓고 말도 통하지 않는 적군과 술을 나누어 마시며 서로의 체온에 기대어 잠들었기 때문입니다. 세상은 승자가 이끌어 왔을까요? 전쟁 속에서도 인간성을 지켜 낸 사람들이 승자가 가는 길을 닦아 준 것은 아닐까요?

평화 속에서도 영웅이 될 수 있는 방법이 있습니다. 열두 살 소년 트레버가 그 해답을 전해 줍니다. 사회 선생님은 ‘세상을 변화시킬 수 있는 아이디어 찾기’를 숙제로 내줍니다. 트레버의 아이디어는 ‘자신이 받은 친절을 세 사람에게 베풀기’였습니다. 트레버의 실천은 꼬리에 꼬리를 물고 삽시간에 온 도시로 번져 나갑니다.《트레버》(캐서린 하이디, 뜨인돌)는 세상을 긍정적으로 변화시키기 위해 작은 실천을 해 나가는 사람들이야말로 평화 속의 영웅이 아닐까를 묻고 있습니다.

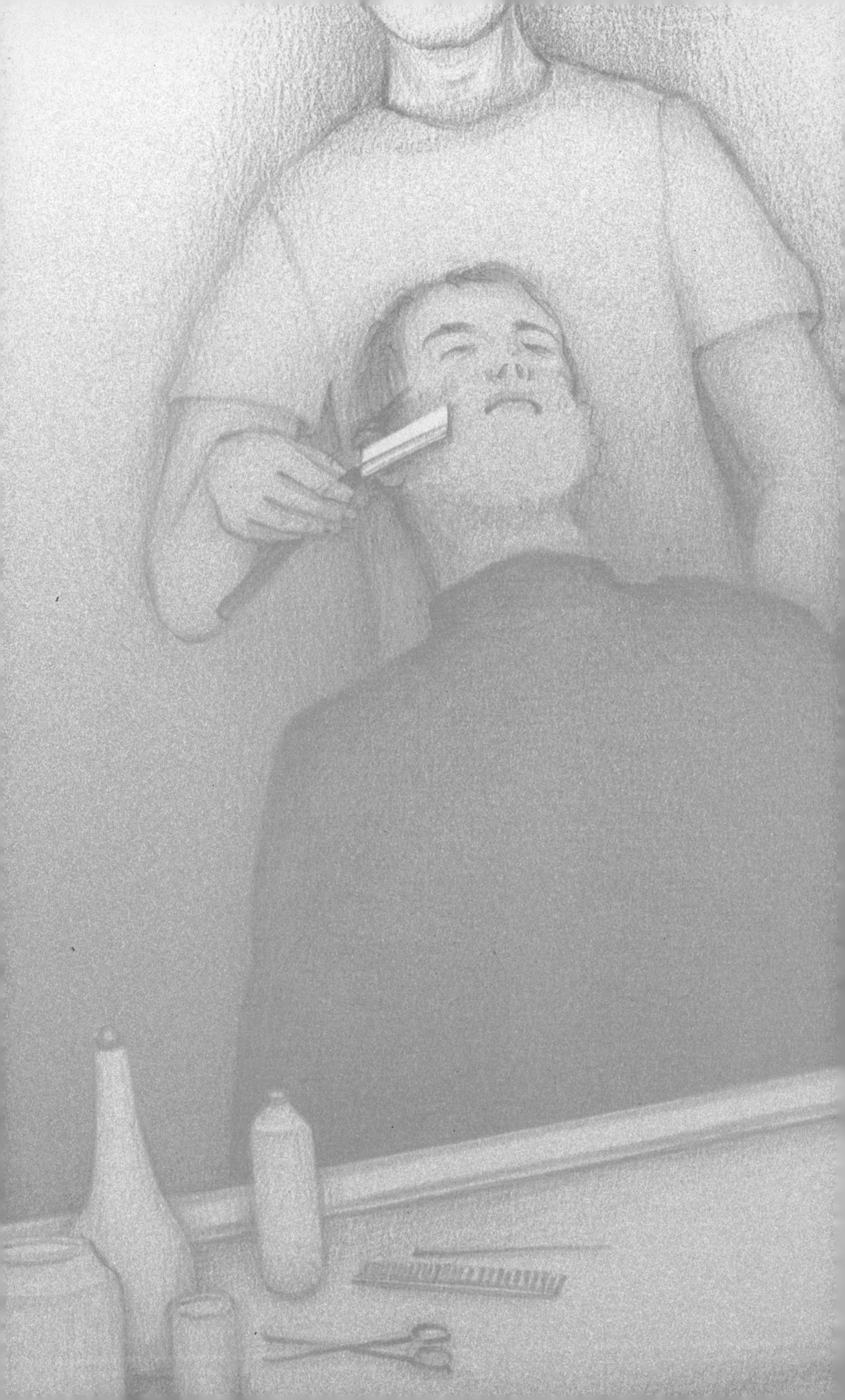

비누 거품

에르난도 테예스

그런데 이제 어떻게 하나? 살인자냐 아니면 영웅이냐? 내 운명은 이 면도날에 달렸다. 내가 손을 조금만 더 놀려서, 면도날에 약간 더 힘을 주어, 누르기만 하면 그만이다. 살갗이 비단처럼, 고무처럼, 가죽띠처럼 잘려 나가리라.

안으로 들어와서 그는 아무 말도 하지 않았다. 나는 내가 쓰는 제일 좋은 면도칼 몇 개를 꺼내 놓고 쓱싹거리며 가죽띠로 날을 세우던 중이었다. 그가 누구인지를 알아보고 나는 손이 떨리기 시작했다. 그러나 그는 눈치를 채지 못했다. 감정을 숨기려고 애쓰면서 나는 계속해서 면도날을 세웠다. 나는 시험 삼아 면도날을 엄지손가락의 살에 스쳐 보고는, 불빛에 비춰 살펴보기도 했다. 그러는 사이에 그는 권총이 대롱대롱 매달리고 실탄이 잔뜩 꽂힌 탄띠를 풀었다. 그는 탄띠를 벽의 옷걸이에다 걸고 그 위에 군모를 얹었다. 그러더니 그는 넥타이를 풀며 나에게로 돌아서서 말했다. "정말 거지같이 덥구만 그래. 나 면도 좀 해 주게." 그는 의자에 앉았다.

그의 수염을 보니 나흘은 자란 모양이었다. 우리 편 병력을 추적하느라고 보낸 최근의 나흘. 햇볕에 그을어서 그의 얼굴이 벌겋게 보였다. 조심스럽게 나는 비눗물을 만들기 시작했다. 나는 비누를 몇 켜 베어 내어 그릇에 넣고는 따끈한 물을 조금 타서 솔로 젓기 시작했다. 당장 거품이 일어나기 시작했다. "다른 친구들도 수염이 이만큼은 자랐을 텐데." 그가 말했다. 나는 계속해서 비누 거품을 풀었다.

"하지만 우린 성과가 좋았어. 굵은 놈들을 잡았으니까. 몇 명은 시체가 되었지만, 산 놈도 몇 명 끌고 왔다구. 하지만 놈들도 얼마 못 가고 곧 죽을 몸이야."

"몇 사람이나 잡았어요?" 내가 물었다.

"열넷. 놈들을 찾아내려고 우린 숲 속으로 꽤 깊이 들어갔지. 하지만 빚은 갚아 줄 거야. 단 한 명도 살려 주지 않을 테니까."

그는 길게 의자에 누워서 비누 거품을 잔뜩 묻힌 솔을 손에 든 나를 쳐다보았다. 나는 아직 그에게 이발 보자기도 두르기 전이었다. 보나마나 나는 흥분한 상태였다. 나는 서랍에서 보자기를 꺼내 손님의 목에다 두르고는 매듭을 지었다. 그는 좀처럼 입을 다물려고 하지 않았다. 그는 아마도 내가 그들 패거리의 동조자이리라고 생각한 모양이었다.

"며칠 전에 우리들이 본때를 보여 주었으니까 마을 사람들도 정신을 좀 차렸겠지." 그가 말했다.

"그럼요." 땀에 절어 시커먼 그의 목에다 단단히 매듭을 지어 묶으면서 내가 대답했다.

"그 정도면 볼만했겠지?"

"볼만했고 말고요." 솔을 집으려고 돌아서며 내가 대답했다.

남자는 피곤하다는 듯 눈을 감고는 시원한 비눗물을 발라 주기를 기다렸다. 나는 그를 이렇게 가까이서 본 적이 없었다. 네 명의 반역자를 목매달아 놓았으니 와서 구경하라며 마을 사람들더러 모두 학교 운동장에 모이라고 그가 명령을 내린 날 나는 잠깐 그의 모습을 직접 보았을 따름이었다. 하지만 마구 찢겨 나간 시체들의 끔찍한 모습에서 눈을 떼지 못했던 나는 그런 모든 일을 저지른 인간의 얼굴, 이제는 곧 내 손에 맡겨질 얼굴을 차마 쳐다볼 엄두가 나지 않았다. 그것은 불쾌한 인상을 주는 얼굴은 분명히 아니었다. 그리고 그를 실제보다 조금 더 늙어 보이게 하던 수염도 그만하면 잘 어울리는 폭이었다.

그의 이름은 또레스였다. 또레스 대장. 필시 그는 상상력이 풍부한 인물이었을 노릇이, 그렇지 않고서야 누가 반란군들을 발가벗겨 목을 매달고도 모자라서, 시체의 묘한 부분을 골라 과녁으로 삼아 사격 연습까지 시키겠다는 상상을 했겠는가?

나는 비눗물을 한 겹 바르기 시작했다. 눈을 감은 채로 그는 말을 계속했다. "난 어디에서나 잠을 잘 잔다구." 그가 말했다. "그리고 난 오늘 오후에 할 일도 많고."

나는 비누 거품을 바르던 손을 멈추고는 짐짓 무관심한 체하면서 물었다. "총살을 집행하나요?"

"비슷한 거지만, 훨씬 더 시간을 잡아먹는 행사야."

나는 그의 수염에 거품을 바르는 일로 돌아갔다. 손이 다시 떨리기 시작했다. 그는 눈치를 챘을 리가 없었으므로, 나에게는 유리한 입장이었다. 하지만 나는 차라리 그가 오지 않았더라면 더 좋았으리라고 생각했다. 그가 들어오는 장면을 우리 편 사람 여럿이 보았으리라. 그리고 집 안에 적을 들여놓을 경우에는 어떤 조건들이 필연적으로 뒤따르게 마련이었다. 나는 어느 손님이나 마찬가지로 그의 수염을 조심스럽게, 찬찬히 깎아야 하며, 어느 털구멍에서도 피 한 방울 비치지 않도록 신경을 써야만 한다. 털이 조금 엉킨 곳에서 면도날이 잘못 빗나가지 않도록 조심하면서. 손등으로 스쳐 보면 털이 한 가닥도 느껴지지 않을 정도로 그의 피부가 말끔하고, 부드럽고, 깨끗해지도록 일을 마무리하고.

그렇다, 나도 비밀리에 반란군 활동을 도왔지만, 나는 또한 양심적인 이발사이고, 세심한 나의 일솜씨를 자랑으로 삼아 왔다. 그리고 나흘이나 자란 이 수염은 내 솜씨를 발휘할 좋은 도전의 기회였다.

나는 면도칼을 집어 들고, 양쪽 덮개를 젖히고, 날을 펴고, 한쪽 구레나룻을 아래로 깎아 내리는 작업을 시작했다. 면도날은 기막히게 잘 들었다. 그의 수염은 빳빳하고 굵었으며, 별로 길지는 않았지만 숱이 많았다. 조금씩 조금씩 살갗이 드러났다. 면도날이 사각거리면서 귀에 익은 소리를 내는 사이에 잘린 털들이 비누 거품에 섞여 날에 붙었다. 나는 일손을 멈추고 잠깐 거품을 닦아 낸 다음에, 일을 제대로 잘하려는 이발사답게 가죽띠를 다시 잡고 면도날을 세웠다.

여태까지 눈을 감고 있던 남자가 이제는 눈을 떴고, 보자기 밑에서 한 손을 꺼내더니, 비누 거품을 닦아 낸 부분을 만져 보고 말했다. "오늘 여섯 시에 학교로 와 보라구." "지난번하고 똑같은 행사인가요?" 겁에 질려서 내가 물었다. "더 재미있을지도 모르지." "무얼 하실 작정인데요?" "나도 아직은 몰라. 하지만 재미는 좀 봐야겠지."

그는 다시 길게 눕더니 눈을 감았다. 나는 면도칼을 똑바로 쥐고 그에게로 다가갔다. "모두 처형할 생각이신가요?" 겁이 나기는 했어도 나는 용기를 내서 물었다. "모조리." 그의 얼굴에서는 비눗물이 거의 다 말랐다.

나에게는 시간이 별로 없었다. 나는 거울을 통해 길거리를 내다보았다. 구멍가게 앞에서 손님이 두셋 눈에 띄었고, 거리 풍경은 여느 때나 마찬가지였다. 그러고는 얼핏 시계를 보았더니, 오후 두 시 이십 분이었다.

면도날은 계속해서 밑으로 수염을 깎아 내려갔다. 그러고는 다른 쪽 구레나룻을 깎아 내려가고. 숱이 많고 푸르스름한 수염. 시인이나 성직자처럼 수염을 그냥 길렀어도 좋았을 텐데. 그러면 아주 잘 어울렸겠지. 그의 얼굴을 알아보지 못할 사람도 많으리라. 그러면 본인에게도 좋으리라고 생각하면서 나는 목 부분을 멋진 솜씨로 깎아야 할 차례가 되었다. 털이 훨씬 부드럽기는 해도 꼬불꼬불 엉켜 덩어리를 이루었기 때문에 목 부분에서는 물론 면도칼을 다루는 솜씨가 능숙해야만 했다. 꼬불꼬불한 수염. 작은 털구멍 하나만 찢어져도 진주알 같은 핏방울이 배어 나올 터였다. 나처럼 훌륭한 이발사라면 절대로 그런 일이 손님한테 일어나지 않게 조심한다는 사실을 자랑으로 삼아야 한다. 그리고 이 사람은 일급 고객이었다. 우리 편 사람들이 몇이나 그의 명령에 따라 총살을 당했던가? 그가 내린 명령 때문에 팔다리가 잘린 사람은 또 몇이나 되고? 그런 생각은 하지 않아야 된다. 또레스는 내가 그의 적이라는 사실을 알지 못하고, 다른 사람들도 역시 모른다. 또레스가 마을에서 무슨 짓을 하려는지 그리고 반란자들을 소탕하러 출동할 때마다 그가 어떤 계획을 세웠는지에 관해 내가 혁명군에게 정확한 정보를 제공하기 위해서는 아주 소수의 사람들 말고는 아무도 그 비밀을 알아서는 안 되었다. 그러니까 내 손아귀에 들어왔던 그를, 면도를 끝낸 다음 살려서 내보내야 하는 이유를 사람들에게 설명하기는 아주 어려운 일이었다.

수염은 이제 거의 다 없어졌다. 그는 들어올 때보다 훨씬 젊고, 세파에 훨씬 덜 시달린 사람처럼 보였다. 이발소를 다녀가는 남자들은 항상 그러게 마련이라고 나는 생각했다. 내 면도칼이 다듬어 주는 바람에 또레스가 다시 젊음을 되찾은 이유는 내가 훌륭한 이발사 — 좀 건방진 소리이기는 하지만, 내가 마을 최고의 이발사이기 때문이다.

여기 턱 밑에, 후골(喉骨) 위에, 이 굵은 핏줄 위에 비누 거품을 조금 더 발라야지. 날씨가 굉장히 더워지는구나! 또레스도 틀림없이 나처럼 땀을 흘리겠지. 하지만 그는 두려워하지 않는다. 그는 여유만만한 사람이고, 오후에 포로들을 어떻게 처리할지조차도 신경 쓰지 않는다.

반면에 면도칼을 손에 든 나는, 이 살갗을 쓰다듬고 또 쓰다듬으면서, 땀구멍으로부터 피가 스며 나오지 않도록 신경을 쓰느라고 정신이 없어서, 생각조차 제대로 못한다. 나는 혁명가이지 살인자는 아닌데, 왜 하필이면 이런 사람이 나한테 왔을까. 그리고 그를 죽이기는 또 얼마나 쉬운 일인가. 그리고 그는 죽어 마땅하다.

정말인가? 아니다! 아무 소득도 없다. 사람들은 바뀌고 또 바뀌며, 처음 등장한 사람들이 다음에 나타난 사람들을 죽이고 그들을 또 다른 사람들이 죽이고 그러다 보면 온통 피바다만 될 따름이다. 나는 이 목을 단숨에 휙! 휙! 베어 버리면 그만이다. 나는 그가 무슨 소리를 할 틈도 주지 않겠고, 그는 눈을 감았기 때문에 번쩍이는 칼날이나 번득이는 내 눈을 보지 못한다. 하지만 나는 진짜 살인자처럼 벌벌 떨어 댄다. 그의 목에서 핏줄기가 솟구쳐 나와 보자기를 적시고, 의자를 적시고, 내 두 손을 적시고, 마룻바닥을 적시겠지. 그리고 걷잡을 길도 없고 막아 낼 수도 없는 뜨거운 피는 마룻바닥을 타고 조금씩 조금씩 계속해서 흘러 선홍색 작은 개울을 이루며 길거리까지 나간다. 한 번만 제대로 깊이 베어 버리면 전혀 아프지도 않으리라고 나는 확신한다. 그는 고통스러워하지도 않으리라. 하지만 시체는 어떻게 처리하나? 그것을 어디에 감추지? 나는 모든 재산을 남겨 두고 멀리, 아주 멀리 도망쳐서 숨어 살아야 한다. 하지만 그들은 끝까지 나를 찾아다니리라. "또레스 대장을 죽인 놈이야. 면도를 하러 온 사람의 목을 벤 비겁한 놈." 그런가 하면 다른 편에서는, "우리 모두를 대신해서 복수를 해 주었어. 잊지 말아야 할 이름이라구.(그리고 여기에서 내 이름이 나오겠지.) 그 사람은 마을의 이발사였어. 그분이 우리들과 뜻을 같이하는 줄은 아무도 몰랐다니까."

그런데 이제 어떻게 하나? 살인자냐 아니면 영웅이냐? 내 운명은 이 면도날에 달렸다. 내가 손을 조금만 더 놀려서, 면도날에 약간 더 힘을 주어, 누르기만 하면 그만이다. 살갗이 비단처럼, 고무처럼, 가죽띠처럼 잘려 나가리라. 인간의 피부처럼 연약한 것은 또 없으며, 줄곧 기다리기라도 했다는 듯 피가 왈칵 쏟아져 나온다. 이런 칼날이면 실수는 없다. 우리 집에서 제일 좋은 면도칼이니까. 하지만 나는 살인자가 되고 싶지는 않다. 말도 안 된다. 당신은 면도를 하려고 나를 찾아왔다. 그리고 나는 당당하게 내가 해야 할 일을 하고……. 나는 손에 피를 묻히고 싶지 않다. 비누 거품만 바르면 그만이다. 당신은 처형을 자행하는 집행인이지만, 나는 이발을 하는 사람에 지나지 않는다. 모든 사람은 분수를 알아야 한다. 그렇다. 분수를 알아야지.

턱을 닦아 냈더니 이제는 말끔해졌다. 남자는 일어나 앉아서 거울을 보았다. 두 손으로 피부를 만져 본 그는 시원하고 싱싱한 감촉을 느꼈다.

"고맙구만." 그가 말했다. 그는 탄띠와 권총과 모자를 가지러 옷걸이로 갔다. 나는 셔츠가 땀으로 흠뻑 젖었고, 얼굴도 틀림없이 창백하리라. 또레스는 허리띠를 여미고, 총집에다 권총을 똑바로 꽂고, 느긋하게 머리를 쓸어내린 다음, 모자를 썼다. 그는 바지 호주머니에서 동전 몇 닢을 꺼내 수고했다며 나에게 주었다. 그리고 그는 문을 향해 걸어갔다. 문간에서 그는 잠시 멈춰 서더니 나를 돌아보며 말했다.

"자네가 날 죽이리라고 사람들이 그러더구만. 그게 정말인지 궁금해서 와 봤지. 하지만 사람을 죽이는 일은 쉽지 않아. 내 말을 명심하라구." 그리고 그는 길거리를 내려갔다.

《안정효의 글쓰기 만보》(모멘토, 2006)

에르난도 테예스 Hernando Téllez

콜롬비아의 대표적인 에세이스트이자 기자이며 문학평론가, 외교관, 소설가, 번역 작가로 활동했습니다. 30여 년간 문화 및 소설을 연구한 그는 콜롬비아 현대문학이 태동하기 시작한 1950년대의 산 증인입니다. 문학 비평서로는《불안한 세상》,《숲속의 불빛》,《문학》,《문학과 사회》 등이 있으며 소설집으로《바람에 날리는 재》가 있습니다. 이 책에서 소개하는 〈비누 거품〉은《바람에 날리는 재》에 수록된 작품으로 중남미의 대표적인 단편으로 평가받고 있습니다.

:: 생각해 보기

1 이발사가 또레스를 죽이지 못한 이유를 모두 찾아보세요.

2 또레스는 이발사가 자신을 죽이지 못할 거라고 짐작했습니다. 그 생각은 맞아떨어졌습니다. 그렇다면 또레스는 이발사에게 이겼다고 말할 수 있을까요?

:: 더 읽어 보기

〈비누 거품〉에 나오는 이발사는 혁명을 하기에는 생각이 너무 많습니다. 이발을 하는 짧은 순간에도 또레스를 죽여야 하는 이유와 죽이지 말아야 하는 이유를 놓고 저울질하기 때문이지요. 또레스를 죽이지 않으면 동지들이 무참히 죽어 갈 것이 뻔한 상황에서도 이발사는 고민을 합니다.

이발사는 정의를 실현하기에는 너무도 나약하고 소심한 사람입니다. 고민만 하다가 적장을 해치울 기회마저 잃고 맙니다. 그의 소심증은 거사를 비누 거품으로 만들어 버립니다.

그러나 꼭 그렇기만 할까요? 이발사는 또레스의 음흉한 속내를 모르고 있습니다. 그러한 상황에서 이발사가 또레스의 목에 선뜻 칼을 들이대지 못한 것이, 인간을 죽이는 일에 고민하며 망설인 것이 비난받아야만 할 일인가요. 이 작품의 제목인 '비누 거품'이 '단지 비누 거품일 뿐'으로도 읽히고, '단지 비누 거품일 뿐인가'로도 읽히는 이유가 여기에 있습니다.

또레스는 이발소를 떠나며 "사람을 죽이는 일은 쉽지 않아. 내 말을 명심하라구."라고 말합니다. 이 말은 이발사를 향해 있을까요? 아니면 또레스 자신을 향해 있을까요? 해석은 여러분의 것입니다.

《톨스토이 단편선》(풀잎) 중, 〈신은 진실을 아나 나타내지 않는다〉에도 이발사의 딜레마(선택해야 할 길은 두 가지 중 하나로 정해져 있는데, 그 어느 쪽을 선택해도 바람직하지 못한 결과가 나오게 되는 곤란한 상황)가 나옵니다. 26년째 억울한 옥살이를 해 온 악쇼노프 앞에, 자신에게 누명을 씌웠던 진범이 나타납니다. 게다가 그 진범은 감옥을 탈출할 계획까지 꾸미고 있음을 알게 됩니다. 악쇼노프는 살려 달라고 애원하는 진범을 고발해야 할지 말아야 할지 고민에 빠집니다. 왜 악쇼노프는 진범을 고발하지 않았을까요?

한 가지 더, 〈비누 거품〉을 번역한 안정효는 《안정효의 글쓰기 만보》를 통해, "이 작품을 선정한 까닭은 좋은 단편소설이 갖춰야 할 거의 모든 요소를 고루 담았다고 생각하기 때문이다."라고 하였습니다. 남의 글을 그대로 베껴 쓰는 것도 좋은 훈련이 된다는 말까지 덧붙여 놓고 있으니, 이 소설이 주는 여운뿐 아니라, 탄탄한 구성과 글솜씨에도 유념하여 소설을 읽어 보세요.

X: 양성적 어린이의 이야기

로이스 굴드

"무엇을 기대하셨습니까? 다른 아이들은 모두 그 바보 같은 소년-소녀 규칙에 복종해야만 하죠. 왜냐하면 그들의 부모가 그렇게 가르쳤기 때문입니다. 운이 좋은 X에게 당신들은 그 같은 규칙을 전혀 가르치지 않았어요! 당신들이 해야 할 일은 X가 하고 싶은 대로 하도록 두는 것입니다."

어느 날, X라는 이름을 가진 아이가 태어났습니다. 이 아이의 이름을 X라고 붙인 것은 누구도 이 아이가 남자인지 여자인지 알 수 없게 하기 위해서였지요. 물론, 그 아이의 부모는 알고 있었지만 다른 누구에게도 알리지 않았답니다. 처음에는 X에게조차 알리지 않았지요.

사실은 이 아이가 '어린아이 X에 관한 연구 계획'이라고 하는 매우 중요한 과학적 비밀 실험의 주인공이었거든요. 굉장히 유능한 과학자들이, 정확히 말해서 2억 3천만 달러 72센트가 들어가는 이 실험—아무리 굉장히 중요한 실험 대상인 아이라고는 하지만 한 어린이에게 들이기엔 너무 많은 듯이 보이는 돈이죠—을 계획했어요. 하지만 아이 달래는 일이나, 토끼 인형을 사 주는 일, 영화관에서 먹을 팝콘을 사 주는 일, 캠핑 전날 맞아야 할 예방주사비, 게다가 이(齒)를 뺄 때마다 주어야 할 반짝이는 동전들—이런 모든 비용들을 생각해 보면 어떻게 이 계산이 나왔나를 이해할 수 있을 거예요.

게다가 X가 태어나기 오래전부터 과학자들은 이 실험의 자세한 부분들까지 일일이 계획하고 또 X를 기를 부모들을 위해 지침서를 써야만 했어요. 그리고 무엇보다 중요한 일은 X를 키워 줄 부모를 찾아내는 것이었지요. X를 돌봐 줄 부모는 매우 신중하게 선택해야만 했어요. 수천 명의 지원자들은 수천 번의 시험을 치고, 수천 개의 교묘한 질문에 답해야 했지요. 거의 모든 사람들이 실패를 했어요. 왜냐하면 그 사람들이 원했던 것은 남자

아이거나 여자아이이지 남자아이도 여자아이도 아닌, 남자아이인지 여자아이인지도 모르는 X라는 아이는 아니었기 때문이죠. 또 거의 모든 이들은 X라는 아이가 남자나 여자아이보다 훨씬 더 많은 문제를 일으킬 거라고 걱정했어요.(과학자들은 그들의 말이 옳을 거라고 인정했지만, 하여튼 X는 이러한 특수한 문제에 신경 쓰지 않는 부모가 필요했어요.)

지원자 가족 중에는 밀튼과 아가타라는 이름을 가진 할아버지 할머니가 계셨는데, 그분들은 아이가 X였었다 해도 왜 이제는 X라는 이름 말고 밀튼이나 아가타 같은 이름을 가질 수 없는지 이해할 수 없어 했답니다. 뜨개질한 조그만 드레스를 보내야 한다고 주장하는 고모가 있는 가족, 작은 야구장갑을 보내고 싶어 하는 삼촌이 있는 가족 등은 X가 자랄 이상적인 가족일 수 없지요. 무엇보다도 이미 다른 어린아이들이 있는 가정에서는 아이들이 비밀을 보장해 줄 수 있을지 의심스러웠어요. 설사 그 비밀이 2억 3천만 달러 72센트의 가치가 있다는 것을 알더라도 X가 남자인지 여자인지 알려고만 든다면 목욕탕 속에 있는 X를 잠깐 엿보기만 하면 될 테니까요.

그러다가 결국 과학자들은 어떠한 어려움이 있더라도 상관하지 않고 X를 키우겠다고 하는 존즈 씨 부부를 찾아내게 되었어요. 존즈 씨와 부인은 X를 돌보고, 먹이고, 자장가를 불러 주는 일을 부부가 똑같이 돌아 가며 하겠다고 약속해야만 했지요. 또 아이 돌보는 사람을 절대 고용하지 않겠다고 약속해야 했어요.

과학자들은 아이 돌보는 사람이 아마도 목욕탕에서 X를 훔쳐볼 것이라는 걸 분명히 알고 있었으니까요.

존즈 씨 부부가 X를 집으로 데려오는 날, 많은 친구와 친척들이 그 아이를 보기 위해 왔지요. 그러나 그들 중 누구도 이 비밀 실험에 대해 아는 이가 없었어요. 그래서 그들은 X가 남자아이인지 여자아이인지를 매우 궁금해 했어요. 존즈 씨 부부가 웃으면서 "X예요."라고 말하자 아무도 무슨 말을 해야 할지 몰랐어요. 그들은 "그 아이의 귀엽고 작은 보조개를 봐요."라고 말할 수도 없었고, "이 튼튼한 작은 근육을 봐요."라고 말할 수도 없었어요. 그래서 그들은 그저 평범하게 "까꿍" 하면서 정답게 소곤댈 수밖에 없었지요. 그 사람들은 모두 존즈 씨 부부가 농담을 하고 있는 줄로 알았어요. 하지만 물론 존즈 씨 부부는 농담을 하고 있었던 게 아니었죠. 그래서 친구들과 친척들은 속으로 매우 화가 났어요. 모두들 그들 가문에 X라고 하는 아이가 들어왔다는 사실에 당황했어요.

"사람들은 그 아이가 어디 잘못된 데가 있다고 생각할 거야."

그들 중 몇몇은 이렇게 소곤거렸어요.

"그 아이는 분명 어딘가 잘못되었어."라고 다른 이들도 뒤에서 수군댔지요.

"천만에요."

존즈 씨 부부는 그들에게 명랑하게 말했어요.

"이 말할 수도 없이 귀여운 X에게 도대체 무엇이 잘못될 수 있다는 거예요?"

누구도 그 질문에 대답을 못했어요. X밖에는요. 그 애는 막 병우유를 다 마시고 난 참이었으니까요. X는 크고 만족스러운 트림으로 대답을 대신했어요.

분명히 아무 데도 잘못된 데는 없었어요. 그렇지만 친척들은 X에게 함부로 선물을 사다 줄 수가 없었어요. X에게 작은 풋볼 모자를 보낸 사촌들은 더 이상 방문하지 않았어요. 분홍색 꽃무늬 놀이옷을 보낸 이웃들도 존즈 씨 부부가 그들의 집 앞을 지나갈 때면 차양을 내리곤 했어요. 과학자들이 준비한 지침서에는 이미 이런 일이 일어날 것이라는 경고가 있었기 때문에 존즈 씨 부부는 이런 일들로 괴로워하지는 않았어요. 그 외에도 그들은 X를 돌보는 일과 X를 잘 기르기 위해 필요한 수백 가지 다른 과제들로 매우 바빴어요. 존즈 씨 부부는 그들이 어린 X와 어떻게 놀 것이냐 하는 데 특별히 주의를 기울여야만 했지요. 만약 X를 공중에 던지면서 얼마나 튼튼하고 활동적인가 하고 말한다면, 이것은 X를 남자애처럼 다루는 거지요. 또 X를 꼭 껴안고 키스를 하면서 얼마나 사랑스럽고 깜찍한 아이냐고 말한다면 이것은 X를 여자애처럼 다루는 것이지요. 지침서 1654페이지에서 과학자들은, "X를 던지고, 쓰다듬어 주는 일을 모두 많이 하십시오. X는 강하고, 사랑스러우며, 활동적이어야 합니다. 깜찍하게 기르려고 특별히 애쓰지는 마십시오."라고 일러두었었지요.

그러는 동안 존즈 씨 부부는 다른 문제(예를 들면, 장난감이나 옷을 고르는 일) 때문에 또 고민을 해야 했어요. 처음 물건을 사러 나갔을 때, 존즈 씨는 점원에게 "내 아이에게 줄 옷과 장난감을 사러 왔어요."라고 말했어요. 점원은 웃으면서 "네, 손님. 그런데 남자앱니까, 여자앱니까?" 이렇게 말하는 거예요. 존즈 씨도 "X예요." 웃으면서 대답했지요. 그러자 점원은 얼굴이 붉어질 정도로 화를 내며 이렇게 말하는 것이었어요.

"그런 경우라면 제가 도와 드릴 수 없을 것 같군요."

그래서 존즈 씨는 X에게 알맞은 것을 찾기 위해 어찌할 도리 없이 가게를 전부 뒤지며 돌아다녀야 했지요. 하지만 가게 안에 있는 물건들은 모두 '소년용' 혹은 '소녀용'으로 나뉘어 쌓여 있었어요. '소년용 잠옷', '소녀용 속옷', 그리고 '소년용 불자동차', '소녀용 부엌 기구 세트' 따위가 있었지요. 존즈 씨는 X에게 꼭 알맞은 것을 아무것도 사지 못하고 집으로 돌아왔어요. 그날 밤 존즈 씨 부부는 지침서의 2326페이지를 들여다보았죠. 그랬더니 이렇게 적혀 있는 게 아니겠어요?

"여러 가지를 충분히 다 사시오."

그래서 그들은 소년 용품부에 가서 씩씩해 보이는 푸른 잠옷도 사고 소녀 용품부에 가서는 꽃무늬가 박힌 속옷 등 많은 것을 사왔어요. 또 장난감도 여러 종류를 샀답니다. 오줌을 싸고서 "아빠." 하고 소리치는 남자 인형과 세 나라 말로 "나는 제너럴 모터스의 사장이야."라고 말하는 여자 인형도 샀어요. 그들은 또 상아탑에 갇힌 잘생긴 왕자를 구한 용감한 공주에 관한 이야기책과 유명한 무용가와 야구선수가 된 오빠와 동생에 관한 이야기책도 샀지요.(아마 당신은 누가 무엇이 됐는지 추측하실 수 있을 거예요.)

어린아이 X에 관한 연구 계획의 최고 책임자는 존즈 씨 부부가 사들인 물건들을 모두 검사해 보고는 이대로 계속 잘해 나가라고 말했어요. 그들은 또 존즈 씨 부부에게 "X가 원하는 놀이는 무엇이든 하게 하고 놀리거나 부끄러워하게 하지 않도록 하시오. 만약 X가 더러운 돌멩이들을 집 안에 가지고 들어오더라도 절대 '착한 X야, 더러운 돌을 가져오지 말아라.' 하고 말하지 마시오."라고 씌어진 지침서의 4629페이지를 보도록 일렀어요. 또 그 책에서는 "만약 X가 넘어져 울더라도 '씩씩한 X야, 울지 말아라.'라고 말하지 마시오. 왜냐하면 착한 X도 더러워질 때가 있고 씩씩한 X도 울 때가 있기 때문이오. X가 얼마나 더럽든, 얼마나 심하게 울든 걱정 마시오. 그게 모두 다 경험이 되는 것이오."라고 써 있었어요.

존즈 씨 부부가 X의 유모차를 밀고 공원에 갈 때마다 주위 사람들은 웃으면서 다가와 아이와 장난치면서 "남자예요, 여자예요?"라고 묻는 것이었어요. 존즈 씨 내외도 같이 웃으면서 "X예요."라고 대답하곤 했죠. 그러면 그 사람들은 웃음을 멈추고 때로는 욕지거리를 해 대기도 했어요. 마치 존즈 씨 내외가 그들에게 나쁜 짓이라도 한 것처럼 말이에요.

시간이 흘러 X가 다른 애들과 같이 놀 수 있을 만큼 자라자 존즈 씨 내외의 어려움은 더 커졌어요. 한번은 작은 여자애가 모래

통 속에 있는 X의 삽을 빼앗고는 X의 머리를 그것으로 때린 적이 있었어요.

“그러면 못써, 트레시.”

그 어린 소녀의 어머니가 꾸짖기 시작했지요.

“어린 소녀들은 어린 ……을 치면 안 돼요.”

그러곤 X에게 돌아서서 묻는 거예요.

“얘, 넌 여자냐, 남자냐?”

존즈 씨는 그때 모래 통 옆에 앉아 있었는데, 숨을 죽이고 행운을 비는 수밖에 없었어요. X는 비록 그때까지 그토록 호되게 맞아 본 적이 없을 정도로 머리를 맞았지만 상냥하게 웃으며 대답했어요.

“저는 어린 X예요.”

“네가 뭐라고?”

그 아주머니는 화가 나서 소리쳤어요.

“조그만 애새끼란 말이지?”

“하지만 어린 소녀들은 어린 X를 때려서는 안 돼요.”

X는 삽을 건네받으며, 상냥하게 웃으면서 이렇게 말했지요.

“하여튼 때리는 건 나쁜 일이잖아요?”

그때까지 숨을 죽이고 있던 X의 아버지는 그제서야 한숨을 내쉬고는 X를 보고 싱긋 웃음을 보냈어요. 다음 번 X에 관한 비밀 계획 모임에서 이 이야기를 들은 과학자들도 한바탕 웃었지요. X는 잘해 내고 있었던 거예요.

하지만 어느덧 X가 학교에 갈 나이가 되었어요. 존즈 씨 내외는 이번엔 정말로 걱정이었지요. 왜냐하면 학교에는 남자아이와 여자아이를 위한 규칙은 많이 있었지만 X에 대한 규칙은 아무것도 없었으니까요. 선생님은 남자애들은 왼쪽에, 여자애들은 오른쪽에 따로 서라고 말씀하실 거예요. 그리고 남자아이들과 여자아이들이 따로 놀 수 있는 놀이와 그들 나름대로의 비밀들이 생기겠지요. 학교 도서실은 여자아이들을 위한 추천 도서 목록을 따로 갖추고 있을 거구요. 또 남자용이라고 씌어진 화장실과 여자용이라고 씌어진 화장실이 있겠고, 여자애들과 남자애들은 곧 서로 말을 하려 들질 않겠죠. X에겐 과연 무슨 일이 일어날까요?

존즈 씨 내외는 몇 주일을 지침서와 씨름하느라 보내고 나서('학교에서의 첫날'이라는 제목으로 249페이지 반이나 되는 충고가 있었어요.) 어린아이 X에 관한 계획에 참가하고 있는 과학자들의 긴급 특별 회의에 참석했어요.

과학자들은 X의 엄마가 X에게 야구공을 던지고 받는 방법을 가르치고, 아빠는 X에게 인형놀이를 하면서 커피를 대접하는 법을 가르쳐야 한다고 말해 주었어요. 또 X는 공기놀이와 줄넘기를 할 줄 알아야 했고, 그중 제일 중요한 것은 다른 아이들이 남자냐 여자냐를 물었을 때 어떻게 대답해야 하는가를 알아야 하는 거였어요.

드디어, X는 준비가 다 됐어요. 존즈 씨 내외는 X가 새로 산 빨간색과 흰색으로 된 바둑판 무늬의 멜빵바지에 단추를 채우는 것을 도와주고, X의 필통에 들어갈 여섯 개의 연필을 깎고, 새 책가방에 들어갈 모든 책에 X의 이름을 써 넣어 주었어요. X는 이를 닦고 이제 막 귀를 덮을락 말락 하는 머리를 빗고, 도시락 통에 휴지를 접어 넣는 것도 잊지 않았어요.

존즈 씨 내외는 X의 선생님에게 그 학급이 남·여로 나뉘어 줄을 서는 대신 이름 순서로 설 수 있는지를 여쭤 보았어요. 그리고 X가 교장 선생님의 화장실을 쓸 수 있는지도 물었지요. 왜냐하면 거기엔 그저 화장실이라고만 씌어 있었거든요. X의 선생님은 이 모든 문제점들을 잘 돌보아 주겠다고 약속했어요. 하지만 무엇보다 가장 중요한 문제는 다른 아이들과 어떻게 보낼 것인가의 문제였고, 이 문제에 대해서는 어른은 아무도 X를 도울 수가 없었어요. X네 반의 누구도 전에 X를 본 적이 없었거든요. 그들이 무엇을 생각하겠어요? 어떻게 X가 친구를 사귈 수 있을까요? X의 옷을 보고서는 여자인지 남자인지 구별할 수가 없어요. 멜빵옷은 여자애들 옷처럼 단추를 왼쪽에 달아서 오른쪽으로 끼우게 되어 있지도 않고, 남자애들 옷처럼 그 반대로 되어 있지도 않으니까요. 또 X가 짧은 단발을 한 여자아이인지 긴 머리를 한 남자아이인지도 알아볼 수가 없었어요. 그리고 또한 X가 좋아하는 놀이를 보고서 말하기는 무척이나 어려웠구요. X는 여자애들보다는 공놀이를 잘했고, 남자애들보다는 소꿉장난을 잘했어요. 몇몇 애들은 "네가 제일 좋아하는 운동선수는 누구니?"와 같은 교묘한 질문을 해서 X가 여자아이인지 남자아이인지를 알아내려 했지요. 이건 쉬웠어요. X가 좋아하는 운동선수는 두 명이었거든요. 로빈 스미드라는 소녀 기수(騎手)와 로빈 후드라는 양궁 챔피언 소년이죠. 그러자 그들은 "네가 좋아하는 TV 프로가 뭐니?" 하고 물었어요. 이건 더 쉬웠어요. X가 좋아하는 TV 프로는 암캐가 주인공이고 수캐가 같이 나오는 〈래씨〉였거든요. 자기가 제일 좋아하는 장난감을 인형이라고 X가 말하자 모두들 X가 여자애라고 결정을 내렸어요. 하지만 곧 X는 그 인형은 사실은 로보트라서 컴퓨터로 조종하는데, 그 로보트는 초콜릿 쿠키를 굽고, 부엌을 치우도록 프로그램이 짜여 있다고 말하자, 다른 아이들은 X가 남자아이인지 여자아이인지를 알아맞히는 일을 그쳐 버렸어요. 그들은 모두가 X의 인형을 정말 보고 싶다는 생각만 했어요.

학교가 파한 뒤, X는 다른 애들과 놀고 싶어 했어요.

"체육관에 가서 공놀이를 하는 게 어떠니?"

X가 여자애들한테 물었어요. 하지만 그 아이들은 얼굴을 찌푸리고는 X의 뒤에서 비웃는 게 고작이었어요.

"공예실에 가서 바구니 짜는 건 어떠니?"

X가 남자애들한테 물었어요. 하지만 그 애들 역시 얼굴을 찌푸리고는 X의 등 뒤에서 기가 막힌 듯이 낄낄거리며 웃는 것이었어요.

그날 밤, 존즈 씨 부부는 X에게 학교에서 어떻게 지냈느냐고 물었어요. X는 슬픈 표정으로, 공부는 괜찮았지만 학교는 끔찍한 곳이라고 말했어요. 다른 애들이 전혀 X의 친구가 되지 않을 것처럼 보였거든요.

존즈 씨 부부는 한 번 더 지침서를 살펴 보았죠. '다른 아이들'이라는 제목이 붙은 곳에서 그들은 다음과 같은 문구를 발견했어요.

"무엇을 기대하셨습니까? 다른 아이들은 모두 그 바보 같은 소년-소녀 규칙에 복종해야만 하죠. 왜냐하면 그들의 부모가 그렇게 가르쳤기 때문입니다. 운이 좋은 X에게 당신들은 그 같은 규칙을 전혀 가르치지 않았어요! 당신들이 해야 할 일은 X가 하고 싶은 대로 하도록 두는 것입니다. 우리는 그 일이 쉽다고는 생각하지 않습니다만."

X는 지금대로 있기를 원했어요. 그렇지만 조금은 두려웠기 때문에 그날 밤 X는 많이 울었지요. 그래서 X의 아버지는 X를 꼭 껴안고 달래 주면서 울음을 그치게 해 주었어요. 그리고 X의 어머니는 마법에 걸린 잘생긴 왕자가 아름다운 공주의 키스로 깨어나는 재미있는 이야기를 들려주며 X와 아버지를 격려했어요.

다음 날 아침, 모두들 한결 기분이 좋았고 귀여운 어린 X는 깨끗한 빨강색과 흰색 바둑판 무늬 멜빵옷을 입고 씩씩한 웃음을 지으면서 학교로 갔어요. 그날 학교에서는 일곱 자로 된 단어의 철자 맞히기 대회가 있었고, 체육관에서는 일곱 명씩 편을 짜 릴레이 경주를 했어요. 또 소녀들을 위해 주방에서는 케이크 굽기

대회가 있었지요. X는 철자 대회에서 이겼고, 또 릴레이 경주에서도 이겼고, 과자 굽기 대회에서도 거의 이길 뻔 했어요. 곤로에 불을 켜는 걸 잊었기 때문에 그러지는 못했지만요. 누구도 모두 완벽하지는 못하지요. 다른 아이들 중 하나는 X에 대해 또 다른 사실을 알게 되었지요. 그는 말하기를 "이기거나 지는 것은 X에겐 별 문제가 안 되는 것 같애. X는 남자애들이 하는 것이나 여자애들이 하는 것 모두를 잘하고 모두 다 재미를 느끼는 것 같애."라고 했어요.

"생각해 봐."

아이들 중 다른 하나가 말했어요.

"아마 X는 우리가 즐거워하는 것보다 두 배는 더 즐거움을 느낄 거야."

그리고 그날 수업이 끝난 후 과자 굽기 대회에서 X를 이긴 여자애는 X에게 자기가 구운 멋진 케이크의 커다란 한 조각을 주었어요. 그리고 X가 달리기에서 이긴 소년은 X에게 집까지 경주를 하자고 제의했지요.

그 다음부터 재미있는 일들이 많이 일어나기 시작했어요. 수지는 수업 시간에 X의 짝인데, 어느 날 갑자기 분홍 옷을 입고 학교에 가지 않겠다고 고집하기 시작했어요. 그 애는 X의 것과 같은 빨강색과 흰색의 바둑판 무늬 멜빵옷을 입겠다고 우기는 거예요. 그 애는 자기 부모님에게 멜빵옷은 장대를 기어오르는 데 훨씬 좋다고 말씀드렸어요. 그리고 짐은(학급 축구 대표인데)

축구장 주위를 자기 여자 동생의 인형 유모차를 끌며 돌아다니기 시작했어요. 그는 헬멧만 쓰지 않고 축구선수 유니폼을 완전히 입었어요. 헬멧은 어깨 패드 밑에 얌전히 접어서 유모차 안에 넣어 놓았거든요. 그러고는 유모차를 밀며 아기에게 말을 걸 듯, 자기 축구 헬멧을 보며 "바위처럼 튼튼한 아기야."라고 노래 부르며 축구장을 뛰어다니기 시작했어요. 그 애는 X도 그런 걸 하니까 자기가 해도 괜찮은 일이라며 자기 집 식구들에게 말했지요. 무엇보다도 X는 이제 축구팀의 쿼터백이 되었던 거예요.

수지의 부모님은 지쳐 버리셨고, 짐의 부모님은 너무나 걱정이 심했어요. 하지만 가장 심한 일이 일어난 것은 쌍둥이인 죠와 페기가 모든 것을 서로 나누어 하기로 결정했을 때였죠. 페기는 죠의 하키 스케이트와 현미경을 사용하고 죠가 하는 신문배달일도 나누어 했어요. 죠는 페기의 바느질 기구, 요리 책을 사용하고, 일주일에 세 번 동네 아기 돌보는 일 중에서 두 번을 맡아 했지요. 페기는 잔디를 깎기 시작했고, 죠는 양탄자를 빨았지요.

그 애 부모님들은 페기가 생물학을 잘하고, 죠가 베개를 잘 꿰매어도 조금도 기뻐하시지 않았어요. 그분들은 페기가 잔디를 더 잘 깎아도, 죠가 양탄자를 더 잘 빨아도 전혀 기뻐하지 않으셨어요. 오히려 그분들은 화가 났던 거예요. 그들은 이게 모두 어린 X의 탓이라고 생각했어요. X가 자신이 누구인지 모르기 때문에, 아니면 그가 여자가 될지 남자가 되어야 할지 모르기 때문에 다른 사람까지도 혼란스럽게 만들려고 하기 때문이라는 거지요.

페기와 죠는 X와 더 이상 놀지 못하게 되었어요. 수지, 짐도 결국 모든 다른 아이들도 마찬가지였어요. 그렇지만 이젠 너무 늦었어요. 다른 아이들은 지금처럼 행복하고 자유로운 상태에 머물러 있기를 바라고 X와 닮기 이전으로 돌아가려고 하질 않았어요.

결국 죠와 페기의 부모님은 'X의 문제'를 토론하기 위해 긴급 학부모 회의를 소집하기로 결정하셨지요. 그들은 X가 '질서를 문란하게 하는 나쁜 영향'을 끼친다는 투서를 교장 선생님께 보냈어요. 그들은 교장 선생님이 바로잡아 줄 것을 요구했지요. 그들은 존즈 씨 부부에게도 X가 여자아이인지 남자아이인지 밝히도록 해야 한다고 말했어요. 학부모회는 만약 존즈 씨 부부가 그렇게 하지 않으면 X는 신체검사를 받아야 한다고 주장했어요. 학교 양호 선생님들이 X를 검사해서 남자인지 여자인지에 대해 보고서를 제출해야 한다고 했어요. 만약 X가 남자애라고 밝혀지면 X는 남자애들 규칙에 따라야 하고, 만약 X가 여자애라고 밝혀지면 X는 여자애들 규칙에 따라야 한다는 거예요. 또 만약 X가 남자애도 여자애도 아닌, 성적으로 뒤섞인 중성인 아이라면 X는 학교에서 당장 쫓겨나야만 한다는 것이죠.

교장선생님은 매우 당황했어요.

"질서를 문란하게 한다?"

"잘못된 아이?"

그렇지만 분명한 건 X는 뛰어난 학생이었어요. 선생님들도 모두 수업 시간에 X를 가르치는 일이 매우 즐겁다고 말했어요. 또 X는 학생회의 회장이었고, 연극대회와 미술대회에서 1, 2등상을 받았고 과학 경시대회, 야외 운동회날 달리기 시합에도 상을 받았지요. 그렇지만 학부모회는 X가 문제아라고 주장했어요. X는 그들이 본 아이들 중에 가장 큰 골칫덩어리라는 거죠.

마침내 교장 선생님은 어찌할 도리가 없어 X의 행동에 대한 학부모들의 수많은 불만들을 존즈 씨 내외에게 전하고 학교 문제로 다루기로 했어요. 양호 선생님들에게 신체검사를 하도록 하고 X에 대해 학교 측에서 어떻게 해야 할 것인가를 결정하기로 했습니다.

존즈 씨 부부가 즉시 이 사실을 과학자들에게 보고하자 그들은 지침서의 85759페이지를 참고하면서 다음과 같이 말했어요.

"얼마 안 있으면 X는 정신과 의사에게 검사를 받게 될 것입니다. 아마도 이 길만이 X가 잘못되어진 아이인지 아니면 그 밖의 모든 사람이 잘못되어진 것인지를 밝히는 방도일 것입니다."

X가 검사 받기 전날 밤, 존즈 씨 부부는 그들이 걱정하고 있다는 눈치를 보이지 않기 위해 무척이나 노력했죠.

"무슨 일이라도 생긴다면……?"

존즈 씨가 말했어요. 그러자 "걱정해도 소용없는 일이죠."라고 부인이 대답했어요. 그리고 몇 분이 지나자 이번엔 부인이 "무슨 일이라도 생긴다면……?"이라고 말하자 존즈 씨는 "걱정해도 소용없는 일이지."라고 대답했어요.

X는 부모님에게 미소를 짓더니 그들을 꼭 껴안고는 아무 말도 하지 않았어요. X는 생각했죠. '무슨 일이라도 일어난다면……?' 하지만 X도 아버지, 어머니처럼 걱정해도 소용없는 일이라고 생각했어요.

다음 날 9시 정각 X는 학교 양호실에 도착했어요. 양호실 밖 복도에서는 교장 선생님뿐만 아니라 학부모회의 회원들, X의 담임 선생님, X의 반 친구들, 그리고 존즈 씨 부부가 기다리고 있었어요. 아무도 X가 어떤 검사를 받아야 하는지를 자세히 알고 있지는 못했지만, 그 검사가 매우 어렵고 X에 대해 그들이 알고자 하는 것을 정확히 밝혀 줄 것이라고 믿었어요. 그러나 서로가 물어보기는 꺼렸지요.

복도는 매우 조용했어요. 모두 긴장한 듯이 보였어요. 이따금씩 방 안에서 이상한 소리가 들려오기도 했죠. 버저 소리, 윙윙거리는 소리, 그리고 벨 소리도 들렸어요. 문틈으로 불빛이 번쩍거리는 것이 엿보이기도 했죠. 존즈 씨 부부는 그것이 하얀 불빛이라고 생각했지만 교장 선생님은 파란색이라고 생각했어요. 또 X의 친구들 두세 명은 그 빛이 노랑이나 초록색이라고 생각했고, 그런가 하면 학부모회의 회원들은 전혀 알아차리지도 못했어요. 이러는 사이에 수백 가지의 질문을 던지는 선생님의 낮고 차분한 목소리가 들렸어요. 그리고 X가 대답하는 목소리도 들렸습니다. 검사는 한참 동안 계속됐고 사람들은 X가 누구도 받아보지 못한 복잡하고 완전한 검사를 받고 있다는 것을 알았어요.

'가엾은 X…….' 존즈 씨 부부는 생각했어요. '당연한 일이지.' 학부모회의 회원들은 생각했어요. 그런가 하면 아이들은 '난 이제 X가 입은 것 같은 멜빵옷을 입고 싶지 않아.'라고 생각했어요.

드디어 문이 열렸어요. 사람들은 문 앞으로 모여들었고 검사 결과를 몹시 궁금해 했어요. X는 아무렇지도 않아 보였어요. 오히려 X는 웃고 있었지요. 그러나 의사 선생님은 매우 당황한 듯이 보였어요. 마치 우는 것처럼도 보였어요.

"무슨 일이지?"

모든 사람들은 소리치기 시작했죠.

"X가 무슨 잘못된 행동을 했나?"

페기와 죠의 부모들은 이미 다 알고 있다는 것처럼 "나는 조금도 놀라지 않을 거야."라고 중얼거렸어요.

"X가 검사를 다 마치지 않았나요?"

수지의 부모가 소리쳤어요.

"아니면 중요한 검사만 빼먹었나?"

이번엔 짐의 부모가 소리쳤어요.

"제발."

존즈 씨는 한숨을 내쉬었죠.

"제발."

존즈 씨 부인도 한숨을 내쉬었어요.

"쉬."

조용히 하라는 시늉을 하신 후 교장 선생님께서 "지금 의사 선생님께서 말씀하시려고 하지 않습니까?"라고 말씀하셨어요.

눈을 비비고, 목소리를 가다듬으며 의사 선생님은 거친 목소리로 말했어요.

"제 견해로는—당신들은 X가 뭐가 매우 잘못되었을 거라고 자신 있게 말씀하셨지만—여기 있는 어린 X는……."

"그래서요? 그런데요?"

한 학부모가 못 참겠다는 듯이 큰 소리로 외쳤습니다.

"쉬."

교장 선생님이 말씀하셨어요.

의사 선생님은 머뭇거리며,

"여기에 있는 ……은, 바로 X는……."

또 찡그리며 계속하길,

"말하자면 X는……." 하고 할 뿐이었어요.

"어떻다구요? 말씀해 보세요."

다른 부모님들이 다그쳤어요.

그러자 의사 선생님은,

"어린 X는 제가 이제까지 검사해 본 어떤 어린이보다도 정상적인 아이라는 말입니다."라고 말했어요.

"X 만세!"

어린아이들 중 한 명이 소리쳤고, 그러자 다른 아이들도 환호성을 지르기 시작했어요. 그들은 손뼉을 치며 서로 축하하면서 펄쩍펄쩍 뛰며 기뻐했어요.

"쉬."

교장 선생님께서는 다시 조용히 하라고 하셨지만 아무도 듣질 않았어요. 학부모회 회원들은 화를 내기도 하고 당황해 하기도 했어요.

어떻게 X가 모든 검사를 마칠 수 있었을까? X가 정말 아무런 문제도 없다는 말인가? X는 전혀 잘못된 아이가 아니란 말인가? 어떻게 그럴 수가 있을까? 그리고 왜 의사 선생님은 울고 계실까?

이윽고 의사 선생님은 울음을 멈추고 눈물을 닦으며 미소를 짓더니,

"여러분은 제가 왜 눈물을 흘리는지 모르십니까?"

그는 말했어요.

"저는 너무 황홀해서 울고 있는 것입니다. X는 전혀 문제가 없어요. X는 조금도 잘못되고 바뀐 아이가 아닙니다! 잘못되다니? 웃기는 말입니다. X는 이 모든 것을 잘 알고 있습니다. 안 그러니, X야?"

하며 X에게 윙크를 보내자 X도 그에게 윙크를 했죠.

"그렇다면 도대체 X는 여자아이예요, 남자아이예요?"라고 페기와 죠의 부모가 물었어요.

"우리는 X가 남자인지 여자인지를 알고 싶어요."

"예, 그래요?"라고 의사 선생님은 말했어요.

"자, 걱정마세요, 여러분들은 언젠가는 다 알게 되실 겁니다. 제가 여러분에게 말해 줄 필요가 없을 것입니다."

"뭐라고요? 도대체 무슨 말씀인가요?" 부모들 중 몇몇이 의심스럽게 소리쳤어요. 수지, 페기, 죠가 즉시 대답을 했죠.

"의사 선생님이 말씀하시는 것은 X가 남자인지 여자인지가 비밀이 아닐 때가 올 거라는 말씀이에요."

이 말이 끝나자 의사 선생님은 모여 있는 사람들을 헤치고 X의 부모님 쪽으로 가시더니 조금은 딱딱했지만 "처음 뵙겠습니다."라고 인사했어요. 그러곤 그는 그들에게 팔을 뻗쳐 포옹하면서, "저도 언젠가 아기를 갖게 된다면 당신들의 지침서를 빌려주실 수 있으시겠죠."라고 조용히 속삭였어요.

말할 것도 없이 존즈 씨 부부는 매우 행복했고, '어린아이 X에 관한 연구 계획'에 참여한 과학자들도 매우 만족해 했어요. 수지도, 짐도, 페기도 그리고 다른 모든 어린이들도 마찬가지였죠. 물론 학부모들은 기뻐하지는 않았지만 의사 선생님 판단에 따르기로 약속했어요. 또한 그들은 존즈 씨 내외에게 학부모 회의의 명예 회원이 되어 달라고 하여 존즈 씨 부부는 그렇게 하기로 허락했어요.

그 다음 날이 되자, X의 친구들은 빨강색과 흰색의 바둑판 무늬 멜빵옷을 입고 X를 찾아갔어요. 그들은 뒤뜰에서 X가 아주 작은 어린 아기와 놀고 있는 것을 보았어요. 그 아기는 빨강색과 흰색의 바둑판 무늬 멜빵옷을 입고 있었지요.

"우리 집 새 아기가 어때?"

다른 아이들에게 자랑이나 하듯이 X가 물었어요.

"귀여운 보조개를 가졌구나."라고 짐이 말했어요.

"탄탄한 근육도 가졌는걸."라고 수지는 말했죠.

이번엔 죠와 페기가 "이 아기가 남자 아기니 여자 아기니?"라고 물었어요. 그러자 X는 그들을 향해,

"그렇게 물어보지 않을 수 없니?"

하며 기분 나쁜 표정을 짓더니, 이윽고 크고 장난기 있게 싱긋이 웃으며 말했어요.

"이 아이는 Y야!"

《평등한 부모 자유로운 아이》(또하나의 문화, 1995)

로이스 굴드 Lois Gould

우리나라엔 널리 알려지지 않은 작가로 미국 뉴욕에서 태어나고 생을 마감했습니다. 여성과 성 담론에 대한 소설이나 사회적 논평을 쓰기도 하고 신문과 잡지에 글을 기고하기도 하는 등 다양한 형태의 글쓰기를 했습니다.

:: 생각해 보기

1 자신이 여자이기 때문에 또는 남자이기 때문에 겪었던 불평등의 경험들을 떠올려 보세요.

2 우리 사회에서 이야기하는 남성적 특성과 여성적 특성의 일반적인 유형들을 찾아보고, 과연 인간의 특성을 남성적 특성과 여성적 특성으로 나눌 수 있는지 생각해 보세요.

:: 더 읽어 보기

빨강색과 흰색의 바둑판 무늬 멜빵옷을 입는, 씩씩하면서도 상냥한, 공놀이를 잘하고 소꿉장난을 좋아하는, 릴레이 경주에도 뛰어나고 바구니 짜는 데도 재능을 가진 아이 X를 본 적이 있습니까?

〈X: 양성적 어린이의 이야기〉는 1970년대 진보적 심리학자들의 양성성 논의에 발맞춰 나온 작품입니다.

초기의 양성성에 대한 논의는 모든 방면을 고루 갖춘 인간을 추구한다는 점에서 이상론이라는 지적을 받았습니다. 그럼에도 불구하고 이 소설이 의미 있는 까닭은 X를 소년도 소녀도 아닌 'X 자신'으로 보려고 했기 때문입니다.

수십 년이 지난 지금도 '상황의 요구와 환경에 효과적이며 유연하게 대처하는 양성적 인간'이 가능한지에 대한 물음은 끊임없이 이어지고 있습니다. 이 소설이 실려 있던 《또하나의 문화》의 논의들이나, 《종이 봉지 공주》(로버트 문치, 비룡소), 《할머니를 따라간 메주》(오승희, 창비)도 '남성적' 또는 '여성적'의 선을 넘는 새로운 인간상을 찾는 시도로 볼 수 있습니다. 그런 의미에서 볼 때, '어린아이 X에 관한 연구 계획'은 지금도 진행형입니다.

《종이 봉지 공주》에는 지혜와 용맹으로 용을 물리치고 왕자를 구한 공주가 나옵니다. 불타 버린 옷 대신에 종이 봉지를 주워 입고 자신을 구하러 온 공주에게 왕자는 "너 꼴이 엉망이구나! 진짜 공주처럼 챙겨 입고 다시 와!"라고 말합니다. 사람의 진면목을 알아보지 못한 왕자는 자신을 구하지도, 공주를 얻지도 못합니다.

《할머니를 따라간 메주》 중, 〈짝짝이 신발〉에는 전통적인 남녀관을 가지고 있는 할머니와 자기주장이 강한 손녀가 나옵니다. 민주는 할머니가 오빠만 사랑한다고 섭섭해 하고, 할머니는 민주가 여자로서는 걸맞지 않게 행동한다고 불만입니다. 둘은 사사건건 충돌합니다. 그러던 어느 날, 민주는 작은 사고를 당합니다. 할머니는 급한 마음에 짝짝이 신발을 신고 민주에게 달려가고 할머니의 짝짝이 신발을 본 민주는 비로소 할머니의 진심을 알게 됩니다. 그러나 할머니가 고집하는 삶의 방식을 이해한다는 것과 그것을 받아들이는 것은 별개의 문제임을 작가는 짚고 있습니다.

오랜 세월을 거치며 남성과 여성을 바라보는 입장 차이는 많이 좁혀져 왔다지만 여전히 문제는 남아 있습니다. 양성적 인간에 대한 논의나 옛날 동화 뒤틀기 등 고정관념을 깨려는 다양한 시도들은 우리 사회에 획일주의나 권위주의, 불평등의 문화가 진을 치고 있는 이상 계속될 것입니다.

카멜레온

안톤 파블로비치 체홉

"나도 알아. 장군은 값비싼 순종 개들만 가지고 계셔. 그런데 이건 잡종 개 아냐! 털로 보나 상판으로 보나 한낱 똥개에 지나지 않아……. 저런 개를 기르다니! 자네들 머리는 어디다 써먹나? 페테르스부르크나 모스크바에서는 저 따위 개가 눈에 뜨이면 무슨 일이 일어나는지 알아?

새 외투를 입고 손에는 작은 꾸러미를 든 경감 오추멜로프가 시장(市場) 광장을 가로질러서 걸어가고 있다. 그의 뒤에는 압수한 구즈베리(서양 까치밥 나무의 열매)가 수북이 담긴 체를 들고 붉은 머리의 순경이 따르고 있다. 주위는 물을 끼얹은 듯 조용하다. …… 광장에는 사람의 그림자 하나 없다. 가게와 여관의 열린 창문들은 배고픈 입처럼 풀이 죽어 세상을 바라보고 있고, 그들 주위에는 거지조차 얼씬거리지 않는다.

"이놈이 사람을 물어? 빌어먹을!"

갑자기 오추멜로프의 귀에 이런 소리가 들려온다.

"얘들아, 저 개를 잡아라! 요즘 세상에 사람을 문다는 건 용서할 수 없어! 잡아라! 아…… 아!"

개의 날카로운 외마디 소리가 들려온다. 오추멜로프가 그쪽을 보니, 개 한 마리가 베추겐네 장작 창고에서 세 발로 뒤를 돌아보면서 뛰어나오고 있다. 그 뒤를 풀을 먹인 무명 셔츠와 단추를 풀어 헤친 조끼를 입은 사나이가 쫓고 있다. 그는 개를 따라잡은 후 상체를 앞으로 내던져 땅바닥에 쓰러지면서 개의 뒷다리를 붙잡는다. 개의 두 번째 외마디 소리가 들린다.

"놓치지 마라!"

이윽고 가게 안에서 졸린 듯한 얼굴들이 나타나기 시작하더니 마치 땅에서 솟아나기라도 한 듯 장작 창고 주위에는 순식간에 사람들이 모여든다.

"무슨 사고가 생겼나 봅니다. 각하!"

하고 순경이 말한다.

오추멜로프는 왼쪽으로 몸을 돌려 사람들이 모여 있는 곳으로 걸어간다. 창고 문 옆에는 개를 쫓던 사나이가 오른쪽 손을 위로 쳐들어 피가 흐르는 손가락을 군중들에게 보여 주고 서 있다. 반쯤 취한 것 같은 그의 얼굴에는 '이제 너를 물어뜯어 주마. 요 악당아!'라고 씌어 있는 것 같다. 그리고 그 손가락은 승리의 표적으로 보인다. 오추멜로프는 이 사람이 철공 장인(匠人) 흐류킨이라는 것을 알았다. 이 사건의 주범이 앞발을 벌리고 온몸을 떨면서 군중의 한가운데 땅 위에 앉아 있는데—그건 주둥이가 뾰족하고 등에 노란 점이 박힌 하얀 보르조이 종(種) 강아지다. 개의 젖은 두 눈에는 고뇌와 공포의 표정이 담겨 있다.

"무슨 일이 일어난 거야?"

오추멜로프가 군중 속을 비집고 들어가며 묻는다.

"왜 그래? 당신 손가락은 왜 그렇고?…… 누가 비명을 지른 거지?"

"저는 걸어가고 있었습죠, 각하. 아무도 건드리지 않구요……."

흐류킨은 손으로 입을 가리면서 기침을 하더니 말하기 시작한다.

"미트리이 미트리치와 장작에 관해 얘기하는데 느닷없이 요 비열한 놈이 뛰어나와서 손가락을 물지 않겠습니까요.…… 나리, 제 말씀을 드려 죄송합니다만 양해해 주십쇼. 저는 날품팔이를 하는 사람인데…… 제가 하는 일은 섬세한 일입니다. 제발 손해배상을 받을 수 있게 해 주십쇼. 이런 손으로는 아마 일주일 정도는 일을 할 수 없을 거예요. 각하, 이런 일을 당하고도 참으라는 법은 없겠지요. 개들이 전부 사람을 문다면 이 세상에는 사람이 살지 않는 게 나을 겁니다."

"흠……! 옳은 말이야."

오추멜로프는 미간을 찌푸리며 목소리를 가다듬어 근엄하게 말한다.

"옳은 말이야……. 이건 누구네 개지? 나는 이걸 그냥 두지 않겠어! 개를 풀어 놓으면 어떻게 되는지 여러분께 보여 드리겠소! 법령을 마음대로 짓밟는 자들의 생각을 뜯어고칠 때란 말이야! 그런 족속들에게 벌금을 물리면, 개집에서 기르는 개와 떠돌아다니는 개가 어떻게 다른지 알게 되겠지! 단단히 혼을 내 줘야지! 엘드이린!"

경감은 순경을 돌아보았다.

"이 개의 주인이 누군지 알아보고 조서를 꾸미게! 그리고 이 개를 당장 처치해 버리도록! 아마 미친개일 거야. 도대체 이건 뉘 집 개요?"

"그건 지갈로프 장군 댁 개인 것 같은데요!"

군중 속의 누군가가 이렇게 말한다.

"지갈로프 장군 댁의? 으흠! 엘드이린, 외투를 벗겨 다오. 무섭게 덥군! 비가 올 것 같은데……. 한 가지 이해할 수 없는 건, 이 개가 어떻게 자네를 물었다는 거지?"

오추멜로프는 흐류킨에게로 돌아서며 물었다.

"어떻게 이 개가 자네의 손가락까지 닿을 수 있었나? 이 개는 조그맣고 자네는 억센 장정이 아닌가! 자네는 손톱으로 손가락을 긁어 대고는 개가 물었다고 할 생각이 떠오른 게 틀림없어. 자넨 유명한 작자니까……! 자네가 악당이라는 것쯤은 잘 알고 있단 말이야!"

"저 사람은, 각하, 장난을 하느라 개 코에다 궐련을 넣었습죠. 그러니 저 개가 바보가 아닌 다음에야 달려들겠지요. 터무니없는 인간이에요. 각하!"

"거짓말하지 마. 정직하지 못한 사람 같으니라구! 보지도 못했으면서 왜 거짓말을 하는 거야? 각하께서는 현명하시니까 누가 거짓말을 하고 누가 하느님 앞에서 진실을 말하는지 아실 거다. 만일 내가 거짓말을 하는 거라면 치안 판사한테 조사해 보라고 해 봐. 그의 법률에는 이렇게 씌어 있어. 요즈음은 누구나가 동등하다고. 내 친동생도 헌병대에 있어. 네가 알고 싶다면……."

"시끄러워!"

"아니에요. 이건 장군 댁 개가 아닌데요……."

순경이 깊이 생각을 하더니 한마디 던진다.

"장군은 저런 개를 갖고 계시지 않아요. 장군에게는 저것보다 훨씬 큰 종(種)만 있습니다……."

"확실히 아는 거야?"

"확실합니다. 각하……."

"나도 알아. 장군은 값비싼 순종 개들만 가지고 계셔. 그런데 이건 잡종 개 아냐! 털로 보나 상판으로 보나 한낱 똥개에 지나지 않아……. 저런 개를 기르다니! 자네들 머리는 어디다 써먹나? 페테르스부르크나 모스크바에서는 저 따위 개가 눈에 뜨이면 무슨 일이 일어나는지 알아? 거기에서는 법률 같은 것은 필요도 없이 즉시 죽여 버리는 거야! 흐류킨, 자네가 손해를 입었으니 이 일을 그대로 둘 수는 없네……. 버릇을 가르쳐 주어야 해. 지금이 그때야……."

"그런데 어찌 보면 장군 댁의 개 같기도 한데요……."

무심코 순경이 혼잣말로 중얼거린다.

"얼굴에 씌어 있는 건 아니지만……. 최근 그 댁 뜰에서 저 개를 보았거든요."

"확실히 장군 댁 개입니다!"

군중 속에서 어떤 목소리가 말한다.

"으흠! 엘드이린, 외투를 입혀 다오……. 바람이 불기 시작하는군……. 추운걸……. 이 개를 장군 댁에 데리고 가서 여쭈어 보도록 해. 내가 찾아서 보냈다고 말씀 전하고……. 그리고 개를 거리에 풀어 놓지 마시라고 여쭙고……. 이 개는 비싼 건지도 몰라. 돼지도 그 코에 궐련을 쑤셔 넣으면 오래 괴로워하는 법이지. 개란 민감한 동물이야……. 이 바보야. 손을 내려! 왜 그 보기 싫은 손가락을 내밀고 있는 거야! 네가 잘못했으면서!"

"장군 댁의 요리사가 오는데요. 그에게 물어봅시다……. 어이, 프로호르! 이리 와 봐! 이 개를 좀 봐. 장군 댁 건가?"

"무슨 소리! 우리 집엔 지금껏 이런 건 있지도 않았어!"

"그러면 여기서 더 오래 지체할 것도 없다. 이건 떠돌이 개야! 더 말할 것도 없어……. 내가 떠돌이 개라고 하면 떠돌이 개야. 죽이면 다 끝나는 거야."

"이건 우리 개는 아닙죠만."

프로호르가 계속 말한다.

"얼마 전에 내왕하신 장군님 동생의 개입니다요. 장군께서는 보르조이 종을 좋아하시지 않지만, 동생은 좋아하시거든요."

"그럼 장군의 동생께서 오셨단 말인가? 블라지미르 이바느이치께서?"

하고 오추멜로프는 물었다. 그의 온 얼굴에는 감동의 미소가 넘쳐흐른다.

"저런! 나는 전혀 몰랐네! 잠시 머물려고 오셨나?"

"네, 손님으로……."

"아니, 그래……. 오랜만에 형제분끼리 만나셨군……. 내가 모르고 있었다니! 이 개가 그분 것이란 말이지? 참 반가운데……. 이 개를 데려가게. 개는 아무 일 없었네……. 멋진 개야……. 이 사람의 손가락을 물어뜯었으니! 하하하……. 저런, 왜 떨고 있지? 그르르…… 그르르…… 화가 났군. 귀여운 것……."

프로호르는 개를 불러서 개와 함께 장작 창고를 나간다. 군중은 흐류킨을 비웃는다.

"이놈, 두고 보자. 혼내 줄 테니!"

오추멜로프는 외투를 여미며 그를 위협하고 나서 시장 광장을 따라가던 길로 걸음을 옮긴다.

《귀여운 여인 (외)》 (범우사, 2001)

안톤 파블로비치 체홉 Anton Pavlovich Chekhov

러시아의 소설가이자 극작가입니다. 남러시아의 타간로크에서 태어나 16세 때 아버지의 파산으로 인해 고학으로 중학교를 마쳤습니다. 19세 때 모스크바대학 의학부에 입학했는데, 이때 가족의 생계를 위해 잡지에 단편소설을 기고하기 시작했습니다. 이후 1880년대 초반, 풍자와 유머, 애수가 담긴 뛰어난 단편을 많이 남겼으며, 1890년대에는 죄수들의 유형지인 사할린 섬의 감옥 제도 실태를 조사한 후 르포 〈사할린 섬〉을 써서 큰 반향을 일으켰습니다. 〈귀여운 여인〉, 〈약혼녀〉, 〈개를 데리고 다니는 여인〉 등 800여 편의 작품을 남겼습니다.

:: 생각해 보기

1 오추멜로프와 흐류킨에게서 카멜레온과 닮은 점을 찾아보세요.

2 상황이 불리해졌다고 자신의 말이나 행동을 바꾸었던 경험이 있나요?

:: 더 읽어 보기

카멜레온은 주위 상황에 맞게 자신을 변화시키는 데 능합니다. 그래서 자신에게 유리하도록 상황에 대처하는 기회주의적인 사람을 카멜레온으로 비유합니다. 오추멜로프에게 진실은 고려의 대상이 아닙니다. 그는 자신에게 유리한가 불리한가만 봅니다. 이런 류의 사람들은 마음만 먹으면 개를 잡종으로도 순종으로도 바꿀 수 있는 재주가 있습니다. 진실이 인간의 이해득실에 따라 변한다고 굳게 믿는 사람들이지요.

기 드 모파상의 〈비계 덩어리〉에는 애국심으로 가득 찬 정치가, 고상한 숙녀, 부유한 상인, 명문 귀족, 거룩한 수녀 등 사회에서 인정받고 존경받는 사람들이 많이 나옵니다. 그들은 '비계 덩어리'라고 불리는 창녀를 천하다고 손가락질합니다. 그러나 정작 자신들이 위험에 처하자 몸을 파는 일을 마치 성스런 희생인양 칭송합니다. 위험에서 벗어나서는 자신들을 돕기 위해 몸을 팔았던 '비계 덩어리'의 행동을 비난합니다. 〈비계 덩어리〉에는 자신의 잇속에 따라 가면을 바꿔 쓰는 인간의 추악한 이기심이 잘 드러나 있습니다.

우리 앞에, 개에게 손가락을 물려 온 남자가 있다고 합시다. 피를 흘리는 남자를 위해 우리는 먼저 무엇을 해야 할까요? 오추멜로프와 군중들에게 흐류킨이 손가락을 다쳤다는 사실은 별로 중요하지 않습니다. 그들에게는 손가락을 문 개가 장군 댁의 개인지 아닌지만 중요합니다. 고골의 〈코〉에도 이처럼 본말이 전도된 세상이 나옵니다. 이발사의 실수로 코를 잃은 남자는 자신의 코를 찾아 헤맵니다. 그러다 제복을 입고 거리를 활보하는 '코'를 만납니다. 남자는 자신보다 높은 계급장을 달고 있는 '코' 앞에서 굽신거리기까지 합니다. 경찰은 '코'를 잡아 준 대가로 남자에게 돈을 요구하고, 의사는 떨어진 코를 붙여 줄 생각은 않고 전시품으로 쓰려고 합니다. '코'가 사람이 되었다가, 다시 코가 되는 희한하고도 신기한 이야기 〈코〉는 오로지 돈과 출세, 권력을 좇아 뒤죽박죽이 되어 버린 세상을 보여 줍니다.

세상과 인간들의 누추한 이면을 풍자하고 있는 이 소설들은 먼 나라, 먼 옛날의 이야기가 아닙니다. 우리 마음에도 상황에 따라 재빨리 몸빛을 바꾸는 카멜레온이 숨어 있지는 않은지요?

껍질을
벗다

프란시스코 지메네즈

그날 오후 쉬는 시간에 애벌레를 보러 갔다. 고치가 마른 나뭇잎 사이에 숨어 있어서 잘 보이지 않았다. 유리병 안을 여기저기 살펴보았다. 그런데 놀랍게도 고치의 틈이 벌어지고 있는 것이 아닌가. 신이 나서 나도 모르게 소리를 질렀다.

"학교 하면 떠오르는 건, 시킨 것을 제대로 하지 않았다고 선생님이 30센티미터 자로 내 손목을 때렸던 기억밖에 없어."

내가 1학년 때의 학교생활에 대해서 물어보았을 때 로베르토 형은 짜증을 내면서 이렇게 대답하였다.

"나도 어쩔 수 없었다고. 선생님은 영어로만 말씀을 하시는데……."

형은 조금 흥분한 채로 계속 말을 했다.

"그럴 때마다 형은 어떻게 했는데?"

나는 내가 맞기라도 한 것처럼 손목을 문지르면서 물어보았다.

"항상 선생님이 나한테 무엇을 원하는지 추측해야만 했어. 만약 선생님이 자를 손에 들지 않으면, 내가 추측한 것이 제대로 맞았구나라고 생각했지."

형은 계속해서 말했다.

"어떤 아이들은 내가 영어로 말하려고 안간힘을 쓰면서 더듬거리거나 틀리게 말하면 마구 놀려 대기도 했어."

형의 얼굴에 점점 그늘이 지기 시작하였다.

"난 영어 때문에 이번에 1학년 수업을 다시 들어야 해."

형의 기분을 생각하면 묻고 싶지 않았지만, 우리 가족 중에서 유일하게 학교에 다닌 사람은 형밖에 없어서 어쩔 수 없었다. 나도 다음 주 월요일부터는 처음으로 학교를 다니게 된다. 아직은 영어로 말하고 듣는 것을 이해할 수 없어 벌써부터 걱정이 앞섰다. 그러나 한편으로는 가슴이 무척 설레었다. 그때는 1월 말이었고, 우리 가족이 목화를 따던 코코란에서 1주일 전에 돌아와서 산타마리아에서 동쪽으로 약 16킬로미터 떨어진 곳에 있는 쉬히 딸기농장 소유의 텐트촌에 정착하고 있었다.

드디어 처음으로 학교 가는 날, 형과 나는 다른 날보다 일찍 일어났다. 나는 멜빵바지와—솔직히 난 멜빵 있는 옷이 싫었다.—엄마가 굿윌 상점에서 사 주신 체크무늬 면셔츠를 입었다. 마지막으로 모자를 쓰려고 하자, 형은 실내에서 모자를 쓰는 것은 예의에 어긋나는 것이라고 주의를 주었다. 나는 혹시라도 교실에서 깜박 잊고 모자를 벗지 않는 실수를 할까 봐 걱정이 되어서 모자를 집에 두고 갈까 생각했지만 그냥 쓰고 가기로 결심했다. 아빠도 매일 모자를 쓰셨고, 그리고 왠지 모자를 쓰지 않으면 학교 가는 완벽한 복장이 아닌 듯한 느낌이었기 때문이다.

형과 나는 엄마에게 인사를 드리고 버스를 타러 나왔다. 아빠는 당근밭이나 상추밭에서 일자리를 얻어 보시려고 아침 일찍 나가고 안 계셨다. 엄마는 트램피타를 돌보시려면 집에 남아 계셔야 했지만 사실은 또 동생을 임신하셨기 때문에 몸조리가 필요한 때였다.

스쿨버스가 도착하자 로베르토 형과 나는 버스에 올라타서 나란히 앉았다. 창밖으로는 길가에 끊임없이 줄지어 자라고 있는 상추와 꽃양배추가 빠르게 스쳐 지나갔다. 길가에 있는 밭고랑들은 우리를 따라서 쫓아오는 거인의 다리처럼 보였다. 스쿨버스는 학생들을 태우기 위해 몇 번인가 멈추었고 그때마다 버스

안은 조금씩 소란스러워지기 시작했다. 어떤 아이들은 목청껏 소리를 질러 댔고, 나는 그들이 무슨 말을 하는지 알아들을 수가 없어서 머리가 아파 오기 시작했다. 형도 눈을 감은 채 인상을 찌푸리고 있었기 때문에 나는 형을 성가시게 굴지 않으려고 조심하였다. 아마 형도 나처럼 머리가 아플 것이라고 생각했다.

메인 스트리트에 있는 학교에 도착할 무렵, 버스는 학생들로 꽉 차 있었다. 버스 운전사가 붉은 벽돌 건물 앞에 버스를 정차시키고 문을 열자 버스 안에 있던 아이들이 와르르 쏟아져 내렸다.

이미 1년 전에 학교를 다닌 적이 있던 로베르토 형은 나를 데리고 교장실로 갔다. 심스 교장 선생님은 빨강 머리에 눈썹이 짙고, 손에 털이 무성하고 키가 컸다. 교장 선생님은 나를 1학년에 입학시키려고 한다는 형의 서툰 영어를 인내심을 갖고 끝까지 들어 주셨다. 잠시 뒤 교장 선생님은 나를 교실로 안내해 주셨다. 교실을 본 순간 정말 기분이 좋았다. 교실은 우리가 살고 있는 텐트와는 너무나 달랐다. 나무 바닥에 전깃불과 난방시설이 되어 있어서 아늑함이 느껴졌다. 교장 선생님은 미스 스칼로피노 선생님에게 나를 소개해 주셨다. 스칼로피노 선생님은 나의 이름인 프란시스코를 몇 번씩 되뇌면서 따뜻한 미소를 지으셨다. 교장 선생님과 스칼로피노 선생님의 대화 속에서 내가 이해할 수 있는 유일한 단어는 프란시스코뿐이었다. 두 분은 나를 쳐다보실 때마다 프란시스코를 반복해서 말씀했다. 교장 선생님이 나가시자 스칼로피노 선생님은 창가 맨 뒷줄에 내 자리를 지

정해 주셨다.

교실에는 아직까지 다른 학생들은 오지 않았다. 나는 자리에 앉아 손을 책상 위에 올려놓았다. 책상은 온통 칼집이 나 있었고 잉크 자국으로 거무죽죽해져 있었다. 책상 덮개를 열어 보니 그 안에는 책 한 권과 크레용 한 상자, 노란색 자 하나, 연필 한 자루, 가위 한 개가 들어 있었다. 왼쪽 창문 아래에는 교실 길이만 한 검은 선반이 있었고, 내 책상 바로 옆 선반 위에 놓여 있는 유리병 안에는 애벌레 한 마리가 소리 없이 꼼지락거리고 있었다. 애벌레는 검은 줄무늬가 있는 노란 연두색으로 내가 농장에서 본 애벌레와 같은 종류였다.

내가 애벌레를 손가락으로 막 건드리려고 하는 순간, 때마침 종소리가 울렸다. 문밖에서 일렬로 줄 서서 기다리던 아이들은 조용하게 교실로 들어와서 자기들 자리에 앉았다. 몇몇 아이들은 나를 쳐다보면서 키득거렸다. 나는 당황스럽고 긴장이 되어서 애벌레 쪽으로 눈을 돌려 버렸다. 그때부터 다른 아이들이 나를 쳐다볼 때마다 애벌레 쪽으로 고개를 돌리곤 했다.

수업이 곧 시작되었다. 그러나 나는 선생님의 말씀을 하나도 알아들을 수가 없었다. 선생님의 말씀이 많아질수록 걱정도 점점 더 많아졌다. 그날 수업이 끝날 즈음에는 완전히 지쳐 버렸다. 정신을 집중해서 들으면 조금이라도 선생님의 말씀을 이해할 수 있을 거라고 생각했는데 그렇지 못했다. 오로지 머리만 아파 왔고 심지어 밤에 잠잘 때는 머릿속에서 선생님의 목소리가 들릴 지경이었다. 결국 며칠 동안 열심히 집중해서 들으려 노력했지만 두통만 심하게 일어났다.

그러던 어느 날, 나는 좋은 방법을 생각해 내었다. 머리가 아파지기 시작하면서 얼른 다른 생각을 하는 것이다. 나는 교실에 앉아 때때로 아빠가 일하고 있는 농장으로 날아가는 상상을 하기도 했다. 아빠 옆에 살짝 내려앉아 아빠를 깜짝 놀라게 했다. 그러나 이렇게 몽상에 잠겨 있는 순간에도 항상 선생님 말씀에 주의를 기울이고 있는 척해야 한다. 왜냐하면 아빠는 다른 사람이 말할 때 집중해서 듣지 않는 것은 예의에 어긋나는 일이며, 특히 어른 말씀을 들을 때에는 더욱 나쁜 행동이라고 가르쳐 주셨기 때문이다.

그렇다고 학교에서 항상 머리가 아픈 것만은 아니었다. 선생님이 그림이 있는 책을 읽어 주실 때에는 한결 마음이 편해졌다. 그림을 보면서 스페인어로 혼자서 나만의 이야기를 만들어 나갈 수 있었기 때문이다. 선생님은 모든 학생들이 잘 보이도록 양손으로 책을 머리 위까지 높이 올린 후 교실을 이리저리 걸으시면서 책을 읽어 주셨다. 그림의 대부분은 동물이었다. 나는 그림을 보면서 혼자만의 이야기를 만들어 나갔지만, 진심으로 선생님의 말씀을 이해하고 싶은 마음이 더 간절했다.

얼마 지나지 않아 우리 반 아이들의 이름을 몇 명 알게 되었다. 가장 많이 들어서 제일 먼저 알게 된 이름은 커티스였다. 그는 우리 반에서 키가 가장 크고, 힘도 세고, 아이들에게 인기도 제일 많았다. 모든 아이들이 커티스의 친구가 되어 함께 놀기를 원했다. 커티스는 아이들이 편을 짜서 놀 때면 항상 대장이 되었다. 그와 반대로 나는 반에서 키도 가장 작았고, 게다가 영어도 알아듣지 못해서 아이들이 어쩔 수 없이 필요한 때만 나를 놀이에 끼워 주었다.

아더는 스페인어를 조금 할 줄 아는 아이들 중의 한 명이었다. 나는 아더와 함께 있는 것이 좋았다. 쉬는 시간이 되면 아더와 그네를 타면서 멕시코 영화배우인 조지 네그레타나 페드로 인판테 흉내를 내면서 놀았다. 페드로 인판테는 말을 타고 라디오에서 자주 듣는 멕시코 민요를 부르곤 하였다. 나는 그네를 최대한 앞뒤로 높이 올라가게 하면서 아더에게 페드로 인판테가 불렀던 멕시코 민요를 불러 주었다.

그러나 스칼로피노 선생님은 내가 아더에게 스페인어로 말하면 온몸을 흔드시면서 "노우(No)!"라고 소리치셨다. 아마 1초 동안 백 번 정도는 머리를 좌우로 흔드시는 것 같았다. 선생님은 비 오는 날의 자동차 와이퍼처럼 아주 빠르게 손도 함께 좌우로 흔드셨다.

"영어로, 영어로 말해!"

선생님은 나를 향해 계속 반복해서 말씀하셨다.

그 이후로 선생님이 가까이 계실 때에는 아더는 나를 피해 다녔다. 그래서 쉬는 시간이 되면 애벌레 옆에서 보내는 시간이 점점 더 많아졌다. 애벌레가 녹색 잎과 줄기 사이에 있을 때는 찾기가 쉽지 않았다. 나는 날마다 후추 잎과 사이프러스 나뭇잎들을 애벌레에게 갖다 주었다.

그러던 어느 날, 애벌레 바로 앞 선반 위에서 나비와 애벌레가 그려진 책 한 권을 발견했다. 나는 선반 쪽으로 가서 책을 한 장 한 장 넘기면서 그림들을 자세하게 관찰하였다. 그리고 손가락으로 다양한 종류의 나비와 애벌레를 만져 보기도 하였다. 예전에 로베르토 형이 얘기를 해 주어서 나는 애벌레가 변해서 나비가 된다는 사실을 알고 있었다. 하지만 난 형이 얘기해 준 것보다 더 많은 것을 알고 싶었다. 그림 밑에 커다란 검은 글자들로 쓰인 단어들이 나비에 대한 정보일 것이라는 확신이 들자, 나는 그림들을 뚫어지게 바라보면서 단어의 의미를 추측해 보려고 애썼다. 여러 번 눈을 감고 단어들을 떠올리면서 의미를 이해해 보려고 노력했지만 결국은 아무것도 알아내지 못했다.

학교에서 내가 제일 좋아하는 시간은 매일 오후 선생님께서 책을 읽어 주신 후에 그림을 그리게 할 때였다. 나는 여전히 선생님의 말씀을 이해하지 못했기 때문에 그 시간만큼은 그냥 원하는 것을 하도록 허락받았다. 나는 온갖 종류의 동물들을 그렸는데 대부분이 새들과 나비들이었다. 먼저 연필로 스케치를 한 다음, 색색의 크레용으로 색칠을 하였다. 스칼로피노 선생님은 내가 그린 그림 중에서 하나를 골라 아이들이 볼 수 있도록 게시판에 압정으로 꽂아 놓으셨다. 그런데 2주일이 지난 어느 날 나의 그림이 사라져 버리고 말았다. 나는 내 그림이 어디로 갔는지 물어보고 싶었지만 영어를 할 수가 없어서 결국 포기하고 말았다.

날씨가 쌀쌀한 어느 목요일 아침이었다. 쉬는 시간에 운동장에 서 있었는데 돌아보니 나만 외투를 입고 있지 않았다. 아마도 그때 교장 선생님께서 내가 추위에 떨고 있는 것을 보신 모양이다. 그날 방과 후에 교장 선생님은 나를 교장실로 데리고 가시더니 버려진 인형들과 옷들이 가득한 서랍에서 초록색 외투를 하나 꺼내서 입어 보라고 주셨다. 옷에는 보리과자 냄새가 났고 사이즈도 컸다. 교장 선생님은 옷소매를 5센티미터가량 접어 주셨다. 나는 그 옷을 입고 집으로 돌아와서 엄마와 아빠한테 자랑을 하였다. 엄마, 아빠도 흐뭇하게 웃으셨다. 나는 무엇보다도 초록색 외투가 멜빵을 감추어 준다는 사실이 정말 좋았다.

다음 날 아침, 새옷을 입고 운동장에서 수업 시작을 알리는 종소리를 기다리고 있었다. 그런데 갑자기 커티스가 성난 황소처럼 내게 달려드는 것이 아닌가! 커티스는 머리를 곧장 내게 들이밀면서 양팔로 내 몸을 껴안고 발길질을 하면서 소리를 질렀다. 커티스가 왜 이러는지 정확하게 알 수는 없었지만, 내가 입고 있는 외투를 벗기려고 하는 것을 보아 이 외투와 관련이 있다는 것을 짐작할 수 있었다. 커티스와 나는 땅바닥에 구르면서 레슬링을 하는 꼴이 되었다. 아이들은 우리를 둘러싼 채 커티스의 이름을 부르면서 응원을 하기 시작했다. 내가 훨씬 불리한 상황이었지만 나는 교장 선생님이 선물해 주신 외투를 빼앗기지 않기 위해서 있는 힘껏 버티었다. 커티스가 내 소매 한쪽을 힘껏 당기는 바람에 외투의 어깨 부위가 찢어졌고, 오른쪽 주머니마저 잡아당겨서 찢어져 버렸다. 바로 그때, 우리 머리 위로 스칼로피노 선생님의 얼굴이 나타났다. 선생님은 커티스를 내게서 떼어 낸 후, 내 옷깃을 추슬러 나를 일으켜 세워 주셨다. 나는 간신히 울음을 참고 있었다.

교실로 들어오는 길에 아더는 내게 그 외투가 올해 초 커티스가 잃어버렸던 것이라고 알려 주었다. 그리고 선생님께서 나와 커티스는 벌을 받아야 한다고 했다는 얘기도 전해 주었다. 커티스와 나는 그날부터 1주일 내내 쉬는 시간마다 무릎을 꿇고 손으로 의자를 머리 위까지 높이 들고 있는 벌을 받아야 했다. 그 후로 나는 다시는 그 외투를 보지 못했으며 커티스가 입고 있는 것도 단 한 번도 보지 못했다.

그 사건 이후, 나는 너무나 창피해서 스칼로피노 선생님을 쳐다볼 수조차 없었다. 책상 위에 엎드려서 눈을 감고 아침에 있었던 일을 계속 생각해 보았다. 차라리 잠이 들었다가 깨어나면 모두가 꿈이었기를 간절히 바랐다. 스칼로피노 선생님은 나를 불렀지만 나는 대답하지 않고 그대로 엎드려 있었다. 선생님이 내게로 다가오는 발자국 소리가 들렸다. 순간 어떻게 해야 할지 몰랐다. 선생님은 내 어깨를 부드럽게 흔드셨지만 내가 꼼짝 안 했기 때문에 잠이 들었다고 생각하신 것 같았다. 그래서인지 쉬는 시간이 되어 모두 교실 밖으로 나갈 때까지도 나를 깨우지 않고 내버려 두셨다.

교실이 조용해졌을 때 나는 살며시 눈을 떴다. 창문을 통해 들어온 햇빛 때문에 눈이 부셔서 한참 동안 다시 눈을 감고 있어야 했다. 잠시 뒤 손등으로 눈을 비비면서 왼쪽에 있는 유리병 쪽을 바라보았다. 애벌레를 찾아보았지만 보이지 않았다. 어딘가에 숨어 있을 것이라고 생각하고 손을 뻗어 잎들을 가볍게 흔들어 보았다. 순간 나는 깜짝 놀랐다. 애벌레가 실을 토해 내면서 고치를 만들고 있는 것이 아닌가! 애벌레가 만든 고치는 가지에 매달려 있었다. 나는 조금 몽롱하고 평온한 마음으로 왼손 집게손가락으로 그 고치를 부드럽게 건드리면서 오른손으로는 그림을 그렸다.

수업이 끝난 후, 스칼로피노 선생님은 나에게 편지를 주시면서 부모님께 전해 드리라고 하셨다. 사실 아빠와 엄마에게는 편지가 필요 없었다. 단지 글을 읽지 못해서가 아니라, 내 입술과 왼쪽 뺨의 상처가 편지의 내용을 대신 말해 주고 있었기 때문이다. 그날 학교에서 있었던 일을 부모님께 말씀드렸다. 두 분은 매우 당혹스러워 하셨지만 내가 불만을 품고 선생님께 무례하게 대들지 않은 것만으로도 다행이라고 생각하셨다.

그 후로 며칠 동안은 학교에 가는 일도, 또 스칼로피노 선생님과 눈이 마주치는 일도 그 어느 때보다 힘들게 느껴졌다. 그러나 시간이 지나자 그 일도 조금씩 잊히기 시작했다. 다시 학교생활에 익숙해져 갔고 새로운 영어 단어도 몇 개 더 알게 되면서 교실에서의 생활도 전보다 조금 더 편안해졌다.

학기가 끝나기 며칠 전인 5월 23일 화요일, 그날 스칼로피노 선생님은 나를 깜짝 놀라게 하셨다. 수업을 하기 위해 우리는 모두 자리에 앉았고 선생님은 출석을 부르신 후, 갑자기 주목을 하라고 말씀하셨다. 나는 선생님이 하시는 말씀을 이해하지는 못했지만, 선생님이 파란 리본을 들고서 내 이름을 말씀하시는 것은 알아들었다. 선생님은 몇 주일 전에 없어졌다고 생각했던 나의 나비 그림을 모두가 볼 수 있도록 높이 들어 올리셨다. 선생님은 내게 걸어오시더니 그림과 금박으로 1등이라고 박힌 파란색 리본을 주셨다. 내가 그린 그림이 최우수상을 받은 것이다. 나는 소름이 끼칠 정도로 기분이 좋았고 내 자신이 자랑스러웠다. 커티스를 포함한 우리 반 아이들은 내 파란색 리본을 보기 위해 목을 길게 내밀기도 했다.

그날 오후 쉬는 시간에 애벌레를 보러 갔다. 고치가 마른 나뭇잎 사이에 숨어 있어서 잘 보이지 않았다. 유리병 안을 여기저기 살펴보았다. 그런데 놀랍게도 고치의 틈이 벌어지고 있는 것이 아닌가. 신이 나서 나도 모르게 소리를 질렀다.

"여기 좀 봐, 여기!"

순간 아이들이 벌떼처럼 선반 위로 몰려들었다. 그 광경을 지켜보던 스칼로피노 선생님은 모든 아이들이 볼 수 있도록 유리병을 들어서 교실 한가운데 있는 책상 위에 올려놓으셨다. 몇 분이 지나자 나비가 고치 밖으로 천천히 나오려는 모습이 보였다. 우리는 모두 호기심에 가득한 눈으로 그 광경을 지켜보았다.

마지막 수업이 시작되기 전에 선생님은 유리병을 운동장에 갖다 놓으셨다. 우리 모두는 선생님을 둘러싸고 지켜보았다. 나는 우리 반 아이들이 이렇게 하나가 된 모습을 지금까지 한 번도 본 적이 없었다. 내가 다른 아이들에게 가려서 잘 보지 못하고 있자 선생님은 나를 앞으로 불러내서 유리병 뚜껑을 직접 열어 보라고 손짓을 하셨다. 나는 아이들 틈에서 유리병 앞으로 걸어 나와 무릎을 꿇고 조심스럽게 뚜껑을 열었다. 그러자 정말 마술처럼 나비는 날개를 위아래로 펄럭거리면서 하늘로 날아올라 갔다.

수업이 끝나고 운동장 앞에서 버스를 타기 위해 줄을 서서 기다리고 있었다. 자랑스럽게 오른손에는 파란색 리본을, 왼손에는 그림을 들고 있었다. 그때 아더와 커티스가 버스를 타기 위해 내 뒤에 다가와 줄을 섰다. 뜻밖에도 커티스는 내 그림을 다시 한 번 보여 줄 수 없느냐고 몸짓으로 말했다. 나는 커티스가 볼 수 있도록 그림을 들어 올렸다.

"커티스가 네 그림을 정말 좋아한대."

아더가 스페인어로 말해 주었다.

"'너에게 줄게'를 영어로 뭐라고 하지?"

나는 아더에게 물어보았다.

"잇츠 유얼스(It's yours)!"

아더가 대답하였다.

"잇츠 유얼스(It's yours)!"

나는 아더의 말을 따라 하면서 커티스에게 내 그림을 선물로 주었다.

《프란시스코의 나비》 (다른, 2004)

프란시스코 지메네즈 Francisco Jiménez

네 살 때 가족과 함께 멕시코에서 미국으로 이민을 갔으며, 어려운 가정환경 때문에 여섯 살 때부터 캘리포니아 농장에서 일을 했습니다. 하지만 온갖 역경을 딛고 컬럼비아 대학교에서 문학 석사 및 박사 학위를 받았습니다. 현재 미국 산타클라라대학교에서 현대어문학을 가르치고 있으며, 멕시코 문화권의 위대한 현대 작가 중 한 명으로 평가받고 있습니다. 작품으로 유년 시절을 소재로 한 그림책 《나비》, 《크리스마스 선물》과 《프란시스코의 나비》, 후속편인 《돌파》 등이 있습니다.

:: 생각해 보기

1 프란시스코가 영어 때문에 긴장을 하고 열등감을 느끼듯이, 여러분도 다른 사람 앞에서 열등감을 느낄 때가 있나요? 어떤 경우에 그러한지, 그것을 극복하기 위해 노력할 일은 무엇인지 써 보세요.

2 친구와 뜻하지 않은 일이 오해가 되어 싸운 적이 있나요? 어떤 일로 싸웠고, 이후에 관계는 어떻게 풀어 나갔는지 이야기해 보세요.

3 여러분은 이제까지 받은 상 중에서 자신감을 심어 준, 기억에 남는 상이 있나요? 혹시 없었다면, 상을 기대했다가 받지 못해서 아쉬움이 남았던 경험을 이야기해 보세요.

:: 더 읽어 보기

몇 년 전부터 우리나라에 거주하는 외국인 노동자들의 숫자가 늘고 있습니다. 안산의 원곡동《국경 없는 마을》(박채란, 서해문집)에 가면 코리안 드림을 품고 우리나라에 왔지만, 산업재해를 당했거나 고용주에게 부당한 대우를 받아 생존권마저 위협당하는 사람들을 만날 수 있습니다. 하지만 그들이 강제 추방에 몸을 사리면서도, 이를 악물고 돈을 버는 것은 고향에 두고 온 가족 때문이지요. 가족의 생계가 자신의 손에 달렸기에 일이 고되고 몸이 아파도 팍팍한 타향살이를 묵묵히 견디고 있습니다 .

프란시스코의 가족도 이와 비슷한 상황입니다. 그나마 다행이라면 가족이 함께 있다는 것이지요. 미국으로 불법 이주를 한 멕시코계 빈민 가족의 삶을 어린 소년의 눈으로 그린《프란시스코의 나비》는 작가의 실제 경험을 바탕으로 한 소설이기에 더욱 감동적입니다. 가난하고 배운 것이 없어도 자식에게 현명한 가르침을 주는 아버지, 작은 일에 기뻐하며 웃음을 잃지 않는 어머니, 자기 몫의 노동을 묵묵히 감당해 내는 로베르토 형이 있기에 프란시스코는 비록 외투가 없어도 마음까지 춥지는 않습니다.

이 글은 프란시스코의 학교생활을 그린 일부분으로 얼핏 《창가의 토토》(구로야나기 데츠코, 프로메테우스)가 생각납니다. 동생을 입학시키러 온 로베르토 형의 서툰 영어를 인내심을 갖고 끝까지 들어 주는 심슨 교장 선생님은, 일반 학교에서 쫓겨난 엉뚱한 아이 토토의 이야기를 네 시간 동안이나 하품 한 번 하지 않고 들어 주는 도모에 학원 교장 선생님을 떠오르게 하기 때문이지요. 《창가의 토토》 역시 작가의 자전적 소설로, 한 아이가 자신만의 빛을 잃지 않고 자라는 데 부모와 선생님의 역할이 얼마나 중요한지를 실감하게 합니다.

토토에게 새로운 배움의 길을 열어 주었던 도모에 학원이 불에 타 사라졌듯이, 프란시스코의 가족도 마지막 부분에는 이민국의 단속에 걸리는 안타까운 결말을 맞이합니다. 하지만 험난한 어린 시절을 거쳐 어른이 된 프란시스코는 지금, 불법 이주민 청소년들의 교육에 혼신의 힘을 쏟으며 그들에게 희망을 전하는 나비가 되었습니다. 그리고 평탄하고 안락한 삶을 살아가는 우리를 돌아보게 합니다. 아직도 껍질을 벗지 못한 우리를 부끄럽게 합니다.

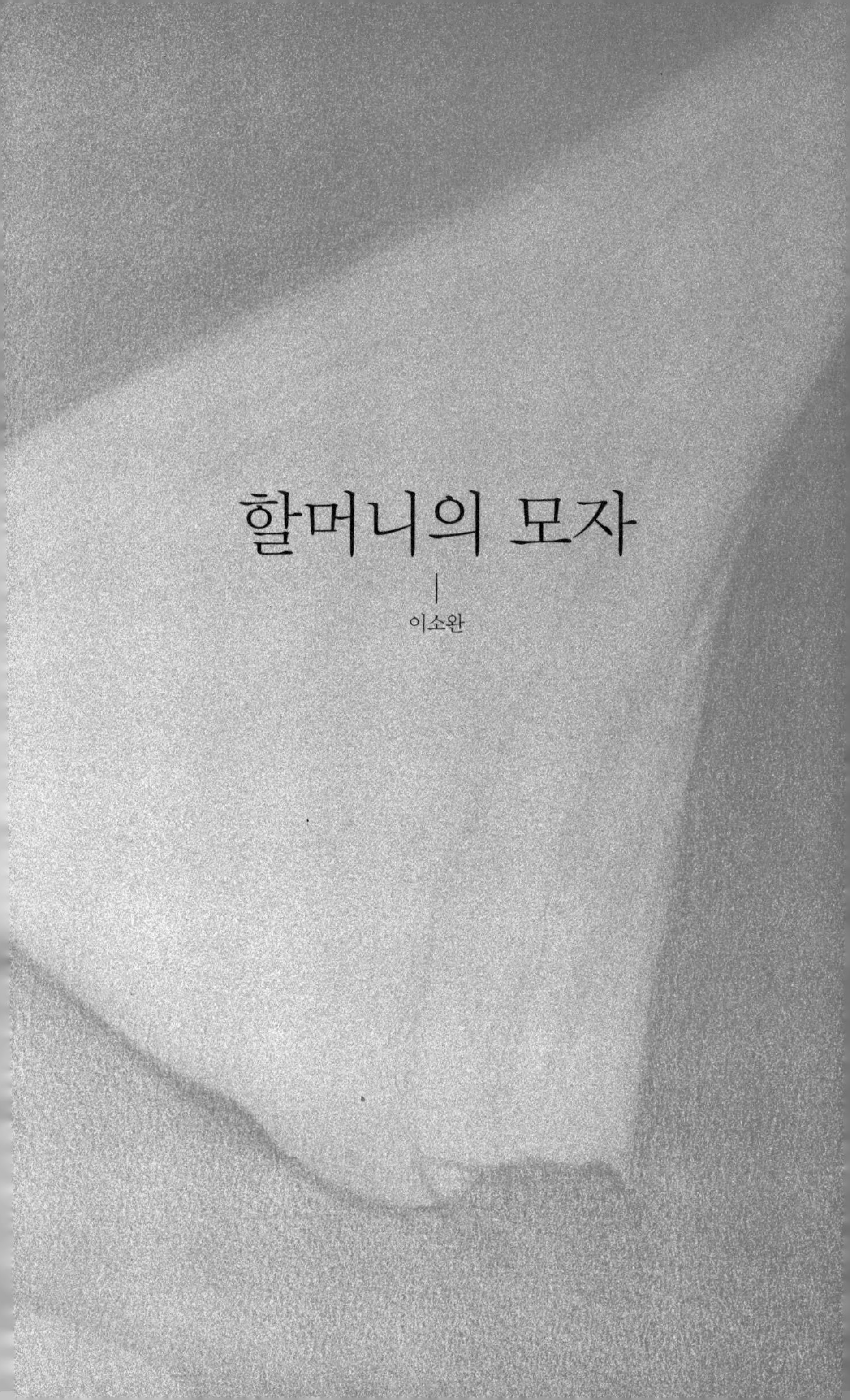

할머니의 모자

이소완

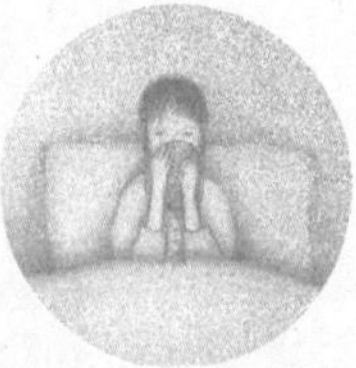

"할머니, 정신 차려! 아무도 없잖아!"

할머니는 내가 옆에 있는지도 모르는 듯, 나에게 눈길조차 주지 않았다. 할머니의 헛소리는 점점 더 심해졌다. 악을 쓸 때는 너무 끔찍했다. 할머니는 겨우 죽 몇 모금으로 끼니를 때우면서 무슨 힘이 나는지 집 안이 쩌렁쩌렁 울리게 소리소리 쳤다.

"안 가! 이놈아, 안 간다!"

마지막 인사

'지금 몇 시나 됐지?'

살며시 눈을 떴다. 방 안에는 어둠이 짙게 깔려 있었다. 얼른 천장 모퉁이가 어디쯤 있는지 찾아보았다. 선잠이 들었다가 깨면 꼭 천장 모퉁이가 어디 있는지 눈으로 확인해야 마음이 놓였다. 하지만 아무리 눈을 크게 떠도 앞이 잘 보이지 않았다. 눈앞에 들이댄 손만 겨우 보였다. 겁이 더럭 났다.

"오빠!"

아래층 침대에서 자고 있을 오빠를 불렀다. 아무 대답이 없었다. 가슴이 쿵쿵 뛰기 시작했다. 심장 소리에 맞추어 어둠이 들썩거리며 검은 회오리바람이라도 일으킬 듯했다. 머리카락이 쭈뼛 서고, 눈물이 핑 돌았다. 선잠을 깨고 울 나이는 지났지만 울음이라도 터뜨려야 이 무섬증을 가라앉힐 수 있을 것 같았다.

그때 어디선가 말소리가 들려왔다. 귀를 기울여 들어 보니 여럿이 한데 모여 있는 소리였다. 사람 목소리를 듣고 나니 마음이 좀 놓였다. 소리를 따라 방 밖으로 나와 계단을 내려갔다. 거실에 불이 환히 밝혀져 있고, 현관 앞에는 신발들이 어지러이 널려 있었다.

아무렇게나 뒤엉켜 있는 신발들을 보니 불길한 느낌이 확 들었다. 혹시? 생각대로 할머니 방에서 나는 소리였다. 방으로 선뜻 들어가지 못하고 밖에서 서성였다. 할머니 방은 낮에도 들어

가기가 무서웠다. 문밖에서 불안하게 엄마를 불렀다. 엄마가 방에서 나왔다. 엄마 어깨 너머로 안을 흘낏 들여다보니 고모들의 등이 보였다. 할머니는 고모들에게 둘러싸여 있었다.

"왜 안 자고 일어났어?"

엄마는 얼굴이 조금 핼쑥해 보였다.

"왜 다들 할머니 방에 모여 있어?"

심상치 않은 일이 일어나고 있는 게 분명했다.

"할머니랑 마지막으로 인사하려고 모인 거야."

가슴이 쿵 내려앉았다. 식구들 모두, 몇 년째 계속 자리에 누워만 있는 할머니가 곧 돌아가시리라는 것을 숨 쉬는 일처럼 당연한 일로 받아들이고 있었다. 하지만 그날이 오늘이 될 줄은 몰랐다.

"순영이 너도 할머니한테 마지막으로 인사하자."

엄마가 내 손을 잡아끌었다. 엄마 손을 잡고 몇 발짝을 옮겼을까, 눈앞에 할머니의 퀭한 얼굴이 떠올랐다. 몹시 야위어 뼈만 앙상하게 남은 얼굴과 초점 없는 눈이 어른거렸다. 나는 엄마의 손을 홱 뿌리쳤다.

"싫어. 나 할머니한테 안 갈래."

"괜찮아. 무섭지 않아."

"싫어! 할머니 무서워. 싫단 말이야!"

내 목소리는 할머니 방에 있는 식구들한테 다 들릴 만큼 컸다. 어쩌면 약한 숨을 쉬고 있는 할머니 귀에도 들렸을지 몰랐다. 할머니한테 미안했지만 어쩔 수 없었다. 엄마는 억지로 나를 할머니에게 데려가려고 하지는 않았다. 대신 내 침대로 데려와 이불을 꼭 여며 주고 꼬마불도 켜 주었다. 꼬마불을 켜자 방 안에는 은은한 불빛이 퍼졌다.

"아무 일도 없을 거야. 마음 놓고 자."

"엄마는?"

"엄마는 할머니 곁에 있어야 해. 오늘은 식구들이 다 모여서 할머니가 잠드는 것을 지켜보기로 했단다."

"혼자 있기 싫은데……."

나는 금세 울상이 되었다.

"순영아, 할머니야말로 지금 혼자서 길을 떠나려 하고 있어. 지금 할머니가 순영이보다 훨씬 무서울 거야. 할머니가 얼마나 무서울지 생각하면 이깟 어둠은 씩씩하게 이겨 낼 수 있지?"

엄마는 곧 방을 나갔다. 엄마가 나가자 방 안에는 째깍이는 시계 소리만 가득 찼다.

'할머니는 지금 혼자서 길을 떠나려 하고 있어.'

엄마의 말이 머릿속에서 떠나지 않았다. 다시 일어나 앉았다. 할머니가 죽는다고 생각하니 어둠이 더욱 시커멓게 느껴졌다. 큰숨을 쉬어 보았다. 하지만 할머니를 마지막으로 보러 갈 용기는 여전히 나지 않았다.

'어쩌면 내일 아침이면 다 괜찮아질지도 몰라.'

애써 좋은 쪽으로 생각하고 싶었다. 아직 울음소리는 들리지 않아 조금 안심이 되었다. 조그맣게 속삭이는 소리가 한참이나 이어졌다. 그 소리는 점점 윙윙거리는 소리로 바뀌더니, 메아리처럼 아득히 멀어졌다. 비몽사몽간에 어렴풋이, 할머니도 이렇게 아득히 세상에서 멀어져 가고 있을 거라는 생각이 들었다.

떠나는 사람

오빠와 나는 학교에 가지 않아도 되었다. 아빠는 검은 양복을 입고 머리에는 누런 두건을 쓰고 팔에는 완장처럼 띠를 두르고 발목에도 띠를 둘렀다. 엄마는 흰색 한복을 입었다. 싸늘한 날씨 탓에 흰색은 한층 더 추워 보였다. 오빠도 검은 바지에 검은 윗옷을 입고 발목에 누런 띠를 둘렀다. 나만 검은 옷이 없어서 녹색 바지를 입었다. 엄마는 짙은 녹색이니까 괜찮다고 하지만 왠지 나만 할머니랑 아무 상관 없는 딴 식구가 된 것 같았다.

손님들이 찾아오자 집 안은 잔칫집처럼 시끄러워졌다. 나는 할 일이 없어서 구석에 앉아 드나드는 사람들을 구경했다. 친척들은 오다 가다 나를 보고 그새 몰라보게 자랐다고 머리를 쓰다듬어 주었다. 할머니가 예뻐하던 그 손녀냐고 아는 척을 하는 사람도 있었다. 그런 말을 들으면 속으로 움찔했다. 나는 그런 말을 들을 만큼 할머니를 좋아하지 않았다. 하루 종일 방에 누워만 있는 할머니를 좋아하기는 어려운 일이었다.

영정 속의 할머니 눈과 마주치는 건 끔찍이 무서웠다. 시끌벅적한 분위기에서 하루 종일 향냄새를 맡고 있자니 속도 울렁거렸다. 어서 이 북새통이 끝났으면 싶었다.

할머니의 관이 나갈 때는 집 안이 온통 울음바다가 되었다.

"아이고! 아이고!"

곡소리가 집 안에 차고 넘쳐 온 동네에 퍼질 정도였다. 너무 시끄러워서 손가락으로 귀를 막았다. 아니, 꼭 시끄럽다기보다도 그 소리를 듣고 있다 보면 머리가 어떻게 될 것 같았다. 곡을 하고 있는 엄마와 아빠는 다른 사람처럼 낯설어 보였다. 한참 귀를 막고 있는데 어느새 막내고모가 슬쩍 다가와서 귀에서 손을 잡아떼었다.

"못써. 귀 막고 있는 거 아냐."

"너무 시끄럽잖아."

"순영아, 저렇게 큰 소리로 우는 건 잘 가라고 인사하는 거야. 만약 네가 죽었는데 아무도 슬퍼하지 않는다면 어떻겠니?"

"……."

"마지막 인사는 큰 소리로 할수록 좋은 거야. 알았지?"

"알았어."

나도 큰 소리로 할머니에게 마지막 인사를 하고 싶었다. 하지만 눈물이 한 방울도 나오지 않아 머쓱했다. 더욱이 어린애처럼 소리를 지르며 울어 대는 어른들 옆에 있으니 혼이 쏙 빠질 것 같고 혼란스러웠다. 아무렇지도 않은 나를 보고 누가 뭐라고 하는 것도 아닌데 괜히 신경이 쓰였다. 사람들 눈길이 닿지 않는 구석진 곳에 서 있어야 마음이 편했다.

관을 땅속에 내릴 때에도 또 한 번 어른들이 울었다. 하지만 그렇게 울고 나서는 더 이상 우는 사람들이 없었다. 모두가 울음을 멈추니 마음이 한결 편해졌다.

어른들은 장례를 마치고 서둘러 떠났다. 막내고모만 끝까지 남았다. 엄마, 아빠는 막내고모와 함께 어수선해진 집을 치우기 시작했다. 엄마는 며칠 사이에 몹시 지쳤고, 눈자위가 퀭했다. 하지만 집 안 꼴이 너무 사나워 쉬지도 못하는 것 같았다. 두어 시간 집을 치우고 고모가 그만 집에 가야겠다고 나섰다. 내가 엄마를 대신해서 고모를 대문까지 배웅했다.

"순영아, 엄마 힘드니까 엄마 말 잘 들어라."

"네."

대문을 잠그며 작게 한숨을 폭 내쉬었다. 할머니가 살아 계실 때도 고모는 오고 가면서 입버릇처럼 "할머니 말 잘 들어라." 하고 일렀다. 말 잘 듣는 아이가 되는 게 얼마나 힘든지 고모는 모르는 모양이었다.

남아 있는 기억

다시 학교에 나갔다. 친구들은 할머니가 돌아가실 때 어땠느냐고 물었다. "정말 슬펐지?" 하고 물어 오는 아이도 있었다. 그렇게 묻는 아이에게 "너라면 어떨 것 같아?" 하고 되물어 보고 싶었다. 하지만 공연히 시비를 거는 것처럼 보일까 봐 그만두었다.

솔직하게 "잘 모르겠어." 하고 말하면 애들은 약간 당황해했다.

친구들의 질문 공세를 빼고는 정신없이 북적거렸던 집과 달리 학교는 그대로였다. 내게 무슨 일이 일어났는데도 다른 사람들은 아무것도 달라지지 않았다는 게 이상했지만, 학교가 집보다는 편안하게 느껴졌다. 하지만 그날 집에 돌아왔을 때, 뭔가 달라졌다는 느낌을 떨쳐 버릴 수가 없었다. 거실에 들어서자마자 보이는 할머니 방문을 보자 마음이 어지러웠다. 집에서 할머니와 단둘이만 보냈던 낮 시간은 하루 중에서 가장 더디게 흐르는 시간이었다.

집에 돌아오면 우선 할머니가 어떻게 하고 계신지 살펴보아야 했다. 처음에 거동만 불편했을 때, 할머니는 학교에서 돌아오는 나를 맞아 주기도 하고, 내가 할머니의 말동무가 되어 주기도 했다. 하지만 여러 해 동안 방 안에 누워만 지내면서 할머니는 점점 성격이 급해져 작은 일에도 버럭 소리를 질렀다. 그리고 올여름부터는 조금씩 이상해졌다.

할머니는 하루 종일 방 안에서 텔레비전이랑 이야기를 나누곤 했는데, 어느 날부터는 텔레비전 소리가 나지 않는데도 할머니의 말소리가 중얼중얼 들리기 시작했다. 나를 부르는 줄 알고 방으로 들어갔다가 까무러치게 놀랐다. 할머니는 허공에 대고 혼잣말을 하기도 하고, 구석을 보며 "언니!" 하면서 정말 거기에 누가 있는 것처럼 말을 시켰다. 뒤늦게 아빠에게 들은 이야기지만 할머니에게는 언니가 하나 있었는데, 할머니랑 가장 의좋은 이

모할머니였다고 한다.

"할머니, 정신 차려! 아무도 없잖아!"

할머니는 내가 옆에 있는지도 모르는 듯, 나에게 눈길조차 주지 않았다. 할머니의 헛소리는 점점 더 심해졌다. 악을 쓸 때는 너무 끔찍했다. 할머니는 겨우 죽 몇 모금으로 끼니를 때우면서 무슨 힘이 나는지 집 안이 쩌렁쩌렁 울리게 소리소리 쳤다.

"안 가! 이놈아, 안 간다!"

할머니는 마치 잡아끌고 있는 사람을 내치기라도 하듯 팔을 휘휘 내젓기까지 했다. 낮에 혼자 집에 있을 때 할머니의 혼잣말이 들리면 무서워서 방문을 꼭 걸어 잠그고 있어야 했다. 목이 쉴 정도로 외쳐 대는 할머니의 소리는 귀를 틀어막아도 들렸다. 나는 어서 그 소리를 듣지 않아도 될 날이 오기를 기다렸다. 내가 그런 생각을 하고 있다는 걸 깨달을 때는 가슴이 오그라들 정도로 섬뜩했다.

할머니는 돌아가셨지만 내 귓가에는 쩌렁쩌렁한 할머니 목소리가 울리는 것 같았다. 여전히 무서움은 사라지지 않았다. 이제 그럴 필요가 없는데도 말이다. 무서움을 애써 털어 버리기라도 하듯 할머니 방문을 왈칵 열어젖혔다. 갇혀 있던 탁한 공기가 훅 얼굴에 끼쳤다. 고개를 들이밀어 보니 할머니가 누워 있던 자리가 눈에 들어왔다. 늘 이불이 깔려 있던 자리여서 그런지, 아랫목에 짙누런 자국이 남아 있었다. 온돌에 장판이 누렇게 누른 것이었다.

할머니가 누런 장판이 깔린 그 자리에 살아 누워서 이쪽을 바라보고 있는 것만 같았다. 너무 겁이 나서 재빨리 문을 닫아 버렸다. 뒤도 안 돌아보고 내 방으로 뛰어갔다. 뒤에서 누가 쫓아오기라도 하는 듯이 방문을 힘껏 닫고 얼른 책상 밑으로 기어들어 갔다. 사방이 꽉 막힌 책상 밑에 들어가 있으니 곧 마음이 진정되었다.

장례를 마치고 그 다음 주 토요일, 아빠가 말리는데도 엄마는 할머니 짐들을 정리하기 시작했다.

"좀 천천히 하지. 큰일 치르느라고 힘들었잖아."

"언제까지 미룰 수는 없잖아요. 없애야 할 것은 없애야죠."

엄마는 할머니 옷가지들을 챙기기 시작했다. 나는 곁에서 엄마가 하는 일을 지켜보았다. 할머니 옷 중에서 가장 눈에 띄는 건 옥색 한복이었다. 할머니는 집안 큰일을 치를 때는 꼭 옥색 한복을 꺼내 입었다. 내 입학식 때도 옥색 한복을 입고 왔다. 엄마도 한복을 한참 바라보았다. 한복을 챙겨 입고 나들이 다닐 때의 할머니는 정정하고 깔끔한 분이었다.

"엄마, 그 옷들 다 어떻게 할 거야?"

"태워 버릴 거야."

"왜?"

"원래 그렇게 하는 거야. 돌아가신 분 옷은 다 태워 버리는 거야."

엄마는 방해하지 말고 나가 보라고 했다.

그때 할머니의 털모자가 내 눈에 띄었다. 은색 실과 하얀 실로 짠 털이 복슬복슬한 모자였다.

"엄마, 나 이 모자 가져도 돼?"

"뭐 하려고? 네 머리에는 맞지도 않을 텐데."

"하지만 할머니 물건을 하나쯤 갖고 있어도 괜찮을 것 같아. 할머니가 보고 싶을 때마다 꺼내 볼 수 있고."

할머니가 보고 싶다니, 나는 나도 모르게 거짓말을 하고 있었다. 어른들한테 어떻게 보였든, 나는 할머니한테 착한 손녀가 아니었다. 할머니가 헛소리를 할 때마다 그 소리가 어서 끝나기만 간절히 바라는 아이였고, 할머니가 돌아가실 때조차 눈물 한 방울 흘리지 않은 아이였다. 하지만 나는 내가 그런 아이라는 걸 인정하기가 두려웠다. 할머니 유품을 고이 간직하고 있는 착한 손녀가 되어 보고 싶었다.

"그래, 할머니가 우리 순영이를 참 예뻐했으니까."

나는 엄마 말에 얼른 대꾸를 하지 못하고 모자를 머리에 썼다. 조금 크기는 했지만 못 쓸 정도로 헐렁하지는 않았다. 모자를 쓰고 거울을 보았다. 하얀색 털모자를 쓰니 할머니처럼 머리가 하얗게 센 것 같기도 했다.

할머니의 털모자

아직 모자를 쓰고 다니기에는 때가 일렀지만 나는 할머니의 모자를 꼭 쓰고 다녔다. 학교에 갈 때도 친구를 만날 때도 가게에 심부름 갈 때도 꼬박꼬박 쓰고 다녔다.

친구들이 모자에 대해서 물어보면 기다렸다는 듯이 할머니의 모자라고 한껏 뽐을 냈다. 다들 관심을 보였고, 나를 할머니의 유품을 가지고 다니는 특별한 아이로 보는 아이도 있었다.

"이 모자는 우리 할머니가 쓰셨던 거야. 할머니가 겨울에 나를 데리고 마실 다닐 때는 꼭 이 모자를 쓰셨어."

그건 친구들에게 하는 말이라기보다 나 스스로에게 하는 말이었다.

그러던 어느 날 할머니의 털모자를 정말로 기억하는 사람을 만났다. 모자를 알아본 사람은 가게 아줌마였다.

"어머머! 돌아가신 할머니 모자를 썼구나."

깜짝 놀라지 않을 수 없었다. 할머니가 이 모자를 쓰고 다닌 때는 햇수로 육칠 년 전이었기 때문이다.

"어떻게 우리 할머니 모자였는지 아세요?"

"어머, 얘 좀 봐. 너 할머니 살아 계실 때 만날 할머니 손 잡고 우리 가게에 앉아서 놀다 간 거 기억 안 나니?"

어리둥절한 내 표정을 보며 아줌마가 재미있다는 듯 웃었다.

"너 유치원 다닐 때였는데……."

"네?"

"너랑 할머니가 겨울에 동네 마실 나왔다 하면 꼭 불을 쬐러 우리 집에 들렀어."

"정말요?"

"그래. 너 우리 가게에 오기만 하면 할머니한테 과자 사 달라고 졸라 댔어."

아줌마는 그때 내가 좋아했다는 과자까지 가리켰다. 아줌마의 기억력은 별났다. 아줌마가 가리킨 과자는 지금도 내가 좋아하는 과자가 맞았으니까.

아줌마 말을 들으니 할머니 손을 잡고 다녔던 일이 어렴풋이 떠올랐다. 언젠가 할머니가 나에게 그 가겟집 이야기를 물어보신 적이 있었다. 할머니가 막 아프기 시작할 무렵이었다. 밖에 바람이 몹시 심하게 불던 날이었다.

"순영아, 밖에 바람 많이 불지? 안 추우면 바람 쐬러 요 앞 가겟집까지만이라도 휘이 나갔다 오면 얼마나 좋을꼬. 너, 이 할미랑 마실 갔다 오는 길에 가겟집에 가서 불 쬐었던 거 기억나냐?"

할머니는 비스듬히 앉아 있었다. 할머니는 쓰러진 뒤부터 왼쪽 팔다리를 못 쓰게 되어 앉을 때면 꼭 한쪽에 뭔가를 받쳐야 했다.

"기억 안 나."

나는 할머니 옆에서 배를 깔고 엎드려 책을 읽고 있었다.

"너 학교 들어가기 전이었는데……."

"아이 참, 할머니는 갑자기 옛날 얘기를 꺼내고 그래."

"원래 늙으면 다 그런 거란다. 옛날 일은 어제 일처럼 기억이 생생한데, 방금 전에 한 일은 돌아서면 잊어버려."

"몰라."

나는 반쯤 짜증을 부리며 건성으로 대답했다.

"그럼 할미랑 여기저기 마실 다녔던 건?"

할머니는 자꾸만 기억을 되살리려고 했다. 할머니랑 마실 다닌 일은 또렷이 기억났다. 나는 할머니를 따라 곧잘 놀이터며 노인정이며 교회를 다니곤 했다. 어른들은 그런 나를 기특하다고 칭찬해 주었다. 할머니를 열심히 따라다녔던 건 다 그런 칭찬 덕분이었다.

"기억나. 할머니랑 만날 같이 다녔잖아."

"그래. 순영이는 할미를 참 잘 따라다녔지. 싫다 소리도 안 하고. 그런데 지금 생각하니까, 이 할미가 할미 생각만 한 것 같구나. 어린 게 얼마나 추울까 생각을 못 했어. 얼마나 추웠으면 가겟집에서 불 쬐자고 했을까. 그때 할미는 순영이가 과자 먹고 싶어 그러는 줄 알았어. 많이 추웠지?"

나는 망설이지도 않고 "응." 하고 대답했다. 추웠는지, 안 추웠는지 기억이 전혀 나지 않았는데도 말이다. 할머니가 쓸쓸히 내 등을 쓰다듬으며 하시던 말이 떠올랐다.

"순영아, 할미가 미안하다."

그 말이 떠오르자 갑자기 마음이 돌처럼 무거워졌다.

'왜 할머니한테 추워서 가게에 들어갔다고 했을까. 할머니를 가겟집으로 끌어들인 건 과자가 먹고 싶어서였을 텐데. 정말 추워서 들어갔다고 해도, 하나도 춥지 않았다고 대답해 드렸으면

좋았을 텐데…….'

할머니가 끝내 그 일을 미안해했겠구나 싶자, 갑자기 망치로 머리를 얻어맞은 듯했다. 나는 할머니에게 돌이킬 수 없는 거짓말을 한 것이다. 할머니가 살아 계실 때도 좋은 손녀가 아니었으면서, 할머니 모자를 쓰고 다니면서 사람들에게 또 칭찬을 듣고 싶어 하는 나는 정말 거짓말쟁이였다.

"순영아, 왜 그러니?"

"아니에요."

아줌마 손에서 거스름돈을 낚아채다시피 하여 가게를 도망 나왔다. 다른 때 같았으면 잔돈을 일일이 세어 보았을 텐데 아무 생각도 나지 않았다. 힘이 쭉 빠지는 것 같았다. 한바탕 울음이라도 터뜨려야 속이 후련할 것만 같았다. 할머니 장례식에서 어른들이 왜 그렇게 울었는지, 이제야 조금 알 것 같았다.

'마지막으로 가는 길에 할머니 손이라도 한번 잡아 드릴걸 그랬어…….'

엄마를 따라 할머니 방에 들어가 인사를 하지 않았던 게 내내 마음에 걸렸다. 집에 돌아오자마자 모자를 휙 벗어 옷가지 위로 아무렇게나 던져 버렸다. 두 번 다시 할머니 모자를 쓰고 싶지 않았다. 나는 할머니 모자를 쓸 자격이 없는 아이였다.

할머니 방

할머니 방에 있던 가구들도 거의 정리가 끝났다. 장롱이며 이불들은 다 버렸고, 큰 서랍장은 옆집에서 쓰겠다고 가져갔다. 할머니 물건들을 싹 치웠는데도 방에 들어갈 용기가 나지 않았다. 환기한다고 가끔 문을 열어 두었는데, 그때조차 방 안을 들여다보기가 겁났다.

할머니 방은 여전히 죽음의 기운이 머물러 있는 것처럼 어두워서 그 방만 보면 등골이 서늘했다. 하지만 누구에게도 무서움을 들키고 싶지 않았다. 오빠에게는 더욱 그랬다. 어릴 때부터 나를 놀리기를 좋아하는 오빠가 알면 분명 겁쟁이라고 놀려 댈 게 뻔했다. 스스로 겁쟁이라고 인정하기는 죽기보다 싫었다.

방 정리가 끝나고 며칠 뒤 엄마는 오빠와 나를 불렀다.

"이제 너랑 나랑 따로따로 방이 생길 거야."

오빠는 엄마가 무슨 이야기를 할지 미리 다 아는 것 같았다. 기대에 부푼 듯 가볍게 콧노래까지 흥얼대고 있었다. 나도 오빠 말에 가슴이 두근거렸다.

"누가 어떤 방을 쓸지 결정하자."

엄마가 말을 꺼내자마자 오빠가 냉큼 먼저 말했다.

"순영이가 할머니 방으로 가. 나는 지금 방 쓸 테니까."

나는 여전히 할머니 방이 무서웠지만 애써 태연한 척 말했다.

"나도 지금 방이 좋아."

엄마가 내 마음을 알아주기를 바랐지만 내가 솔직해지지 않으면 엄마도 내 마음을 알 수 없는 게 당연했다.

"엄마도 순영이가 할머니 방으로 가는 게 좋을 것 같아."

"싫어. 지금 방이 좋다니까."

발끈해서 대답했다. 참지 못하고 파르르 떨며 대답했으니 오빠가 금세 내 마음을 알아챘을 것 같았다. 예상대로 곧바로 오빠의 공격이 시작되었다.

"너 무서워서 그러지?"

"아냐."

감추었던 마음을 들킨 것 같아 얼굴이 후끈거렸다.

"할머니 방이 햇빛도 잘 들고 외풍도 없으니까 순영이가 써. 지금 너희 방은 옥탑이어서 춥잖니. 아무래도 순영이가 좀 더 따뜻한 데 있는 게 좋을 것 같다."

"그래. 이 오빠가 백 보 양보하는 거야."

오빠는 여유를 부리는 척하면서 너스레를 떨었다. 되도록 안방에서 뚝 떨어진 지금 방을 차지해서 밤새 컴퓨터 게임이나 할 속셈이 눈에 훤했다.

"싫어. 나도 지금 방이 좋단 말야!"

나도 끝까지 고집을 꺾지 않았다.

"왜 좋은데?"

"그런 오빠는 왜 지금 방이 좋은데?"

"너 무서워서 그러지? 겁쟁이! 겁쟁이!"

오빠가 놀리는 소리에 엄마는 엄한 눈으로 오빠를 보았다. 따가운 엄마의 눈총에도 오빠는 입을 다물지 않았다.

"김순영, 우리 집 구석구석 할머니 손길이 안 간 데가 어디 있냐? 할머니 방이라고 해서 다를 것도 없어."

"그래서 싫은 게 아니라니까!"

"그래서 싫은 게 아니라면, 순영이 네가 그 방을 쓰는 게 좋겠다."

나는 엄마 말에 골이 나서 입이 쑥 나왔다.

"엄마가 예쁜 벽지랑 장판도 새로 해 줄게."

그 말에 당장 귀가 솔깃해졌다.

"엄마, 나는?"

오빠도 금세 조르기 시작했다.

"순영이 방이니까 특별히 해 주는 거야."

"그럼 오빠가 할머니 방으로 가고, 내가 지금 방을 써도 해 줄 거야?"

"아니. 그럼 둘 다 안 해 주고."

엄마는 이런 식으로 문제를 해결하는 데 언제나 우리보다는 한수 위였다. 벽지를 바꾸면 어두컴컴한 방이 환하게 밝아질 것 같았다. 그리고 장판도 새로 깔면 아랫목에 남아 있던 자국도 없어질 것이다.

다음 날, 할머니 방의 대변신이 시작되었다. 엄마와 함께 벽지를 사러 갔다. 알록달록한 벽지를 보니 마음이 들떴다. 나는 분홍색 벽지를 골랐다. 엄마는 너무 튀어서 촌스럽다고 했지만, 그래서 더 마음에 들었다. 분홍색 방을 생각하니 가슴이 뛰었다. 새 방에 들여놓을 거울이랑 책장, 그리고 작은 옷장도 하나 샀다. 모든 게 마음에 쏙 들었다.

벽지를 바르고 장판을 새로 깔아 놓으니, 할머니 방은 완전히 다른 방이 되었다. 오빠랑 같이 썼던 이층 침대 하나가 새 방으로 옮겨졌다. 내 책상도 옮겨 왔다. 정리를 하고 나니, 훤하고 제법 넓어 보이기까지 했다. 내 방이 생겼기 때문에 하루 종일 종종거리며 청소를 했는데도 피곤한 줄을 몰랐다. 이제는 마음 놓고 친구들을 데려올 수도 있었다. 그런 생각을 하니 기분이 마구 들떴다.

혼자 맞는 밤

날이 점점 어두워지자 슬그머니 걱정이 되기 시작했다. 일찌감치 잠옷으로 갈아입었다. 혼자 자는 데 익숙하지 않은데 행여 식구들이 다 잠들 때까지 혼자만 깨어 있을까 봐 걱정이 되었다.

아직 식구들이 거실에서 왔다 갔다 하는 소리가 들렸다. 방에 불을 끄니, 갑자기 천장이 몇백 미터는 더 높아진 것 같았다. 습관대로 방 모퉁이를 찾아보았지만 쉽게 찾아지지 않았다. 심장이 콩닥거렸다. 다시 일어나서 방문을 조금 열어 놓았다. 거실의 불빛이 문틈으로 비쳐 왔다. 불빛에 방 안이 어른어른 보이니 그래도 마음이 놓였다. 열린 문틈으로 아빠가 얼굴을 들이밀었다.

"아이구, 우리 딸 초저녁부터 자게?"

아빠 얼굴이 반가워 고개를 번쩍 들었다. 내가 잠들 때까지 아빠가 곁에 있어 주었으면 좋겠다는 생각이 들었다.

"무섭지 않아?"

"무서워요."

나는 심각하게 말하는데도 아빠는 가볍게 웃었다.

"5학년이나 되어 가지고 혼자 자는 게 무서우면 안 되지. 다른 집 애들은 대여섯 살부터 혼자 자는데 말야. 오늘 밤만 지나면 내일부터는 안 무서울 거야. 방 따로 생겨서 좋지?"

"네."

어두워서 잘 보이지는 않았지만 아빠는 흐뭇한 미소를 지어 보였다. 그리고 "잘 자라." 하고 머리를 쓰다듬어 주고 나갔다. 아빠의 그림자가 사라지자 방이 더 어둡게 느껴졌다. 어둠을 다 마셔 없애 버릴 것처럼 깊게 숨을 쉬고 눈을 질끈 감았다.

얼마나 시간이 흘렀을까. 째깍이는 시계 소리가 갑자기 귓속으로 파고들었다. 시계 소리에 한참 정신을 빼앗긴 뒤에야 얼핏 잠이 들었다가 다시 깨어났다는 걸 깨달았다. 열어 놓은 문틈을 바라보았다. 어두웠다. 거실 불도 꺼지고 집 안은 깜깜한 어둠에 휩싸여 있었다. 한참을 침대에 얼어붙은 듯 그대로 누워 있었다. 시계 소리는 점점 더 커졌다. 조금씩 몸을 움직일 때마다 바스락거리는 이불 소리에 온몸이 움츠러들었다.

이불을 머리 끝까지 뒤집어썼다. 아무 소용이 없었다. 귀가 바짝 곤두서서 모든 소리가 바로 옆에서 나는 것처럼 들렸다. 침대의 삐거덕하는 소리며, 옆집 하수관에서 물 흐르는 소리까지 들렸다. 차들이 윙윙거리며 한밤을 가르고 있었다. 집 앞을 지나가는 차의 전조등 빛이 창문으로 휙 지나갔다. 눈을 감고 있어도 전조등 불빛이 느껴졌다. 멀어져 가는 전조등 불빛은 막 잠이 들려고 할 때 느끼는, 세상이 아득히 멀어져 가는 느낌하고 똑같았다.

'할머니는 마치 잠이 든 것처럼 돌아가셨어…….'

그 생각이 들자 머리카락이 다 서는 듯했다. 무서움이 쿨럭 목구멍을 타고 온몸으로 퍼졌다.

벌떡 일어나 거실로 나왔다. 안방을 보니 불이 꺼져 있었다. 옥탑방으로 올라가는 층계에서 희미하게 불빛이 새어 나오고 있었다. 바삐 부엌을 지나가는데 웅웅거리는 냉장고 소리에 심장이 다 으깨지는 것 같았다. 시계 소리가 무서워서 시계는 감히 쳐다볼 생각도 못 했다. 층계를 기다시피 올라가 벌컥 방문을 열었다. 갑자기 불빛이 환한 곳으로 들어서자 나도 모르게 얼굴이 찌푸려졌다.

"왜 안 자고 그래?"

나직한 목소리였지만 짜증이 배어 있었다.

"몇 시야?"

"새벽 한 시 반이야."

"그냥 자다가 깼어."

"그럼 계속 자지 왜 나왔어?"

"…… 나 여기서 자면 안 돼?"

"너 무섭니?"

"그냥 갑자기 할머니 생각이 나서."

"참나, 괜히 할머니 핑계를 대고 그래. 혼자 자는 게 무서워서 그러면서."

그렇게 말하니 할 말이 없었다.

"혼자 자는 것도 연습해야 돼. 네가 여기서 자. 내가 네 방에 가서 잘게. 알았지?"

오빠는 읽고 있던 책을 들고 방에서 나갔다. 쫓아가고 싶었지만 오빠 말이 맞았다. 그래도 익숙한 방이니까 괜찮겠지 하고 눈을 감았다. 깜깜한 소용돌이가 눈앞에서 빙글빙글 돌았다. 눈을 뜨면 시커먼 어둠이 나를 집어삼킬 것 같았다.

잠이 들고 싶으면서도 잠이 드는 게 무서웠다. 잠이 들면 낯선 곳에서 엄마를 잃어버린 것처럼 막막할 것만 같았다. 이러지도 저러지도 못하고, 초조하고 불안해서 가만히 있을 수가 없었다. 다시 빠르게 층계를 뛰어 내려가 거실을 가로질렀다.

오빠는 화를 벌컥 냈다.

"왜 자꾸 따라다니고 그래?"

"내가 잠들 때까지 옆에 있어 주면 안 돼?"

"알았어."

오빠는 마지못해 승낙했다. 여러 번 눈을 뜨고 오빠가 있는지 확인했다. 오빠는 그때마다 그대로 있었다.

아침에 눈을 떴을 때는 해가 높이 솟아 있었다. 엄마는 벌써 오빠한테 어젯밤 일을 다 들은 모양이었다. 오빠를 흘겨보았지만, 오빠는 모르는 척 시치미를 떼었다.

그날부터 엄마랑 아빠가 내가 잠들 때까지 옆에 있어 주었다.

"순영아, 왜 혼자 자는 게 무섭니? 할머니 생각나서 그래?"

뭐라고 대답할 수가 없었다. 할머니 생각이 나서 무섭기도 했지만 꼭 그것 때문만은 아닌 것도 같았다. 나도 내가 왜 무엇 때문에 그렇게 무서운지 잘 모르니 뭐라고 설명할 수가 없었다. 그래도 엄마 아빠가 옆에 있어 주면 마음이 놓여 잠을 이룰 수가 있었다. 하지만 한 시간이고 두 시간이고 쉽게 잠들지 못하는 내 곁에서 있어 준다는 게 그리 쉬운 일은 아닐 것 같았다. 나는 날이 갈수록 혼자 잠들 수 없을뿐더러, 밤에 자는 것 자체가 무서워지기 시작했다. 겨우겨우 잠이 들었다가도 작은 소리에도 깨어 안방으로 가는 날이 많아졌다.

잊혀진 틀니

겨울이 점점 깊어 갔다. 이제 몇 주만 지나면 겨울방학이었다. 밤이면 제대로 잠을 이루지 못했지만 학교 다니는 데는 큰 불편이 없었다. 밤에 못 자는 대신 학교에서 돌아오자마자 바로 안방으로 들어가 잠을 잤다.

이상하게도 낮에 잠이 드는 건 별로 무섭지가 않았다. 낮에는 잠이 쏟아져서 무서움을 느낄 겨를이 없었다. 낮에 자는 날이 많아지면서 밤에 자는 건 생각조차 하기 싫었다. 어서 방학이 되기만을 기다렸다. 방학만 되면 낮에 자고 밤에 깨어 있는 생활을 편하게 할 수 있을 것 같았다.

그러던 어느 날 무심코 목욕탕 수납장을 열었다가 까무러치게 놀랐다. 수납장 선반 위에 할머니 틀니가 놓여 있었다. 순간 꺅 소리를 지르며 밖으로 뛰쳐나왔다. 비명 소리를 듣고 방에 있던 오빠가 달려 나왔다.

"왜 그래?"

"할머니 틀니가 목욕탕 수납장 안에 있어."

오빠는 금세 한심스럽다는 얼굴을 했다.

"그게 뭐 어쨌는데?"

용감무쌍한 오빠를 앞세우고 목욕탕으로 다시 가서 틀니를 확인했다. 오빠는 겁도 없이 틀니를 잡더니 코를 킁킁거리면서 냄새를 맡고 "음, 아직 쓸 만한데." 하며 익살을 떨었다. 나만 혼자 너무 호들갑을 떤 것 같아 조금 쑥스럽기도 했다. 할머니 틀니는 나에게도 익숙했다. 할머니가 음식을 씹어 드실 수 있을 때까지는 내가 식사 때마다 닦아 드렸던 틀니였다. 돌아가시기 여섯 달 전부터는 거의 죽 같은 것밖에 못 드셨기 때문에 틀니가 이렇게 아무 데나 처박혀 있었던 모양이다.

틀니를 만지는데 손이 부들부들 떨렸다. 그러다 오빠가 등 뒤에서 "어!" 하고 미는 바람에 틀니를 놓칠 뻔했다. 할머니는 틀니를 끼고 밥을 먹어야 먹은 것 같다고 했다. 그리고 밥을 먹고는 꼭 나에게 닦아 달라고 했다. 참 귀찮은 일이었다. 무엇보다도 할머니의 침으로 범벅이 된 틀니를 손으로 만진다는 게 몹시 꺼림칙했다. 그때마다 얼마나 불평을 많이 했는지 모른다. 그 일을 생각하니 얼굴이 붉어졌다.

"왜 혼자 얼굴이 새빨개지고 그러냐?"

눈치 빠른 오빠가 이걸 놓칠 리가 없었다.

"그냥."

누가 시키지도 않았는데 할머니가 살아 있었을 때처럼 틀니를 닦아 보고 싶었다. 몇 달 사람 손을 타지 않고 목욕탕 안에서 뒹굴어서인지 틀니에는 물때가 끼어 있었다. 틀니를 조심스럽게 손으로 받쳐 들고 물을 틀었다. 쏴 하고 터지는 물줄기에 틀니를 갖다 대고 칫솔을 찾았다. 칫솔꽂이와 서랍장을 구석구석 찾아 보았지만 할머니 틀니를 닦던 칫솔은 없었다. 내키지 않았지만 내 칫솔로 틀니를 닦기 시작했다. 구석구석 깨끗하게 닦았다. 반짝반짝 윤이 나는 틀니를 보니 마음까지 상쾌했다.

"그 틀니는 왜 닦니?"

"그냥."

"그냥, 그냥. 그냥이라는 말이 입에 붙었구나. 이 얼버무리기 대장아!"

그렇게 구박을 하면서도 오빠는 목욕탕에서 나가지 않고 내가 하는 짓을 유심히 지켜보고 있었다. 틀니를 깨끗하게 닦기는 했지만 막상 다 닦고 보니 마땅히 놓아둘 곳이 없었다. 어찌해야 할지 몰라 망설이다가 틀니를 들고 우선 목욕탕에서 나왔다.

"이거 어떻게 하지?"

"틀니는 할머니한테는 이빨 같은 게 아닐까?"

그렇다면 더 걱정이었다. 우리는 한참 동안 그 틀니를 바라보았다. 아무리 깨끗하게 씻었다고는 하지만 앙상하게 말라 가던 할머니처럼 어딘지 모르게 초라해 보였다.

"순영아, 이거 묻어 주자."

틀니를 손수건에 싸서 대문간에 나무 몇 그루가 심어져 있는 꽃밭에 묻기로 했다. 우리는 목련나무 아래를 파 내려가기 시작했다. 할머니는 목련꽃을 참 좋아했다. 손톱 밑에 흙때가 끼고 손끝이 아렸지만 온 힘을 다해서 땅을 깊이 팠다. 우리는 무슨 엄숙한 의식을 치르는 것처럼 숨을 죽이고 조용히 땅만 팠다. 그리고 구덩이에 틀니를 넣었다.

땅을 다시 메우고 나니 가슴이 뿌듯했다. 하늘나라에서는 틀니가 필요 없겠지만, 왠지 할머니가 틀니를 고마워할 것 같다는 생각이 들었다. 할머니를 위해 처음으로 뭔가를 한 것 같았다.

밤길의 친구들

저녁에 아빠와 엄마에게 낮에 할머니 틀니를 발견한 일을 얘기했다.

"할머니가 오늘은 너희들 덕분에 저녁을 맛있게 드시겠구나."

엄마도 아빠도 흐뭇한 미소를 지었다. 겨우 틀니 하나 묻어 드렸는데, 내 마음도 몹시 좋았다. 하지만 그렇다고 해서 밤에 혼자 자는 게 덜 무서워진 건 아니었다.

"순영아, 어서 가서 자라. 벌써 열 시가 넘었잖니."

엄마가 조금 단호한 목소리로 덧붙였다.

"오늘은 혼자 자. 혹시 밤에 깨더라도 안방으로 건너오지 말고 그대로 있어 봐!"

"어떻게 그대로 있어. 무서운데."

"자꾸 무섭다고 생각하니까 무서운 거야. 무섭다고 피하지 말고 부딪혀야지. 오늘은 할머니가 잠을 잘 잘 수 있게 도와주실 거야."

하지만 나는 꿈에 할머니를 보는 게 더 무서울 것 같았다.

그날 밤도 다른 때처럼 얼핏 잠이 들었다가 다시 깨었다. 잠이 깨자마자 몸을 일으키고 싶었지만 그대로 누워 있었다. 거실의 괘종시계가 댕댕 하고 길게 두 번 종을 울렸다. 새벽 두 시, 아무도 깨어 있지 않을 시간이었다.

살며시 눈을 떴다. 아무것도 보이지 않았다. 용기를 내어 눈을 더 크게 떴다. 그리고 방 안을 휘휘 둘러보았다. 겁이 덜컥 나서 얼른 안방으로 건너가고 싶었다. 하지만 단호한 엄마의 말이 생각났다. 엄마 말대로 무서움에 맞서 하룻밤을 보내고 나면 무서움을 이길 수 있을지도 모를 일이었다.

'할머니가 정말 도와주실지도 몰라.'

숨을 크게 들이마셨다. 그때 어둠 속에서 작은 빛이 보였다. 자동차가 지나가면서 전조등 불빛이 가느다랗게 방 안으로 새어 들어온 것이다.

그 빛이 물러가자 어둠 사이로 길이 하나 나타났다. 허공으로 뻗어 올라가는 검은 길이었다. 허깨비를 본 것 같아 눈을 비볐다. 하지만 길은 그대로 있었다. 혹시 꿈은 아닐까 싶어 양 볼을 꼬집어 보기도 했다. 한참을 보고 있었지만 길은 그대로 있었다. 용기를 내어 침대에서 몸을 일으켰다. 몸을 반쯤 일으킨 것 같은데 길이 훅 하니 나를 빨아들였다.

나는 어두컴컴한 길 위에 홀로 남겨졌다. 길은 칠흑같이 어두웠다. 앞이 잘 안 보여 한 발씩 조심스럽게 발을 내디뎠다. 길 옆으로 늘어선 나무들이 둥글게 하늘을 감싸고 있어서 하늘도 보이지 않았다. 달도 별도 보이지 않는 캄캄한 밤길이었다. 왈칵 무서움에 사로잡혔다. 하지만 뛰어도 소용이 없었다. 힘만 더 들 뿐이지 걷는 것이나 마찬가지였다.

다시 걷기 시작했다. 그렇게 얼마를 걷다 보니 신기한 일이 일어났다. 조금씩 어둠에 눈이 익어 길이 잘 보였다. 앞이 조금씩 보이자 무서움이 가라앉았다. 어디선가 향긋한 냄새가 나는 것 같았다. 그렇게 한참을 걸으니 멀리서 작은 불빛이 보이기 시작했다. 빛은 조금씩 커지더니 마침내 눈이 부셔 앞을 똑바로 볼 수가 없게 되었다.

탁 트인 들판이 눈에 들어왔다. 내 또래 여자애들 둘이 뛰어 놀고 있었다. 그 애들은 나를 보고 나에게 뛰어왔다. 두 아이는 마치 오래전부터 나를 알았던 것처럼 스스럼없이 다가와 내 손을 잡아끌었다. 나는 그 애들 손에 이끌려 들판을 걸었다. 그곳은 날씨도 화창하고 따뜻한 바람이 불어 마음이 편안했다.

"너희들은 누구니?"

그 애들은 아무 말도 하지 않았다. 하지만 말하지 않아도 함께 노는 데는 아무 어려움이 없었다. 눈빛을 읽으면서 그 애들의 뒤꽁무니를 좇아 하루 종일 들판을 뒹굴며 놀았다. 어느새 해가 뉘엿뉘엿 지고 어스름이 깔릴 때까지. 두 애는 나를 오솔길로 이끌었다. 어른 키를 조금 넘는 낮은 나무들이 서 있는 오솔길에서는 서쪽 산마루가 한눈에 들어왔다.

붉게 물든 하늘을 보고 있으니 가슴 저 밑에서 지금까지 느껴보지 못한 슬픔이 느껴졌다. 하루의 즐거움이 손가락 사이로 스르르 빠져나가는 것만 같았다. 산 그림자가 점점 더 길어지고, 노란색에서 붉은색으로 이어지는 하늘도 조금씩 어두워졌다. 하지만 눈앞에 보이는 것들이 어둠에 싸여 있다고 아주 없어지는 건 아니었다. 두 아이는, 넋을 잃고 해 지는 광경을 바라보고 있는 나를 천천히 처음에 왔던 길로 데려왔다. 길은 들어설 때처럼 어두웠다. 아이들은 나를 그 길 앞에 세우고는 작별을 하듯이 손을 흔들었다.

컴컴한 길로 다시 돌아간다고 생각하니 별로 내키지 않았다.

"겁먹지 마. 밤이 지나면 낮이 오듯이 저 길 끝은 환할 거야."

한 애가 나직이 속삭였다. 아니, 너무 조그맣게 얘기해서 입술만 달싹이는 것 같기도 했다. 그 애는 아주 오랫동안 알았던 아이처럼 낯설지 않았다. 그 애가 내 손을 꼭 잡아 주었다. 그 애 손을 놓고 다시 어두운 길로 돌아섰다. 몇 발짝 걸음을 떼었다가 뒤를 돌아보니 둘 다 온데간데없이 사라지고 없었다.

길을 재촉했다. 그 애 말대로 길은 이제 무섭지 않았다. 아무것도 보이지 않기 때문에 오히려 소리가 들리고, 잘 보였다. 숨소리에 정신을 집중하니 참으로 따스하고 편하게 느껴졌다. 어둠 속에서 더 예민해진 감각은 작게 바스락거리는 소리조차 놓치지 않았다. 걸음의 폭도 점점 커졌다. 발 아래 길을 밟을 때마다 바스락 소리가 났다. 그렇게 한참을 가니 눈앞에 다시 조그마한 불빛이 보였다. 여자애 말이 맞았다. 어두운 길을 지나니 밝은 길이 나타났다. 기쁜 마음에 소리를 지르면서 달리기 시작했다.

"아야!"

오빠가 이불을 빼앗아 옆구리에 말고는 내 볼을 잡아 늘이고 있었다.

"지금이 몇 신데 아직까지 자고 있는 거야."

"여기가 어디야?"

햇살에 눈을 비볐다.

"아구, 이제는 아예 꿈나라에서 사시는구먼. 하여튼 축하한다.

너 혼자 밤에 잠들 수 있게 된 걸!"

벌써 눈이 부시게 환해진 하늘을 올려다보았다.

'그 여자애가 할머니였을까……?'

그런 생각이 들었지만 나는 아무런 말도 하지 않았다. 무엇보다도 혼자서 자고 일어났다는 기쁨이 컸다. 문득 다리에 묵직한 느낌이 느껴졌다.

부엌에서 하루 종일 기름 냄새가 났다. 오늘이 무슨 날인 모양이었다.

"엄마, 오늘 무슨 날이야?"

"할머니 사십구재야."

"사십구재가 뭔데?"

"돌아가신 지 사십구일째 되는 날이야. 불교에서는 죽고 나서 사십구일째 되는 날 혼백이 이승을 떠나 극락이나 지옥에 간다고 믿는단다."

귀가 번쩍 뜨였다.

"그럼, 할머니 영혼이 아직도 여기에 머물러 있다는 뜻이야?"

"불교에서는 그렇게 믿어. 하지만 우리 집은 절에 다니지 않으니까 그냥 식구들끼리 모여서 다 같이 밥 먹고 할머니 생각하는 거지."

할머니는 어쩌면 밤마다 내 옆에 있었을 수도 있다는 생각이 들었다. 그리고 아직 이곳 어디엔가 계실 것만도 같았다.

"그럼 오늘 뭐 해?"

"다 같이 모여 식사하려고."

정말 얼마 있지 않아, 친척들이 하나둘 찾아왔다. 할머니가 돌아가시고 처음 보는 거였다. 나는 어른들한테 인사를 하고 쭈뼛거리며 서 있었다.

"김순영, 넌 방 생겼다면서 구경도 안 시켜 주니?"

막내고모였다. 할머니 장례 때와는 다르게 고모는 무척 활기차 보였다. 고모에게 내 방을 보여 주는 게 왠지 쑥스러웠다. 고모가 할머니 물건을 싹 치운 걸 알면 서운해 할 것 같았다. 게다가 분홍색 벽지까지 발랐으니. 이럴 줄 알았으면 그냥 무난한 벽지를 고를걸 하는 생각이 들었다. 하지만 고모는 오히려 벽지가 예쁘다고 나보다 더 좋아했다.

그때 고모가 방구석에 처박아 놓은 할머니 모자를 발견하고 끄집어내었다. 고모도 모자를 기억하고 있는 모양이었다. 고모 손에서 모자를 얼른 빼앗았다.

"그냥, 내가 조금 쓰고 다녔는데, 이제 안 쓸 거야."

"예쁜데 왜 안 쓰려고 하니? 할머니가 주신 거야?"

"아냐."

"그러면 왜 이게 여기 있니?"

"내가 쓰고 싶어서 엄마가 할머니 짐 정리할 때 달랬어."

"그런데 왜 안 쓰고 다녀?"

"내 맘이야!"

나도 몰래 버럭 소리를 지르고 말았다.

"아니, 얘가 왜 이렇게 소리를 지른담."

"그게 아니라 할머니한테 미안해서."

내 말에 고모도 깜짝 놀라는 표정을 지었다.

아무래도 고모에게 모자 얘기를 안 하고 넘어가기는 어려울 것 같았다. 나는 그 모자에 얽힌 이야기를 고모에게 들려주었다. 내가 얼마나 못된 애였는지에 대해서도. 다 털어놓기는 어려웠지만 나는 솔직히 말하려고 애썼다.

"순영아, 할머니는 순영이가 이런 마음이 들었다는 걸 진작에 알고 계실 거야. 순영아, 식구끼리는 미워할 수도 있고 무서워할 수도 있는 거야. 그게 다 사랑의 다른 모습이야. 그렇게 십 년 이십 년, 세월을 같이 보내면서 말하지 않아도 서로를 이해해 가는 거란다. 순영이가 조금만 커도 금방 알 수가 있을 텐데……."

고모의 말을 듣고 보니 어른들도 나와 비슷한 생각을 하고 있는 것 같았다. 하지만 어른들은 나보다 좀 더 덤덤하게 모든 일을 받아들이는 것 같았다. 고모 말대로 내가 어른이 되면 더 많은 걸 이해할 수 있을 것 같은 기분이 들었다.

그때 엄마가 거실에서 부르는 소리가 들렸다.

"어여 나와라. 준비 다 됐다!"

식구들은 저녁을 먹고 둘러앉아 이야기꽃을 피웠다. 할머니는 가고 없지만 다른 사람들은 모두 그 모습 그대로였다. 노래하기 좋아하는 고모가 할머니가 좋아하던 노래도 불렀다. 나도 조그맣게 고모의 노래를 따라 불렀다. 고모는 노래를 부르다가 다 끝내지도 못하고 훌쩍거렸다. 노래가 엉망진창이 되었다. 하지만 고모는 눈물을 흘리면서도 우스꽝스러운 목소리로 계속 노래를 불러 웃음을 자아냈다. 웃다가 울다가 하는 고모가 별로 이상스럽지 않았다.

친척들이 다 돌아가고, 일찍 자리에 누웠다. 엄마가 들어와서 잠자리를 살펴 주었다.

"엄마!"

"응?"

"할머니 돌아가실 때 어땠어?"

오래전부터 묻고 싶었던 말이었다.

"할머니는 아주 편안하게 돌아가셨어. 어떻게 보면 살짝 웃고 있는 거 같기도 했지."

"죽어 가는데 어떻게 웃을 수가 있어?"

"순영이도 이다음에 커서 어른이 되면, 죽는 게 꼭 무섭거나 고통스럽지만은 않다는 걸 알게 될 거야. 아주 힘든 하루를 보내고 나면 잠이 아주 달콤한 것처럼 말이지."

"해가 질 때처럼 말이지?"

"음, 그래. 그 느낌이랑도 비슷할 수 있겠다."

"엄마, 할머니한테 인사 못 한 게 참 미안해. 정말 49일 동안 할머니가 이승에서 머물렀어? 그럼 오늘이 마지막날 밤이잖아."

엄마는 내 손을 꼭 잡아 주었다.

"순영아, 그럼 할머니한테 인사할래?"

자리에서 일어나 무릎을 꿇고 기도하는 것처럼 손을 모으고 눈을 감았다.

"할머니."

조그맣게 할머니를 불렀다. 어디선가 꼭 할머니가 내 목소리에 귀를 기울일 것만 같았다. 하지만 생각과는 다르게 할머니를 부르고 나니 도무지 할 말이 없었다. 도대체 어디서부터 무엇을 이야기해야 할까.

"…… 할머니."

다시 한 번 할머니를 불렀다. 말은 하지 않아도 할머니는 이미 내 마음을 다 알 것만 같았다. 엄마의 손을 잡았다. 엄마의 손은 따뜻했다.

"할머니, 하늘나라에서 편안하게 지내세요."

공기에 따뜻한 할머니 손길이 묻어 있는 것만 같았다. 나는 엄마가 방문을 닫는 소리도 듣지 못하고 잠에 빠져들었다.

《잃어버린 겨울방학》(소년한길, 2003)

이소완

이화여자대학교에서 독문학을 공부했습니다. 그림책과 동화책을 우리말로 옮기는 일을 하다가 지금은 독일에서 독일어 공부를 하고 있습니다. 옮긴 책으로 《냄비와 국자 전쟁》, 《헤르만의 비밀 여행》, 《룸펠슈틸츠헨》, 《코끼리 똥》, 《너는 유일해》, 《아빠는 지금 하인리히 거리에 산다》, 《마법 그림책》, 《빨간 구두》, 《여름 산 아이 플루리나》, 《친구끼리는 닮는 거야》 등이 있습니다.

:: 생각해 보기

1 여러분 주변에서 돌아가신 분을 꼽아 보세요. 순영이가 할머니에게 못다 한 말이 있는 것처럼, 누군가에게 하지 못한 말이 있다면 무엇인지 이야기해 보세요.

2 순영이는 할머니의 모자를 유품으로 간직합니다. 여러분이 받은 선물 중에서 이처럼 소중하게 간직하고 있는 것이 있다면 무엇인가요? 어떤 의미가 있는지도 말해 보세요.

:: 더 읽어 보기

할머니나 할아버지가 돌아가셔서 며칠 만에 학교에 나온 친구들을 볼 때가 있습니다. 순영이처럼 마음앓이를 했던 친구들도 학교에서는 속마음을 잘 드러내기가 어렵습니다. 그러나 가까이 지냈던 사람의 죽음은 빈 자리를 남기기 마련입니다. 그것이 슬픔이건 두려움이건 혹은 허전함이건 간에 남은 사람들은 그 사람과 자신과의 관계를 돌아보게 되지요. 순영이는 할머니의 마지막 가는 모습에 무섬증이 나서 잘 가시라는 인사도 못 드립니다. 자신이 할머니의 모자를 쓸 자격이 없는 아이라고 생각하고, 틀니를 잘 닦아서 묻어 드리는 과정을 겪으면서 못다 한 인사를 드리게 되지요.

죽음을 지켜보는 시간을 통해서 자신을 돌아보게 하는 소설이 있습니다. 《여름이 준 선물》(유모토 가즈미, 푸른숲)은 '사람은 죽어서 어떻게 되는가'라는 호기심에 포착된, 한 노인과 초등학교 6학년생인 세 아이가 만나 교감을 이루는 소설입니다. 각기 다른 아픔을 지니고 있는 세 소년과, 역시 아픈 기억을 지닌 채 세상과 담을 쌓고 살아가는 할아버지의 만남은 서로에게 약이 됩니다. 〈할머니의 모자〉에서 순영이가 해질녘의 풍경을 보면서 가슴 저 밑에서 지금까지 느껴 보지 못한 슬픔으로 죽음을 표현하듯, 《여름이 준 선물》에서 세 아이는 처음 만나는 가까운 사람의 죽음을 오래 입어서 낡아 빠진 옷처럼 편안하게 받아들일 줄도 알게 됩니다. 순영이에게 따뜻한 공기로 남아 있는 할머니처럼, 그해 여름에 세 아이는 할아버지와의 만남을 통해 마음이 한 뼘씩은 자라게 됩니다. 여름이 준 선물이지요.

꿈속에서 할머니를 만나는 장면과 관련해서 꼭 소개하고 싶은 책이 있습니다. 《주희》(오경임, 낮은산)는 엄마의 사고사로 돌봐 줄 사람이 없어서 제주도 외할머니 댁에 맡겨진 아이입니다. 오래도록 자신에게만 들려온 환청의 비밀을 알아내어 자신과 화해하는 과정이 섬세하게 그려진 소설인데, 여기에서 주희는 저만치 시간 밖에 서 있는 자신의 과거와 마주칩니다. 할머니가 순영이의 꿈속에서 정다운 친구로 다가온 것처럼, 주희는 또 다른 자신과 마주치면서 자기가 맺고 있는 관계에 대해서 생각합니다. 그 장치가 꿈속에서 만난 존재라는 점에서 두 소설은 겹쳐 있습니다.

끝으로 할머니나 할아버지와 같은, 어른의 병을 통해서 가족이 겪는 우여곡절을 경쾌하게 그려 낸 소설로 《할머니의 기억》(에르베 자우앵, 하늘고래)을 권합니다. 치매를 앓는 할머니를 위해 당당하게 대처하는 가족을 그리고 있는데, 심각한 현실을 따뜻하게 풀어내고 있지요. 〈할머니의 모자〉가 나직하게 차오르는 감동이라면, 《할머니의 기억》은 사랑으로 시끌벅적한 가족의 연대기라 할 수 있습니다.

난독의 시대

심윤경

이제는 아버지가 주먹으로 밥상을 쿵 치든지 해서 어수선한 분위기를 일소하고 한바탕 매타작판을 벌이는 일만 남았다. 그러나 할머니와 엄마의 이야기가 끝나고 나서도 한참이나 아버지는 아무 말이 없었다. 어깨에 힘을 주고 조그만 소주잔을 노려보며 무엇엔가 정신을 집중하려 애쓰던 아버지가 드디어 입을 열었다.

수업이 끝나자마자 나는 말뚝박기도 사양하고 집으로 바로 돌아갈 참이었다. 허둥지둥 교실 문을 빠져나오려는데 담임 선생님의 목소리가 뒷덜미를 잡았다.

"한동구, 좀 남아 봐."

나는 대번에 기가 죽어 멈추어 서고 말았다. 2학기 초까지 우리를 가르쳤던 아줌마 선생님은 남편이 직장을 지방으로 옮기게 되었다며 갑자기 사표를 내었고, 후임으로 다른 학교에서 늘 6학년만 가르쳤다는 젊고 눈망울이 또릿한 선생님이 3학년 7반을 맡으신 지 막 한 달이 되어 가는 무렵이었다.

예쁘고 멋쟁이인 박영은 선생님을 새 담임으로 맞이한 것은 우리 모두에게 가슴 떨리는 일이었다. 먼젓번 담임 선생님의 말은 죽어라고 안 듣던 악머구리들이 박 선생님 앞에서는 고개도 제대로 못 들고 수줍어했다. 우리 반은 당장 전교에서 제일 말 잘 듣고 가장 깨끗한 반이 되었다. 나도 박 선생님에게 잘 보이고 싶은 마음이 태산 같았지만 늘 그렇듯이 머리가 따라 주지를 않았다. 아마 이번 시험에서도 모든 과목이 50점을 넘지 못했을 것이다. 아이들이 모두 떠난 교실에서 나는 몸을 비비 꼬며 창밖에서 놀고 있는 아이들에게 시선을 주고 있었다. 기다리고 있는 나에게 눈길 한 번 주지 않고 출석부를 뒤적이며 시간을 보내어 내 속을 태우던 선생님이 마침내 입을 연 것은 20분이나 시간이 지나서였다.

"동구야, 동생 이쁘니?"

나는 뜻밖의 질문에 바보같이 입만 벌리고 선생님을 쳐다보았다. 선생님은 내 일기장을 펴 들고 있었다. 일기래 봤자 문서라기보다는 낙서에 가깝다고 할 치졸한 문장들이 하루당 두세 개 늘어서 있을 뿐이었다. 중요한 때면 빠지지 않는 말더듬 증세가 도졌다. 나는 괴로운 붕어처럼 입만 뻐끔거렸다.

"이름도 아주 예쁘구나. 누가 지어 준 거니?"

나는 헉헉거리며 이름은 어른이 지어야 하는 거라서 직접 짓지는 못했지만 나도 한몫 거들기는 했다는 의미의 단어들을 더듬더듬 늘어놓았다.

"우리 동구는 말야, 이렇게 똑똑한데 왜 발표는 하나도 안 하니?"

내가 똑똑하다는 말은 누가 듣기에도 우스웠지만 발표를 전혀 못한다는 것은 사실이었다. 선생님이 질문하는 것들 중에는 내가 아는 것도 많았지만 나는 다른 아이들처럼 팔을 높이 들고 '저요 저요'를 외친 적이 한 번도 없었다. '저요 저요'는커녕 어쩌다 지목이라도 되는 날에는 눈이 뱅뱅 돌고 혀가 꼬여 땀만 삘삘 흘리는 사이에 '저요 저요'를 외치는 다른 놈들에게 순서가 돌아가기 일쑤였다.

"동구를 가만히 보면, 아는데 말을 못하는 적도 많은 것 같아. 그러다 보니 자신감도 없어지고."

나의 간지럽고 아픈 부분을 이렇게나 간결하게 짚어 준 사람이 내 인생에 또 있었으랴. 공부 못하는 죄를 추궁당하는 것이 아니라 공부 못하는 서러움을 이해받는 것은 생애 처음 있는 일이었다. 안 그래도 물러 터진 내 마음은 완전히 물에 만 휴지처럼 흐물흐물해져서, 예쁘고 멋진 데다 현명하기까지 한 박 선생님 앞에서 때아닌 눈물까지 한 방울 선을 보일 뻔했다. 선생님은 갑자기 눈꺼풀을 깜박거리는 나를 재미있다는 듯 쳐다보았다.

"이런, 혼내는 말이 아니야. 선생님이 동구를 좀 더 알고 싶어서 그래. 겁먹지 마. 그냥 마음 편하게 먹고, 선생님이 물어보는 거 대답해 볼래?"

잔뜩 긴장한 것에 비하면 선생님이 낸 문제들은 퍽 쉬운 것들이었다. 간단한 덧셈부터 시작해서 조금씩 복잡한 셈을 몇 개 물어보았고, 구구단을 몇 단 외게 했고, 제일 어려운 것은 13 곱하기 8의 암산이었지만 다행히 나는 제대로 대답을 할 수 있었다. 진지하게 내 대답을 경청한 선생님은 그럴 줄 알았다는 듯이 고개를 끄덕이더니 내 손에 분필을 쥐어 주었다.

"그럼 선생님이 문제를 낼 테니 받아쓰고 답 써 봐."

나는 달달 떨리는 손에 분필을 쥐고 칠판 앞에 섰다.

"십삼 곱하기 칠은?"

여기부터가 난관이었다. 칠판 공포증이 도지고, 선생님 앞에서 잘해야 한다는 강박관념에 사로잡혀 나는 죽을 쑤기 시작했다. 13을 먼저 써야 하는데, 곱하기는 가위표, 그리고 7이 어떻게 생겼더라……. 머릿속에 답은 91이라고 이미 나와 있었지만 그것을 등식으로 칠판에 쓰는 일은 정말이지 영원히 끝나지 않을 것 같은 악몽이었다. 땀이 축축이 난 손에 분필이 들러붙었다. 13을 쓰는 일도 아직 끝내지 못한 상태였다. 보통 때보다도 훨씬 심각하게 머리가 뒤죽박죽이었다. 나는 손마디가 하얘지도록 분필을 꽉 쥐고 3자를 쓰기 시작했다. 3인지 ɛ인지 방향이 걷잡을 수 없이 헷갈렸다. 얼굴이 벌겋게 달아올라 진땀만 빼고 있는 나를 바라보다가 선생님이 물었다.

"그러면, 답은 뭐지?"

91이라고 대답은 했지만 그건 아무 의미가 없는 것이었다. 선생님들은 누구나 '답보다 과정이 더 중요하다'고 강조했다. 나처럼 답은 알되 과정을 설명하지 못하는 아이들에게는 치명적인 원칙이었다. 그 원칙이 불공평하다고 억울해 한 적은 없었다. 그저 인간이 살아가는 데 치사하게 답만 알고 과정을 모른다는 것은 뿌리가 없고 불완전한 것이라는 설명에 수긍했을 따름이었다. 그 원칙이 산수에만 적용되는 것이 아니라 인생사 전반에 그렇다는 훈계를 듣고는 앞으로 어른이 되더라도 내 인생이 뿌리가 없고 불완전한 것이 되리라는 생각에 몸을 떨었고, 인생을 완전한 것으로 해 주는 그 '과정'을 찾기 위해 따로 노력도 해 보았으나 야속하게도 내 머릿속에 과정은 떠오르지 않았다. 그저 숫자를 보자마자 '답'만이 떠올랐다. 그나마 모든 문제에 답이 떠오르는 것도 아니었고, 답이라도 떠올라 준 몇몇 문제에 대해서도 선생님들은 타당한 과정이 없다는 이유로 극히 야박하게 평가를 내렸다. 그러저러한 이유로 내 산수 점수는 늘 50점 근처였다. 산수 말고 다른 과목이래도 나을 건 없었다. 오히려 산수가 가장 나은 편이었으니 내 성적이란 것은 그야말로 창피한 것이었다.

"그럼, 동구야, 칠판에다 선생님이 부르는 대로 써 볼래? '아버지는 제주도에 가셨습니다.'"

나는 작품에 혼을 불어넣는 도공처럼 최대한 정신을 집중해서 한 글자 한 글자 공을 들였다. 아주 오랜 시간을 들인 끝에 내가 낳은 작품은 이것이었다.

'ㅏ바시으 수재 가야스슴나다.'

박 선생님은 화가 났거나 한심해 하는 것 같지는 않았고, 내게 쓰인 귀신을 잡아내려는 무당처럼 날카롭고 집요한 표정이었다. 잠시 칠판을 노려보며 무언가 잔인한 테스트를 더 할지 말지 망설이던 선생님은 자비롭게도 내 수모의 시간을 줄여 주기로 결심하셨는지, 그냥 다음에 엄마한테 학교에 좀 오시라고 해, 하고 아무렇지도 않은 듯 말했다. 그래서 나는 가을 문턱에 들어선 지 꽤 되었는데도 덥고 숨 막히던 그 방과 후의 교실을 빠져나올 수 있었다.

집에 들어서자 대문간부터 김치찌개 냄새가 코를 찔렀다. 영주를 업고 마당을 왔다 갔다 하던 할머니는 대뜸 욕부터 내질렀다.

"이 새끼야, 핵교가 파했으면 날름 집으로 올 일이지 어디 어린놈이 노라리를 치다 와? 할미 굶어 뒈지는 꼴 보고 싶냐?"

영주는 짧은 다리를 바동거려 할머니의 등에서 내리고는 내

종아리에 엉겨 붙었다. 영주는 나를 보면 언제나 두 팔을 벌리고 달려왔다. 영주의 손을 잡고 들어가려 하자 그러잖아도 눈꼬리가 찢어져 있던 할머니는 영주의 손목을 홱 낚아챘다.

"애 만질려거든 손부터 씻어. 어디 모래 구뎅이에서 구르던 손으로 애를 만지구 지랄이여."

나는 영주에게 고개를 끄덕여 보이고 뒤꼍 수돗가로 갔다. 장차 영주가 학교에 다니게 되면 그 애는 공부를 잘할 듯싶었고, 그러면 엄마 아버지도 자식이 공부를 잘하는 그 진진한 기쁨을 누려 볼 수 있겠지만, 그건 아주 한참 후에나 있을 일이었다. 설령 그렇게 된다고 해도 한씨 집안의 4대 독자가 3학년이 되도록 한글도 제대로 못 읽는 지진아라는 사실이 상쇄되는 것은 아니었다.

엄마에게 선생님을 만나 보시라는 말을 하려니 밥 생각도 없었다. 수도를 틀고 시멘트 둔덕 위에 쪼그리고 앉아 비누를 집어 들었다. 오른손 가운뎃손가락 옆에 아직도 하얀 분필 가루가 남아 있었다. 건성으로 비누를 문질렀지만 거품은 나지 않고 손에서 자꾸 회색 국물만 일었다. 흐르는 물에 비눗기를 씻어 내고 좀 더 망설이다가 다시 비누칠을 했다. 이번에는 거품이 더 잘 일었다. 손에서 일어난 거품을 정성스레 모으니 백 원짜리 동전만 했다. 모아진 고운 거품을 코에다 콩 찍어서 보들보들한 느낌과 함께 톡 쏘는 향기를 즐겼다. 킁킁거리며 코에 얹힌 비누 거품 냄새를 맡다가 이번에는 맛도 볼 요량으로 혀를 길게 뽑아 보았다. 혀끝이 코끝에 닿을 듯 말 듯 애를 태웠다. 조금만 더, 조금만 더. 혀뿌리가 아파 오고 두 눈은 코끝을 향하느라 사팔뜨기가 되었다.

"오빠, 뭐 해?"

퍼뜩 눈을 들어 보니 건넌방에서 뒤꼍으로 향하는 작은 창문 모기장 너머에 동생의 얼굴이 해바라기처럼 솟아 있었다. 그 뒤에는 좀 더 희미하게 엄마의 얼굴이 있었다. 들어 올려 달라고 떼쓰는 것을 이기지 못하고 허리 아픈 엄마가 동생을 안고 서 계신 모양이었다. 나는 급히 손과 코의 비누 거품을 씻어 내고 물기를 활활 털고는 방으로 들어갔다.

할머니의 밥그릇은 이미 반 너머 비어 있었고 손 한 번 씻는데 동방삭이 숨넘어가겠다고 역정을 내는 소리도 입안에 가득 찬 밥 때문에 명확하지 않았다. 밥상의 한가운데를 차지한 김치찌개 냄비는 할머니가 김치 사이사이에 숨어 있는 돼지고깃점을 찾아내느라 온통 헤집어 이미 산발을 한 꼴이었다. 영주는 양쪽으로 머리를 묶고 엄마의 한쪽 다리에 올라앉아 있었다. 엄마의 얼굴은 지쳐 보였다. 그 얼굴을 보자 맷돌이 얹힌 듯 마음이 무거워졌다. 할머니는 많이 먹으라고 멸치볶음과 깍두기를 내게 밀어 주는 체 생색을 내면서 김과 김치찌개 냄비를 슬그머니 자기 쪽으로 더 끌어갔다. 엄마는 못 본 체 외면했지만 할머니의 그악스러움에 입맛이 떨어졌는지 밥이 많이 남았는데도 수저를 놓아 버렸다.

빛 바랜 행주처럼 윤기 없는 엄마의 모습과 앞으로 겪을 치도곤 생각에 나는 목이 메었다. 정상적으로 읽고 쓰기를 마쳤어야 하는 시한을 한참 넘긴 나이에도 한글을 잘 못 읽고 숫자도 잘 못 써서 선생님에게 부모가 호출을 당해야 하는 망신스러운 일은 이전에도 여러 번 있었기 때문에 나는 그 공포와 죄책감을 생생히 알고 있었다. 그런 일을 당하면 아버지가 사정없이 나를 두들겨 팰 것이며, 할머니가 옆에서 몇 마디 거들면 자식 교육 하나 제대로 못 시킨 죄로 엄마에게 손찌검이 번질 수도 있었다.

내가 읽는 게 서툴다, 잘 못 쓴다는 선생님의 말이 없는 이야기를 지어낸 것은 아니니까 우리 집의 그 참혹한 불화가 선생님들 탓이라고 할 수는 없었다. 하지만 나의 상태를 사실대로 부모에게 알리는 그들의 성실한 임무 수행은 우리 가족에게 잠시 파탄 상태를 가져올 뿐 그것으로 내 읽고 쓰는 능력이 조금이라도 나아지는 것은 전혀 아니다. 아버지는 우격다짐으로라도 나를 가르치겠다며 굵직한 회초리부터 몇 개 장만하고 며칠 저녁 내 머리통을 쥐어박으며 무릎맞춤 공부를 시키겠지만 무덤 속 같은 며칠이 가고 나면 그만이었다. 해가 바뀌어 새 담임 선생님을 맞아 그 선생님이 기겁한 어조로 동구가 아직도 한글을 잘 못 읽는다고 엄마를 호출할 때까지 우리 가족은 골칫거리를 살짝 덮어놓은 채로 불안하나마 조용히 살 것이다.

담임 선생님이 엄마 학교에 오시래요, 하고 말을 전했을 때 엄마는 더 슬픈 표정으로 알았어 하고 말했고, 속이 거북해질 것을 예견했는지 활명수를 한 병 따서 마셨을 뿐 다른 말은 하지 않았다.

엄마는 동네 빵집에서 스펀지 케이크를 사 들고 수업이 끝나는 시간에 맞추어 학교에 오셨다. 공부 못하는 아들을 둔 사람으로서 당연히 얼굴은 어두웠지만 원피스를 입고, 엷게 화장도 한 엄마는 훨씬 젊고 생기 있어 보였다. 할머니가 집에서 온종일 버티고 앉아 트집을 잡으니 대문을 넘는 순간부터 엄마의 얼굴은 조금 젊어졌을지도 모른다. 엄마는 자기보다 열 몇 살은 덜 먹었을 박 선생님에게 90도로 머리를 조아리고 선생님이 권하는 의자에 앉았다. 아이들이 부산히 교실을 벗어나는 동안 나는 밖에 나가서 기다려야 하는지, 엄마 옆에서 반성하는 모습으로 있어야 하는지 망설이고 있었다. 2학년 때 담임 선생님처럼, 동구는 좀 나가 있어, 하면 훨씬 편할 텐데 선생님은 나에게 나가라 말라 말이 없었다. 망설이다가 아이들에 휩쓸려 나가 버릴 기회를 놓친 나는 하는 수 없이 교실 맨 뒷자리에 앉아 조용히 주전자와 물컵과 대걸레 같은 심상한 사물들을 관찰하기 시작했다.

"동구 어머님, 바쁘실 텐데 이렇게 오시라고 해서 죄송합니다. 동구에 대해서 좀 의논드릴 말씀이 있어서요."

엄마는 더욱 머리를 조아렸다. 내가 학교에 다니기 시작한 이래로 엄마는 이런 서두를 아마 세 번쯤 들었을 것이다.

"이런 말씀을 드리기는 무척 어렵습니다만, 동구한테는 다른 아이들과 좀 다른 점이 있어요."

잔뜩 주눅 들어 있는 와중에도 나는 선생님의 이런 말투가 무척 마음에 들었다. 동구는 머리가 나빠요, 처음 봤어요, 큰일이에요 등의 잔인한 표현이 아니라 '다른 아이들과 좀 다른 점이 있어요.'라는 중립적인 표현을 써 준 것이 고마웠다.

"예, 선생님, 저희도 동구한테 여러 가지로 신경을 써 보았는데 잘 되지를 않았어요. 선생님 뵐 면목이 없습니다."

선생님은 내 일기장을 내놓았다. 엄마는 일기장에 눈길을 주었지만 뭐 새로운 내용이 있는 것은 아니었다. 형편없는 글씨, 이해도 안 되는 단어들, 엄마가 처음 본 것은 없었을 것이다.

"동구 어머니, 저, 동구를 야단치실 필요는 없고요, 제가 정확하게는 모르지만 동구가 좀 특별한 경우인 것 같아요."

"……."

"동구를 보면, 암산은 아주 능하거든요. 머리가 나쁜 아이는 아니에요."

"……."

엄마는 대답은 못하고 머리만 조아렸다. 아마 그 반듯한 콧날엔 땀방울이 몇 개 송송 맺혀 있었을 것이다.

"아마 성적이 나쁜 이유는 읽고 쓰는 것을 잘 못해서 그럴 거예요. 계산을 하는 것이나 참신한 생각을 하는 것은 잘하는데 시험 문제를 읽고 이해하고 답을 쓰는 데 문제가 있는 것 같아요."

나는 선생님의 말이 잘 이해되지 않았다. 읽고 이해하고 쓰지 못한다는 것이 곧 공부를 못한다는 것과 같은 말 아닌가? 엄마는 벼락이라도 맞은 듯한 표정이었다.

"제가 책에서 본 듯한데 동구 같은 경우는 일종의 병…… 이랄까……, 나쁜 의미가 아니고요, 동구의 뇌 구조 자체가 읽고 쓰는 데 어려움을 느끼도록 되어 있어서, 글씨를 쓸 때 아야어여 구별을 잘 못하고 그럴 수 있답니다. 그런 증세를 난독증(難讀症)이라고 하는데요, 그런 아이들은 지능은 정상인데 읽고 쓰는 기능이 뒷받침되지 않으니까 배우는 데 어려움을 겪는 거죠."

"그러면, 선생님, 어떻게 해야 하겠습니까?"

"…… 제가 권하고 싶은 건 동구와 같은 경우를 전문적으로 다루는 특수 교육기관에 의뢰해 보시라는 겁니다. 난독증이나 다른 학습 장애들은 적절히 다루기만 하면 상당히 개선될 수가 있으니까요. 동구는 그렇게 심한 것 같지는 않으니까 상담을 받는 것만으로도 고칠 수 있을지도 모릅니다. 어쩌면 그 학교에 다니는 것이 동구에게 더 좋을 수도 있을 것 같구요."

선생님은 엄마에게 그런 교육기관들을 안내한 책자 몇 가지와 신문 기사 오린 것 등을 건네주며 위로의 말을 덧붙였다. 짧은 대화였지만 엄마는 비 오듯 땀을 흘리고 있었다. 결벽적으로 정돈된 모습만 보여 왔던 엄마로서는 거의 있을 수 없이 흐트러진 모습이었다. 보다 못한 선생님이 크리넥스 휴지 몇 장을 건네었지만 역효과만 낳았다. 허둥대던 엄마가 휴지를 받아 급한 대로 땀을 닦아 낸다는 것이 그만 얼굴에 온통 휴짓조각이 문대어져 버렸던 것이다.

딱하게도 엄마는 그 사실을 알아차리지 못했다. 엄마는 얼굴에 덕지덕지 휴지를 붙인 우스꽝스러운 몰골로 황망히 인사를 남기고, 교실 뒤쪽에서 어찌할 바를 모르고 있는 나를 채근하여 교실을 나섰다. 놀란 박 선생님이 휴지 한 장을 더 내밀었지만 엄마는 비싼 크리넥스 휴지를 더 쓰면 실례라고 생각했는지 손사래를 치며 굳이 거절하고 내 손목을 잡아끌었다. 엄마의 가슴에 못질을 한 처지에 얼굴에 휴지가 붙었다고 얘기할 엄두가 나지 않아 나는 아무 말도 못하고 집으로 돌아왔다. 엄마가 방문을 쿵 닫고 들어간 뒤 서럽게 우는 소리가 터져 나왔다. 엄마의 울음이 박 선생님이 말한 나의 병 때문인지 화장대 거울에 비친 휴지 묻은 엄마 얼굴 때문인지 나는 알 수가 없었다.

그나마 다행한 일이라면 할머니가 영주를 데리고 마실을 나가서 엄마와 나의 처참한 귀가 장면을 보지 못했다는 사실이었다. 그 패잔병 같은 귀가와 엄마의 통곡까지 할머니에게 들켰다면 할머니는 정말로 얄미운 상상력을 다 동원해 아버지에게 일러바쳤을 것이고, 엄마가 차분히 아버지에게 사실을 알릴 기회도 잡지 못한 채 우리 모자는 걷잡을 수 없는 분노와 손찌검의 회오리에 휩쓸렸을 것이다. 엄마는 붉어진 눈자위를 애써 가라앉히며 그동안 엄마가 혼만 내서 미안하다, 이제는 선생님한테 설명을 들었으니 아무 걱정 말라고 도닥여 주었다.

엄마는 힘을 내려는 듯이 "자, 그럼 오늘 저녁은 우리 동구가 좋아하는 오징어볶음 해 줄게." 하고 큰 소리로 말했다. 나는 와 하고 함성을 질러서 분위기를 돋우었다. 엄마는 바닥에 신문지를 깔아 주고 양파 한 알과 마늘 한 줌을 주면서 깨끗이 까라고 했다. 내가 한참 마늘을 까는 일에 골몰하고 있는데 대문간에서 인기척이 들렸다. 할머니가 오시면 나는 당장 부엌에서 탈출해야 하는 것이 철칙이었다. 나는 바람같이 뒤꼍으로 달려가서 급히 손을 씻었다. 손에서 마늘 냄새가 나는 것은 할머니의 사냥개 같은 레이더망을 결코 벗어날 수 없었다. 할머니와 영주가 동시에 대문간을 들어섰다.

영주는 꼭 할머니의 등에 업혀 다녔다. 나는 할머니의 등에 업혀 본 기억이 없다. 할머니가 업어 준다고 한 적도 없고 업어 준대도 싫었을 것 같았다. 하지만 영주는 곧잘 할머니를 향해 두 팔을 벌렸고 할머니는 두말 않고 영주를 업곤 했다. 믿어지지 않는 일이었지만 할머니와 영주는 서로 좋아하는 것 같았다.

"아가, 내려라. 할머니 허리 아퍼."

영주가 쪼르르 할머니의 등을 벗어나 나에게로 엉겨 붙었다. 볼에는 앙증맞은 보조개가 폭폭 파였다. 수돗가에 쭈그리고 있는 내 허벅지를 밟고 등허리로 기어올랐다. 나는 다리에 힘을 주어 동생이 움직이는 대로 균형을 맞추었다. 영주는 늘 기분이 좋았다. 그 아이는 속상할 일이 아무것도 없었다. 아마 나중에 학교에 가더라도 계속 그럴 것이다. 영주는 공부도 잘할 테니까.

기우뚱. 갑자기 영주와 나는 균형을 잃고 비틀거렸다. 뒤꼍에 만들어 놓은 작은 평상에 앉아 곁눈질로 우리를 지켜보고 있던 할머니가 번개처럼 달려와 영주를 안아 들었다. 영주는 할머니의 팔에 안겨 허공으로 올라가고 나는 엉덩방아를 찧었다.

"조심하래니까. 하이간 재는 앞뒤가 없어."

할머니는 땅에 스치지도 않은 영주의 원피스 자락만 톡톡 털고는 영주를 데리고 안으로 들어갔다. 영주가 뒤를 돌아보며 빠이빠이 손짓을 했다.

안에 들어가면 영주는 옷을 갈아입자마자 헌 신문지를 가져다 놓고 지난주에 아버지가 사 준 크레파스로 그림을 그릴 것이다. 영주는 아직 어려서 그림다운 그림을 그리지 못하고 그저 삐뚤빼뚤한 선을 여러 개 그어 놓을 뿐이었다. 아버지는 크레파스와 함께 스케치북도 사 주었지만 영주는 그 눈부시게 하얀 종이를 무척 아껴서 그곳에 직접 그림을 그리지 않았다. 혼자 선 긋기에 싫증이 나면 나에게 크레파스와 신문지를 내밀며 그림을 그려 달라고 했다. 내가 토끼나 자동차, 꽃 같은 것들을 그려 주면 영주는 그 그림들을 교과서 삼아 신문지에 몇 번 연습을 하고 제법 비슷하게 그릴 만한 실력이 되면 스케치북에 옮겨 그렸다. 영주가 기다리는 것을 알면서 나는 안에 들어가기가 싫었다. 오늘 같은 날은 시간이 아주 빨리 흘러가 버렸으면 딱 좋겠다.

아버지가 웬일인지 군밤과 마른 오징어 한 봉지를 사 들고 들어섰다. 기분이 좋으신 모양이었다. 내복 바람으로 인사를 나온 영주에게 군밤 봉투를 내밀었는데 영주는 만져 보더니 뜨겁다고 손을 등 뒤로 감추었다. 아버지는 허허 웃었다.

"안주 좋은데 술이나 한잔 하지."

아버지에게서 종이봉투를 받아 드는 엄마의 표정이 복잡했다. 아버지가 기분이 좋은 건 다행이지만 술을 한잔 한다는 건 별로였다. 아버지가 푸푸 소리를 내며 세수를 하는 동안 엄마는 군밤을 까고 집에 있던 땅콩을 내고 오징어를 잘라서 먹기 좋게 해 놓았다. 엄마의 표정은 근심스러워 보였지만 내가 곁에 가자 애써 밝은 표정을 지으며 땅콩 한 알을 입에 넣어 주었다. 엄마는 마음속으로 '괜찮아, 걱정 마.' 하고 말하고 있는 것 같았다. 사실은 엄마도 걱정되면서.

뭐든지 신기한 걸 좋아하는 영주는 신문지를 접어 만든 군밤 봉투를 달라고 했다. 엄마는 봉투 안의 군밤 껍질 부스러기와 잡티들을 깨끗이 털어 내고 군밤 한 알과 오징어 몸통 한 조각을 넣어서 영주의 몫으로 주었다. 밥을 잘 안 먹어서 식구들을 걱정시키는 영주는 제 몫의 밥을 깨끗이 먹어 치운 후 군밤과 오징어를 먹겠다고 약속하고는 군밤 봉투를 받았다. 식사가 시작되자 군밤을 염두에 둔 영주의 숟가락이 부산하게 움직였다. 군밤 작전은 성공이었다. 아버지는 밥뚜껑을 닫아 둔 채 오징어와 땅콩을 안주 삼아 소주잔을 기울였다.

우리 식구들은 밥 먹을 때 꼭 싸운 사람들처럼 아무 말도 안 하는 게 보통이었다. 하지만 오늘은 엄마가 아버지의 눈치를 보며 말을 꺼낼 기회를 보고 있었다. 보통 식사가 끝나면 할머니와 아버지가 나란히 텔레비전을 보고, 엄마가 이불을 펴고 텔레비전에서 애국가가 나올 때까지 할머니가 안방을 지키고, 대개 할머니가 안방에 있는 동안 아버지가 양해를 구하고 먼저 곯아떨어지기 때문에 엄마는 할머니가 없는 데서는 아무 말도 할 수가 없었다. 그러니 그나마 아버지 기분이 좋고 술이 한 잔이라도 덜 들어갔을 때 빨리 말을 꺼내야 했다.

"오늘 동구 학교에 갔었어요."

그 말 한마디에 아버지의 어깨가 벌써 굳어졌다. 아버지는 지금의 평화를 깨기 싫은지 애써 심상하게 그래? 하고만 말했다.

"에이구, 저 들떨어진 새끼. 아직 글씨 못 읽는대지?"

할머니가 앞질러 갔다. 나는 무서웠지만 오늘만은 다른 때와 좀 다르기를 기대했다. 박영은 선생님이 말해 준 대로, 나는 다른 아이들과 조금 다를 뿐이었다. 말하자면 몸이 아픈 것이었다. 내가 아픈 이유는 아버지가 너무 냉정하게 대하고 할머니가 구박했기 때문인지도 몰랐다. 내가 병이 들고 그래서 아직 3학년이 되도록 한글도 못 읽는 것은 내가 돌대가리이고 공부 시간에 죽기로 딴짓만 하기 때문이 아니라 온 가족이 내게 잘못 대했기 때문이었다.

2학년 때 담임 선생님이 처음으로 동구가 아직도 한글을 못 읽고 공부도 엄청 못한다고 말했을 때 엄마에게 그 말을 전해 들은 아버지가 다짜고짜로 내 따귀를 후려갈겨 꽃밭에 나동그라지게까지 한 것은 내 병을 결정적으로 악화시켰을 것이다. 그때 아버지가 그렇게 주먹을 휘두르지 않고 영화에 나오는 미국 아버지들처럼 다정하게, 우리 맏아들, 이 아빠한테다 말해 봐, 아빠는 너를 사랑한단다 하고 말했더라면 나는 어쩌면 지금쯤 병이 다 나아서 전교에서 일등만 하는 천재 아들로 다시 태어났을지도 몰랐다.

그날, 아버지가 그 커다란 손을 어깨 위에까지 올렸다가, 맹렬한 적개심으로 오로지 내 따귀만을 향해 휘두르던 날, 그 한 방에 고개가 꼭뒤까지 돌아가고, 곧 몸통도 고개를 따라 핑그르르 돌고, 맥이 풀린 다리가 제 갈 길을 못 찾아 적어도 세 발짝은 떨어져 있던 꽃밭의 빨간 사루비아 무더기까지 걷잡을 수 없이 휘날려 가고, 결국은 볼썽사납게 두 팔을 허우적거리며 엉덩이를 하늘로 세우고 고개부터 흙바닥에 고꾸라 박던 내 모습이 선명하게 떠올랐다. 평소에는 시금치처럼 물렁하게만 봤던 사루비아도 낯으로 그 줄기를 훑으니 제법 까시러운 센털이 있어서, 내 얼굴에는 채찍으로 맞은 듯한 흉한 벌건 줄이 대번에 죽죽 그어졌다. 입도 다 다물지 못하고 흙에 고개를 처박아서 코와 입으로 매캐하고 축축한 흙이 한 줌이나 밀려들어 왔다. 나는 너무 무서워서 크게 울지도 못했다. 1년이 지난 뒤에 다시 생각해 봐도 끔찍한 일이었다. 나는 아버지 친아들이 맞나? 어떻게 그렇게 무식하게 나를 때릴 수 있었을까. 새삼스레 그날의 공포와 설움이 되살아나서 몸서리를 치다가 나는 문득 눈물을 한 방울 떨구었다.

"뭘 잘했다고 울어?"

낮고 음산한 목소리. 아버지가 큰일을 치기 전에 내는 목소리였다. 나는 대번에 얼어붙었다. 그땐 나를 밖으로 나오라고 해서 그렇게 때렸었는데, 이번엔 이 자리에서 그냥 때릴까. 영주가 보는 앞에서 나를 방문 밖까지 날려 버릴까.

엄마가 다급하게 끼어들었다. 오늘 박 선생님께 들은 이야기를 간략하게 전하려는데 엄마로서도 감당하기 어려운 이야기였던지 말이 술술 나오지 않는 것 같았다. 게다가 엄마가 이야기하는 동시에 할머니가 반주처럼 모지란 놈, 남 부끄러워라, 누굴 닮아서, 하고 훼방을 놓았으며 영주까지 조용히 있지 못하고, 어젯밤 이웃 간에 장하다 어린이 무르익은 어쩌고 알아들을 수 없는 소리를 종알거려서 엄마의 설명은 더욱 엉성하고 두서가 없이 되었다. 어쨌건 들은 내용을 다 전하고 마침내 특수학교 이야기에 이르러서는 할머니가 아이구 저 새끼는 영 바보들만 다니는 핵교엘 가야 한단 말이냐, 동네에서 어떻게 낯짝을 들고 다니란 말이냐, 하고 신이라도 난 사람처럼 소리를 질러서 분위기는 완전히 살벌하게 무르익었다.

이제는 아버지가 주먹으로 밥상을 쿵 치든지 해서 어수선한 분위기를 일소하고 한바탕 매타작판을 벌이는 일만 남았다. 그러나 할머니와 엄마의 이야기가 끝나고 나서도 한참이나 아버지는 아무 말이 없었다. 어깨에 힘을 주고 조그만 소주잔을 노려보며 무엇엔가 정신을 집중하려 애쓰던 아버지가 드디어 입을 열었다.

"뭐라고 영주야?"

갑자기 모든 식구들의 눈길이 영주에게 쏠렸다. 만족스럽게 오징어 한 조각을 우물거리고 있던 영주가 무슨 일이 있느냐는 듯이 아버지를 쳐다보았다.

"영주야, 방금 뭐라 그랬어?"

"아무 말도 안 했어."

"아니, 조금 전에 뭐라고 했잖아."

영주가 조금 생각하는 눈치더니, 어젯밤 이웃 간의 사소한 다툼으로 비닐하우스 되었다, 하는 암호문 같은 말을 읊조렸다. 어른들은 잠시 어리둥절해 있다가 동시에 덤벼들어 영주의 군밤 봉지를 빼앗아 들었다.

"어매, 얘가 이거를 읽는 개비여."

"어머, 여기에 있네. '어젯밤 열두 시 마포 비닐하우스 촌에서 이웃 간의 사소한 다툼으로 화재가 발생해 비닐하우스 여섯 동이 전소되었다.'"

"영주야, 그럼 여기 읽어 봐."

"아니, 거기는 한자가 너무 많아서 애가 못 읽지. 더 쉬운 데 여기 읽어 봐, 여기."

영주는 어른들의 야단법석과는 대조적인 침착한 모습으로 뭐 대단한 일이라고 그러느냐는 듯이 엄마와 아버지의 손가락이 가리키는 부분의 글씨들을 또박또박 읽어 내려갔다.

"내일은 맑고 약간 쌀쌀한 날씨."

"어린이의 벗 새소년"

"봄맞이 새단장 바겐세일"

엄마나 아버지나 할머니나 모두 각자 할 말을 하느라 대화가 전혀 되지 않았다. 엄마는 얼마 전부터 저 아이가 혼자 뭐라고 중얼거려서 이상하게 생각했더니 그게 뭔가를 읽는 것이었던 모양이라고 했다. 아버지는 가수의 이름이나 노래 제목은 주워들은 풍월일 수 있지만 작사 작곡까지 읽는 건 틀림없이 애가 벌써 읽을 수 있다는 증거라고 소리 질렀다. 할머니는 혼자 밥상을 보며 울기도 하고 웃기도 했다. 나도 흥분되긴 마찬가지였다. 영주가 학교에 들어가서 그 총명함이 만방에 드러날 때 나의 자랑스러움이 클 것이라는 생각은 여러 번 했지만 영주가 그 몇 년을 더 기다릴 필요도 없이 기저귀를 벗은 지 며칠 지나지 않아 이토록 큰일을 해내리라고는 상상하지 못했다.

아버지는 어디에 전화를 하는지 전화통을 붙들고 덜덜 떨리는 목소리로 우리 영주가 벌써 글을 깨쳐서, 누가 가르쳐 준 것도 아닌데, 이제 몇 달 더 있어야 겨우 세 돌 되는데 저 혼자 뭐든지 줄줄 읽고 있다고 보고하고 있었다. 나는 가만히 앉아 있을 수가 없어서 화다닥 밖으로 달려 나갔다. 우리 영주라면 꺼벅 죽는 구야네 형제에게 이 기쁜 소식을 알려야겠다는 생각이 났던 것이다. 구야네 식구들은 밥숟갈을 입에 문 채 곧장 우리 집으로 달려왔다. 영주는 구야와 호야와 구야네 엄마 아빠 앞에서 여성지의 멸치 바삭바삭하게 볶는 법 부분을 멋들어지게 읽어 보였다. 세 살배기 꼬마에게서 멸치는 미리 기름에 볶아 놓고 설탕과 양파 다진 것을 간장에 개어 바글바글 끓이다가 볶아 놓은 멸치를 넣고는 짧은 시간 뒤적이란 말을 들은 구야 엄마는 입이 딱 벌어져서 아무 말도 하지 못했다.

나는 다시 상도형네를 향해 달음박질쳤다. 상도형네 다섯 식구도 단숨에 달려왔다. 다 저녁에 동네가 수선해지자 셰퍼드네 집 말만 한 셰퍼드가 컹컹 짖어 대었다. 개가 짖으니까 셰퍼드 아저씨가 왜 개를 약 올리느냐고 내게 소리를 질렀다. 집으로 돌아가던 구야 아빠가 셰퍼드 아저씨에게 영주 이야기를 했고 셰퍼드 아저씨는 빠른 애들도 네 돌은 되어야 글을 읽던데 너무 빠른 거 아니냐고 했다. 은행집의 여섯 딸들도 줄줄이 우리 집 대문 안으로 들어왔고 우리가 점빵집이라고 부르는 가겟집 여덟 식구와 꽤 멀리 사는 고시생 주리 삼촌까지 온 걸 보면 동네의 웬만한 사람들은 다 영주의 글씨 읽는 모습을 구경하고 간 것 같았다.

다음 날부터 사람들은 우리 집을 신동이네, 천재네라고 불렀다. 초등학교 선생님인 희천이 아버지가 이런 경우는 천재보다는 영재라고 하는 게 옳다고 말했지만 사람들은 영재네라고 하면 그냥 애 이름을 부르는 것 같다고 천재네라고 부르자고 했다. 며칠 뒤 엄마와 아버지는 여전히 글씨를 읽지 못하는 나의 일을 생각해 냈지만 결론을 내리지 못했다. 솔직히 별로 관심이 가지 않는 모양이었다. 사실 나조차 내가 글을 읽지 못한다는 게 그다지 중요한 일로 생각되지 않았다. 나와 우리 식구들은 앞으로 1~2년 더 지나면 내가 자연히 글씨 읽는 법쯤은 깨치게 될 것이라는 희망에 암묵적으로 동의하고 내 문제를 더 거론해서 영주가 글 읽는 모습을 보는 즐거움을 깨지 않기로 했다.

엄마가 계란 거품을 부풀리는 모습을 보고 영주와 나는 단숨에 흥분해 버렸다. 찬장에서 밀가루와 설탕을 꺼내고 우유와 마가린도 사 놓은 것을 보면 카스텔라를 만드는 것이 분명했다. 집에서 카스텔라를 쪄 내는 것은 흔히 있는 일이 아니었다. 엄마는 어느 여성지에서 소개한 '오븐 없이 카스텔라 만들기'라는 기사를 오려 두고 카스텔라를 집에서 만들기 시작했는데 이것은 손도 많이 가고 아주 힘든 일이었기 때문에 손님이 오시거나 중요한 선물을 할 일이 있을 때에만 큰맘 먹고 하는 일이었다. 엄마가 찜솥에서 쪄 내는 카스텔라는 제과점에서 사 온 것과는 비교도 할 수 없을 만큼 향기로웠다. 우리가 좋아서 길길이 날뛰는 모습을 보고 엄마는 조용히 하라며 이 빵은 박 선생님께 선물로 드릴 것이므로 우리 몫은 많지 않을 것이라고 했다. 영주는 금방이라도 울음을 터뜨릴 듯 입술을 삐죽거렸고 나도 약간 실망스러웠으나 박 선생님께 특별한 선물을 드린다는 것은 그래도 기쁜 일이었다.

"동구야, 너 요새 공부 열심히 하지?"

"…… 네."

"박 선생님은 정말 좋은 분이시더라. 너한테도 관심을 가져 주시는 것 같고……. 선생님께서 상담이라도 한번 받아 보라고 하셨는데(한숨) 이 근처엔 그런 학교도 없고……. 우리가 이사를 갈

형편도 아니니 어쩌겠니. 선생님께 한번 매달려 보는 수밖에 없겠어. 엄마가 선생님께 너한테 신경 좀 더 많이 써 주십사고 부탁드릴 생각이니까 너는 선생님 말씀 잘 듣고, 더 열심히 공부하고. 알았지?"

나는 좀 숙연해져서 부엌 바닥만 내려다보며 고개를 끄덕였다. 심술이 나서 엄마의 치맛자락에 얼굴을 묻고 있는 영주를 달래기 위해 나는 꽤 큼지막한 빨간 벽돌 한 조각을 흔들어 보였다.

"고춧가루 만들어 줄게, 나가자."

영주가 뚱한 표정으로나마 엄마의 치맛자락을 놓고 따라나섰다. 영주는 요즘 동네 계집아이들과 소꿉장난하는 재미에 푹 빠져 있는데 말솜씨는 좋다지만 몸집이 작고 어린 편이라 잘 끼어들지 못하고 따돌림당하는 일이 종종 있는 모양이었다. 그럴 때 제일 큰 재산이 바로 붉은 벽돌을 갈아 만든 고춧가루였다. 이 고춧가루를 한 종지만 가지고 있어도 곧 소꿉놀이에 끼어들 수 있음은 물론이요 단숨에 엄마 역할까지 꿰찰 수 있었다. 지금 내 손에 들려 있는 벽돌 조각을 다 갈아서 고춧가루로 만들면 그네들의 조촐한 살림살이에서 총각김치 한 단은 어렵지 않게 담글 수 있을 것이다. 그러려면 내 팔뚝이 무지하게 고생을 해야 하겠지만 말이다.

이마에 땀이 송송 배어나도록 열심히 벽돌을 갈았어도 영주의 불룩 튀어나온 입술은 들어갈 줄을 몰랐다. 스텐 종지에 꽤 수북하게 고춧가루를 담아 주었어도 마뜩찮게 손가락으로 휘저어 보는 품이 카스텔라에 대한 미련이 쉽게 떨어지지 않는 모양이었다. 그래서 나는 비장의 무기, 동네 공사장에서 노다지라도 캐는 기분으로 주워 놓은 석고 한 덩어리까지 마저 꺼냈다.

"이걸로 밀가루도 만들어 줄까?"

쪼그리고 앉은 영주가 무릎을 감싼 두 팔뚝에 코를 묻은 자세 그대로 고개만 조금 끄덕였다. 석고를 가는 것은 벽돌을 가는 것과는 비교할 수 없이 수월했고 흰 가루는 제법 넉넉해서 스텐 밥그릇 하나를 채웠다.

"이따가 금숙이네 집에 가서 엄마 해라. 밀가루도 있고 고춧가루도 있으니까 너한테 엄마 시켜 줄 거야."

"고춧가루로는 김치 담그고 밀가루로는 카스텔라 만들 거야."

흰 가루와 붉은 가루가 담긴 그릇 두 개를 받아 든 영주는 기분이 나아졌는지 조금 웃어 보였다.

"동구야, 손 씻고 이리 좀 와 봐라!"

엄마가 부엌 문 밖으로 고개를 내밀고 나를 불렀다.

"아이구 팔이야. 하필 물엿이 떨어졌네. 그게 좀 들어가야 빵이 쫀득한데. 상도형네 가서 물엿 좀 얻어 올 동안 계란 거품 좀 열심히 내고 있어라. 할 줄 알지? 아주 열심히 세게 저어야 한다. 뒤엎지 않게 조심하고."

엄마는 나에게 계란 거품을 내던 양푼을 맡기고 어깨를 주무르며 물엿을 얻으러 나갔다. 나도 벽돌을 갈아서 팔이 아픈데. 차라리 내가 물엿을 얻어 오겠다고 하고 싶었지만 엄마는 어느

새 집을 나선 뒤였다. 하는 수 없이 나는 부엌 바닥에 주저앉아 양푼을 두 다리 사이에 끼고 계란 거품을 일으키기 시작했다. 이전에도 엄마가 카스텔라 만드는 모습을 구경해서 알고 있지만 계란 거품은 그릇을 뒤집어도 떨어지지 않을 만큼 빽빽해야 했다. 그러려면 정말 팔이 끊어지도록 미친 듯이 계란을 휘저어야 했다.

박 선생님이 어제 입고 오셨던 상아색 스커트와 노란 재킷을 생각하면서 머리꼭지가 화산처럼 뜨거워지도록 계란을 휘젓고 있는 동안 눈앞에 영주의 조그만 주먹이 불쑥 들어오더니 눈처럼 흰 가루가 계란 거품 속으로 보실보실 섞여 들어갔다. 고개를 들어 보니 영주가 흰 가루가 잔뜩 묻은 오른손바닥을 쥐었다 폈다 하면서 흰 가루를 계속 떨어뜨리고 있었다. 왼손에 쥐고 있는 스텐 밥그릇은 텅 비어 있었다.

"카스텔라 만드는 거야."

귓속에서 이잉 하는 귀울음이 들리면서 눈앞의 양푼이 아득히 멀어졌다. 엄마가 계란 열 개를 깨어 넣고 삼십 분간 휘저은 계란 거품에 영주의 석고 밀가루 한 그릇이 섞여 들어갔다. 어느새 등 뒤에서는 현관문이 열리고 엄마가 들어서는 소리가 들렸다. 나의 손과 발은 마비된 머리를 대신하여 나름대로 최선의 방안을 강구하고 즉각 실행에 옮겼다. 엄마가 부엌 문을 여는 동시에 나의 팔뚝은 계란 양푼을 거칠게 뒤집어 뽀얀 거품과 그 속에 숨어 있는 석고 가루들을 내 무릎 위에 그대로 쏟아 엎었다. 물엿을 담은 그릇을 들고 부엌으로 들어서던 엄마가 그 자리에서 굳어졌다. 무언가 심상찮은 기미를 느낀 영주가 무턱대고 울음부터 터뜨렸고 거의 동시에 엄마의 매서운 손바닥이 내 등짝과 엉덩이와 머리통을 무차별로 후려갈기기 시작했다.

"내가 미쳐! 내가 미쳐! 엄마가 조심하라고 했어 안 했어? 선생님 드릴 거라고 말 했어 안 했어? 도대체 왜 이렇게 덤벙대니? 응?"

안방에서 할머니가 나오더니 "에이 덩둘한 놈." 하고 안 그래도 두들겨 맞고 있는 나에게 꿀밤 한 대를 보태고는 울고 있는 영주만 챙겨서 들어가 버렸다.

나도 내가 왜 그랬는지 잘 모를 일이었다. 계란 거품을 뒤엎을 것이 아니라 그냥 엄마에게 영주가 석고 가루를 넣었다고 말만 했어도 박 선생님이 석고 카스텔라를 드시게 될 일은 없었을 텐데 말이다. 이미 실컷 얻어맞아 놓고 이제 와서 영주에게 탓을 돌리는 것도 열없는 짓이었다. 나는 엄마의 화가 풀릴 때까지 직싸게 얻어맞고 내가 엎어 버린 양푼을 머리 위로 쳐들고 서 있는 벌을 받았다.

다음 날 아침까지도 엄마는 내 머리통을 연신 쥐어박으며 오늘 선생님을 뵈어야 할 텐데 나 때문에 특별한 선물을 준비하지 못했다고 화를 냈다. 내가 이렇게 생각 없이 행동하니까 선생님께 부탁을 드릴 필요도 없고 글씨를 가르칠 필요도 없고 좀 더 크면 연탄 배달 아저씨한테 양아들로 줘 버려서 연탄 배달이나 가르칠 것이라고 했다. 원래 오늘 선생님과 상담을 마친 뒤에는 용산에 있는 학원에서 피아노 선생님으로 일하는 이모를 만나러 갈 생각이었지만 너무 화가 나서 가지 않겠다고 했다. 이모는 우리를 보면 꼭 손수 짜서 만든 조끼를 주거나 탕수육을 사 주거나 아니면 책을 사서 보라고 오백 원을 주었기 때문에 이모를 만나는 것은 내가 세상에서 제일 좋아하는 일이었다. 이모를 만나지 않겠다는 말에 나는 펄쩍 뛰며 "싫어요! 이모한테 갈 테야!"라고 소리를 지르다가 불손하게 행동했다고 한 대 더 쥐어박혔다.

하지만 공부 시간이 끝나 갈 무렵, 복도 쪽 창문 너머에는 엄마의 모습이 나타났다. 나는 엄마의 머리가 움직이는 각도를 보고 영주도 함께 와 있음을 눈치챘다. 영주는 틀림없이 오빠가 왜 빨리 나오지 않느냐고 엄마에게 물어보고 있는 중일 게다. 영주가 엄마와 함께 왔다는 것은 엄마가 아침에 말한 것과는 달리 선생님께 인사를 드린 후 용산으로 이모를 만나러 갈 것이라는 뜻이었다. 나는 갑자기 힘이 났다. 기다리는 영주만큼이나 나도 지루했고, 끝날 시간이 얼마 남지 않은 교실에 앉아 있는 모든 친구들도 마찬가지였고, 어쩌면 수업의 마지막 부분을 진행하고 있는 박 선생님도 조금 지루했을지 모른다. 선생님에 대한 충성심과 우리 모두의 엉덩이를 비틀리게 만드는 지루함이 치열하게 싸움을 벌이는 중간에, 교실 앞문이 빠끔 열렸다. 65개의 머리통이 일제히 문을 향해 방향을 틀었다.

얼마 전 엄마가 사 준 빨간 빵떡모자와 같은 색깔 원피스, 하얀 타이츠에 까만 에나멜 구두를 신은 내 동생 영주가 기다림을 이기지 못해 보조개를 깊이 파고 교실 안을 들여다보고 있었다. 어제 말썽을 부리긴 했어도 여전히 귀여운 모습이었다. 엄마가 급히 영주를 잡아당기고 문을 닫아서 영주의 예쁜 모습은 금방 없어졌다. 선생님은 복도에 엄마와 영주가 와 있는 것을 보고 문을 열고 인사를 나누었다. 선생님이 곧 끝날 테니 잠시 기다리시라는 말을 엄마에게 전하는 동안 교실 안은 금세 소란스러워졌고 선생님은 하는 수 없이 나무 막대기로 교탁을 딱딱 두드리며 끝까지 조용히 있으라고 야단을 쳤다. 그러는 동안 나도 모르게 손을 번쩍 들고 말았다.

선생님은 약간 놀란 것 같았다. 그러고 보니 내가 손을 든 건 입학하고 처음인 것 같았다. 나는 하루 종일 교실에 있어도 쉬는 시간에만 조금 떠들었을 뿐, 수업 시간에는 있는지 없는지도 알 수 없는, 그림자같이 조용한, 아니 다리가 흔들려서 교실 뒤에 빼놓은 낡은 걸상처럼 전혀 움직이지도 않는 아이였다.

"한동구, 왜 손 들었어?"

"선생님, 제 동생 글씨 읽을 줄 알아요."

선생님의 얼굴이 이젠 많이 놀란 표정이 되었다. 선생님도 조금 전에 영주를 보셨으니까 그렇게 조그만 아이가 글씨를 읽는다는 말이 믿어지지 않을 게 틀림없었다. 선생님은 잠시 물끄러미 나를 쳐다보다가 "그럼 우리, 동구 동생이 글씨 읽는 거 한번 볼까?" 하고 말했다. 물론 우리 반 아이들은 대찬성이었다.

영주는 얼굴 가득 웃음을 띠고, 나를 향해 단풍잎 같은 손을 흔들어 보이며 아장아장 걸어서 교단에 섰다. 엄마는 뜻밖의 일에 조금 당황하긴 했어도 기쁜 모양이었다. 선생님이 칠판에 예쁜 글씨로 '가. 나. 다.'라고 쓰자 영주는 또랑또랑한 목소리로 '가! 나! 다!'라고 외쳤다. 아이들이 신이 나서 박수를 쳤다. 선생님은 잠시 생각하다가 칠판에 '한. 동. 구.' 라고 썼다. 선생님의 분필이 '구' 자의 마지막 부분을 그리고 있는 동안 영주는 이미 앞질러 "한! 동! 구!"라고 외쳤다. 아이들이 환호성을 지르며 더 크게 박수를 쳤다. 선생님은 생각나는 대로 '고무신', '머리', '과자', '외양간' 등등의 글씨를 썼다. 영주는 거침없이 그 글자들을 읽어 냈고 마지막에는 선생님께 "선생님, 외양간이 뭐예요?"라고 질문까지 해서 모든 친구들과 선생님을 놀래켰다. 영주에게 보내는 박수갈채는 수업 끝을 알리는 종소리를 파묻을 만큼 크고 열렬했다. 즐거운 수업이 끝났을 때 우리 반의 모든 여자아이들은 영주를 껴안고 뽀뽀를 퍼부었고 나는 뿌듯한 마음에 턱을 높이 치켜들었다. 엄마는 특별한 선물을 가져오지 못했어도 아주 자랑스러운 표정으로 선생님과 이야기를 나누었다.

그날 점심 때 이모와 함께 밥을 먹었는데, 그 어느 때보다 특별히 즐거웠다. 엄마는 어제 내가(실제로는 영주 때문었지만) 계란 거품을 뒤엎은 것은 까맣게 잊은 듯 하늘을 붕붕 나는 것처럼 들떠서 오늘 학교에서 있었던 그 굉장했던 소란을 이모에게 설명했고, 이모는 나와 영주의 볼을 번갈아 꼬집으며 세상에서 제일 똑똑하고 착한 아이들이라고 맞장구쳤다. 저녁에 집에 와서도 마찬가지였다. 엄마는 영주가 콧물을 흘리는 게 오늘 영주에게 뽀뽀를 퍼부은 30명의 여자아이들 중 감기 걸린 애가 있었기 때문인 것 같다고 했고, 아버지는 한없이 흐뭇한 듯 손으로 턱을 문지르며 허허 웃었다.

그 다음 날도 특별히 어린아이를 좋아하는 몇몇 아이들은 내 동생에게 지극한 관심을 표시했다. 나는 그 애들에게 누가 글 읽는 법을 가르쳐 주지도 않았는데 동생 혼자 신문이랑 텔레비전을 보면서 그렇게 배운 거라고 설명해 주었다. 박 선생님은 쉬는 시간에 그런 우리 모습을 말없이 지켜보다가 나에게 수업이 끝난 후 좀 남으라고 했다. 어제 엄마가 나의 글씨 공부에 특별히 신경을 써 달라고 부탁드린 것이 당장 오늘부터 효과를 나타내는 모양이었다. 나는 잔뜩 긴장했다.

수업이 끝나고 선생님 앞에 어물어물 다가갔을 때 선생님은 일부러 내가 가까이 오는 모습을 못 본 척하고 커다란 교육 일지에 무언가 쓰고 있다가 내가 아주 가까이 가서야, 오오, 동구 왔구나 이리 앉아라, 하면서 선생님의 팔걸이의자를 당겨 주었다. 나를 곁에 앉히고도 선생님은 오랫동안 자기 할 일만 했다.

비껴 들어오는 오후 햇빛에 선생님의 볼에 있는 솜털이 뽀얗게 비쳐 보였다. 우유와 방금 내린 눈송이, 푸르스름한 오이의 속살에 꿀을 더하면 선생님의 피부 빛깔이었다. 반투명한 피부 밑을 흐르는 푸른 혈관은 얕은 바닷속의 싱싱한 해초 같았다. 박 선생님의 손은 손가락 뿌리와 끝의 두께가 거의 비슷하게 가늘어서 우아한 느낌을 주었고 작은 보석인지 무언가 반짝이는 것이 박혀 있는 예쁜 반지를 끼고 있었다. 선생님이 목덜미에 두른 하늘하늘한 스카프와 책상 옆에 맵시 있게 놓은 바바리 코트와 작은 리본이 몇 개 달려 있는 머리띠를 쳐다보면서 나는 선생님이 말을 걸어 줄 때까지 기다렸다.

드디어 선생님이 뭔가 말을 할 듯 말 듯한 표정으로 나를 쳐다보며 머뭇거릴 때 나는 무슨 이야기를 하시려나 싶어서 선생님의 눈을 열심히 들여다보았다. 마침내 선생님이 큰맘 먹은 듯 던진 질문은 그동안 뜸 들인 것에 비하면 너무 싱거운 것이어서 그만 김이 새고 말았다.

"동구야, 동생이 그렇게 이쁘니?"

나는 간단하게 그렇다고 대답했다. 어제처럼 예상치 못한 말썽만 부리지 않는다면 내 동생처럼 사랑스러운 아이가 어디 있겠는가 말이다.

"영주가 처음 글씨 읽었을 때 식구들이 많이 좋아하셨겠네."

나는 얌전히 그렇다고 대답했다.

"동구는 아직 글씨 잘 못 읽는데, 속상하지 않았어?"

가슴속 깊은 곳에 숨겨 둔 가장 여린 살점을 무언가 예리한 것으로 쿡 찔린 듯한 느낌이 들었다. 영주가 글씨를 읽은 다음 날, 하얀 교회 아래 어두운 수수꽃다리 그늘에서 문득 쓰디쓴 이파리 하나를 따서 우정 잘근잘근 씹어 삼키던 그때, 분명 나의 마음속 한구석을 차지하고 있었던 그 어둡고 우울한 시샘의 감정들을 선생님은 알고 계시는 것 같았다. 목이 조금 막히는 것 같았지만 나는 일단 선생님 앞에서 체면을 지키는 쪽을 택했다.

"영주가 글씨를 처음 읽은 지 얼마 안 됐거든요, 저번 때 우리 엄마가 학교에 왔다 가신 날 저녁에 처음 읽었거든요. 그래서 그런 생각은 아직 안 했어요."

선생님은 아무 말 없었으나 나의 대답이 만족스럽지 않았던지 가만한 눈길을 거두지 않고 기다리고 있었다. 내가 속마음을 털어놓기 전까지는 집에 돌려보내지 않을 생각인 것 같았다. 나는 더욱 난감해져서 당황하다가 두서없이 웅얼거리기 시작했다.

"사실은요, 창피할 때도 있는데요, 제가 3학년 되도록 글씨도 모르는데 동생은 아직 어린데 다 아니까요, 저는 사실 창피한데요, 음음……, 엄마랑 아버지랑 되게 좋아하시거든요……, 할머니도 좋아하시구요. 동생이 글씨 읽고 나서는 엄마랑 아버지랑 한 번도 안 싸우셨어요. 얼마 전에는 엄마가 아버지 구두를 닦아 놓으셨는데 제가 뛰어나가다가 밟아서 발자국이 났거든요, 그래서 할머니가 저더러 왜 어린 동생만도 못하냐고 그러셨는데요, 할머닌 원래 맨날 그러시니까 괜찮아요."

사실 할머니는 왜 어린 동생만도 못하냐고 점잖게 말하지 않았다. 나는 할머니한테 허리띠를 붙잡혀 내가 방금 발자국을 낸 그 구두짝으로 엉덩이를 두 대 팡팡 맞았고, 이렇게 애새끼가 부잡하니까 3학년이 되도록 공부 한 글자 안 하고 앞으로 똑 비렁

뱅이 될 짓이나 하고 있다고, 너는 이담에 크면 영주 밑딱개나 하라고 악담을 들었다. 사실 나는 할머니한테 '영주 밑딱개'라는 말을 하도 많이 들어서 기분 나쁠 것도 없었다. 그건 할머니가 나를 부를 때 꼭 '이 새끼야'라고 부르는 것과 하나도 다를 게 없는 일이었다. 그냥 그런가 보다 하고 넘어가면 아무 문제가 없는, 할머니가 노상 입에 달고 사는 말일 뿐이었다. 다행히 선생님은 이번 대답을 비교적 만족스러웠는지 다음 질문으로 넘어갔다.

"그럼, 영주가 말 안 듣고 동구 속을 썩이는 일은 없어?"

박 선생님은 왜 이렇게 제일 중요한 일들만 꼭꼭 집어서 이야기를 시킬까. 그럴 리는 없지만 나는 잠시 선생님이 우리 집에서 일어난 일들을 훤히 알고 있으면서 일부러 모른 체하고 묻는 것이 아닌가 하는 의심을 했다. 나는 또다시 곤란하여 어쩔 줄을 모르다가 어렵게 이야기를 시작했다.

"예, 영주가 속 썩일 때도 있어요, 언제냐면요, 영주가요, 엄마가 저한테 가게 갔다 오라고 심부름 시키면 꼭 같이 가려고 하거든요, 안 데려가면 막 울어요, 그래서 데려가면요, 내려갈 때는 자꾸 넘어지니까 업어 주는데요, 우리 동네가 좀 언덕이 높거든요, 그래서 내려갈 때는 업어 주는데요, 올라올 때는 엄마가 사오라고 시킨 것도 손에 들어야 하니까 업어 줄 수가 없거든요, 근데 자꾸 업어 달라고 보채요. 지난번에는 점빵집에 두부를 사러 갔는데요, 그때도 업어 달라고 자꾸 그래서 영주한테 두부를 들고 있으라고 하고 업어 줬거든요, 그런데 영주가 두부를 떨어뜨려서 못 먹게 됐어요."

"그래서 엄마한테 동구가 또 혼났니?"

"조금요, 그때는 많이 혼날 것 같아서 저랑 영주랑 같이 울면서 들어왔거든요, 그랬더니 엄마가 꿀밤만 때리셨어요."

선생님이 물으시는 대로 조심스럽게 대답을 하면서 나는 뜻밖에도 후련한 감정을 느꼈다. 나에게 이런 이야기들을 물어본 사람은 일찍이 없었다. 다들 착하고 똑똑한 영주, 미련 맞고 덜렁대는 동구라고만 생각했다. 커튼을 젖히고 무대 뒤편으로 가 보면 그곳에는 아직 어리고 미숙한 영주, 생각 깊고 마음 넓은 동구가 있었다. 선생님이 지금 처음으로 어두운 무대 뒤편에 쪼그리고 있는 착하고 멋진 나를 무대 위로 불러내려는 순간이었다. 나는 갑자기 조바심이 나고 숨이 가빠지면서 시키지도 않은 이야기를 시작해 버렸다.

"사실은요, 어저께 엄마가 오실 적에 카스텔라를 만들어 오실 생각이셨어요. 우리 엄마는 집에서 카스텔라를 만들 줄도 아시거든요. 선생님께 좋은 선물을 드리고 싶어 하셨어요. 그런데 엄마가 잠깐 나가신 사이에 영주가 계란 거품에다가 석고 가루를 넣어 버렸어요. 영주는 카스텔라를 만들어서 선생님만 드릴 거라고 하니까 심술이 났던가 봐요. 그래서 제가 계란 거품을 뒤엎어 버렸어요."

"왜? 영주가 혼날까 봐서?"

"예."

"그럼 네가 야단을 맞잖아."

"예. 하지만 저는 크잖아요. 영주는 아직 어리니까요."

"많이 야단맞았니?"

하마터면 나는 머리통을 몇 대, 엉덩이를 몇 대, 등짝을 몇 대 하고 곧이곧대로 나불거릴 뻔했다. 다행히 주책을 부리기 일보 직전에 정신을 차려서 가까스로 의젓하게 대답할 수 있었다.

"예. 하지만 제가 야단맞는 게 나아요. 영주가 혼나는 모습은 못 보겠어요. 엄마랑 아버지도 많이 속상해 하실 거예요."

나는 약간 우쭐한 기분도 들고 마음이 후련하기도 하여 진심으로 기쁜 웃음을 지어 보였다. 억울한 마음을 어디에도 풀지 못하고 혼자 삭이는 것이 조금 힘들던 참이었는데 선생님께서 시시콜콜한 이야기를 끝까지 들어 주셔서 얼떨결에 다 털어놓고 말았다. 어쩌다 보니 선생님께 고자질을 한 셈이 되었지만 그렇다고 선생님이 영주를 야단치지는 않으실 테니 상관없다.

선생님은 며칠 전처럼 내 머릿속, 할머니가 늘 똥만 들었다고 악평하는 그곳까지 샅샅이 들여다보는 길고 집요한 눈길로 아무 말 없이 한참 나를 쳐다보고 있다가, 갑자기 당황스러운 행동을 했다. 시위를 팽팽하게 메운 활처럼 곡선이 길고 깊은 그 멋진 눈매에 촉촉한 물기를 가득 담고, 선생님이 갑자기 한 손을 내밀어 내 머리를 정성스레 쓰다듬었던 것이다. 박 선생님은 우리 반 아이들뿐 아니라 전교의 다른 아이들에게도 인기가 드높았지만, 어딘지 좀 차가운 구석도 있어서 우리를 안아 준다든지 콧물을 닦아 준다든지 하는 법은 거의 없었다. 공부를 잘하고 그림을 잘 그리는 애들이 아무리 백점을 받고, 백일장에서 상을 받고, 그림 대회에서 일등을 해도 선생님은 손뼉을 쳐 주었을 뿐 우리들에게 손을 내밀어 쓰다듬어 주는 일은, 내 기억으로는 한 번도 없었다.

향긋한 화장품 냄새가 솔솔 풍기는 선생님의 손바닥이 내 정수리에 닿자 머리칼이 빳빳하게 일어섰고 목덜미에서 등허리까지 찌르르 전류가 흘렀다. 선생님은 손가락을 내 머리칼 사이로 밀어 넣어 한 번도 햇빛을 본 적이 없는 두피까지, 그리고 이마며 볼이며 턱이며 뒷덜미며 가릴 것 없이 엄마가 나를 씻길 때 말고는 아무도 손댄 적 없는, 그 이전까지는 내 몸에 존재한다는 것도 의식하지 못했던 피부들을 쓰다듬었다. 선생님의 손이 닿은 내 몸의 조직들은 그대로 즉사해 버렸다. 얼마 되지 않는 내 판단력도 따라 죽었다.

"선생님은, 동구처럼 착한 아이는 처음 보았어."

그 순간 내 마음속에 폭풍처럼, 용암처럼 많은 생각들이 한꺼번에 솟구쳤다. 그러나 그 생각들은 머릿속에서 전혀 정리가 되지 않았고 나 자신조차 그 의미를 잘 알 수 없었다. 나는 그냥 심장이 뒤집어져 피가 거꾸로 흐르는 것 같은 격한 감정 속에서 복에 겨운 볼을 선생님께 맡긴 채 꼼짝 않고 있었다. 선생님은 나에게 갑자기 장난꾸러기 같은 웃음을 지어 보였다.

"동구야, 선생님 비밀이 하나 있는데, 다른 사람들한테는 말하면 안 돼."

그 비밀을 듣기 위해서라면 못할 일이 없었을 것이다. 마음속은 짜릿한 열망으로 불탔지만 내 몸뚱이는 장작개비처럼 더욱 뻣뻣하게 굳어 버렸다. 선생님은 복도에 돌아다니는 사람 하나 없는 조용한 교실에서 굳이 내 귀를 잡아당겨 귓속말을 했다. 선생님의 입술이 귓바퀴에 닿았다. 갑자기 오줌이 마려웠다.

"선생님은 우리 반 친구들 중에 동구가 제일 좋아. 아니, 우리 학교에서 제일 좋아."

얼굴이 홧홧하게 달아오르는 것이, 틀림없이 선생님이 잡고 있는 귀와 목덜미까지 새빨갛게 되었을 것 같았다. 내가 선생님을 위해 목숨 말고 무엇을 더 바칠 수 있을지 고민하고 있는 동안 선생님은 내 마음을 알아차리기라도 한 듯 이렇게 말했다.

"선생님이 동구한테 뭐 하나 부탁하고 싶은데 들어줄래?"

나는 눈이나 심장 그런 것들을 생각하면 뭐든지 달라는 대로 드리겠다는 마음을 가득 담아 선생님을 바라보았다. 나는 이 순간, 선생님의 손 안에서 선생님이 원하는 바로 그대로 순식간에 모양을 바꿀 수 있는 한 덩이 찰흙이 되기만을 열망했다.

"학교 끝나고, 선생님이랑 둘이서 한 시간씩만 더 공부하자."

착한 박 선생님은, 엄마가 집에서 만든 카스텔라처럼 특별한 선물을 가져오지 못했어도 엄마의 부탁을 들어줄 생각이신 모양이었다. 그까짓 공부를 한 시간 더하는 것은 아무것도 아니었으나, 선생님이 나에게 공부를 하고자 함은 나의 머리에 무슨 수를 써서라도 글씨를 집어넣어 주겠다는 뜻이 틀림없다는 게 문제였다. 코앞에서 선생님의 하얀 손이 무르익은 과일 향기를 풍기며 오가고, 선생님이 어질어질한 눈웃음을 보내며 내 앞에 마주 앉아 있는데 내가 공부에서 성과를 보일 수 있을까? 언제나 진심은 간절하되 능력이 따르지 못하는 것이 문제였다.

선생님은 나의 심란함을 금방 알아차린 모양이었다. 이번엔 아예 양 손바닥으로 내 두 볼을 감싸 쥐고 선생님의 코와 내 코가 맞닿을 지경으로 얼굴을 가까이 해, 선생님의 춤추는 나비 같은 속눈썹과 마냥 들뜬 것 같은 눈웃음을 아주 가까이에서 볼 수 있게 했다. 선생님은 전혀 걱정하거나 부담 가질 것 없고 그냥 세상 사는 이야기나 하고 가끔 같이 떡볶이를 먹으러 가자고 말했다. 그러다 보면 글씨 공부쯤은 저절로 될 것이라고 했다. 나는 그만 어지럼증이 나면서 선생님과 단둘이 하는 공부에 대한 두려움을 잊고 말았다. 마침내 내가 얼빠진 미소를 짓자 선생님은 아주 만족해서 그럼 오늘 이야기는 여기까지 하고 어머니께 선생님과 공부하기로 한 것을 말씀드리라고 했다. 나는 학교에서 집까지 오는 내내 숨을 깊이 들이쉬어 선생님의 손에서 내 몸으로 묻어 온 향긋한 과일 향기를 소중히 감상했다.

그 다음 날부터 바로 공부가 시작되었다. 수업이 끝나면 나는 매우 울적한 표정으로 국어 교과서를 펴 놓고 가만히 자리에 앉아 있었다. 아이들은 우르르 몰려 나가면서 나를 흘끔흘끔 쳐다보았고, 선생님은 조금 엄한 표정으로 청소 당번들을 지도했다.

국어 교과서에 코를 묻고 있는 나를 곁눈질하면서 당번들이 청소를 마치고 교실을 떠나면 선생님 얼굴에는 그제서야 다정한 미소가 번지면서, 나와 이야기하고 싶어 하루 종일 수업이 끝나기만 기다렸다는 듯이 즐거운 목소리로 자, 오늘의 공부를 시작해 볼까? 하고 말문을 열었다. 공부라고 해 봐야 박 선생님의 가족들 이야기, 친구들 이야기, 어린 시절 이야기 등등을 들려주는 것뿐이었다.

선생님은 타고난 이야기꾼이었다. 다른 사람들 이야기를 할 적에는 몸짓과 목소리까지 똑같이 흉내 내었다. 이야기가 끝날 무렵이면 나는 너무 웃어서 볼이 사과처럼 상기되고, 숨이 헉헉 차기도 했다. 특히 광주에 사는 선생님 할머님이 수시로 시외전화를 걸어 집에 일찍 들어오라고 야단을 친다는 이야기를 들을 때에는 선생님이 흉내 내는 할머니의 그 꼬장꼬장한 목소리에 웃음을 참을 수 없었고, 선생님처럼 완벽하고 나무랄 데 없는 분께 끝도 없이 잔소리를 퍼붓는다는 그 걱정 많은 할머니에 대해 경이로운 마음을 품었다.

때로 선생님은 목소리가 흐르는 강물처럼 잔잔해지고 꿈꾸는 소녀처럼 창밖의 아득히 먼 하늘을 바라보는 일도 있었다. 선생님은 초등학교 4학년 때 어머니가 돌아가셨고 그 이후로는 대학교에 들어가기 전까지 광주에서 할머니와 함께 살았다고 했다. 한때는 할머니 때문에 어머니가 돌아가셨다고 할머니를 원망하기도 했지만 이제 할머니는 선생님에게 가장 소중한 분이며 할머니도 선생님을 끔찍이 사랑하신다고 했다.

나는 선생님이 어린 시절에 그런 아픔을 겪었다는 사실에 놀랐고, 다른 집에서도 할머니와 어머니 사이에 심각한 갈등이 있다는 말에 적이 안도했으며, 선생님이 그런 지극히 개인적인 이야기를 나에게 스스럼없이 털어놓으시는 것에 가장 감동했다. 그런 이야기를 한다는 것은 선생님이 나를 무척 가깝게 여기고 있으며 내가 선생님께 들은 이야기를 친구들에게 나불거리고 다니지 않을 것이라고 믿고 계신다는 뜻이었다. 나는 선생님의 개인적인 삶에 대해 알게 됨으로써 다른 친구들과는 차원이 다른 귀족이나 권력자가 된 것 같은 우쭐함을 맛보았다. 이건 반장이 선생님의 심부름을 도맡아 하면서 굉장한 특권이나 누리는 것처럼 으스대는 것과는 비교조차 할 수 없는 일이 분명했다. 나는 어느 날부터인가 선생님 앞에서는 말을 더듬지 않게 되었고, 조금씩 선생님 흉내를 내어, 무엇에 대해 이야기할 때 부족한 어휘를 몸짓으로 보충하는 습관을 들이게 되었다.

선생님은 함께 공부한 지 사나흘이 되도록 글씨나 숫자를 가까이 할 생각도 안 하다가, 어느 날 지난번처럼 내 귓불을 붙들고 조그만 소리로 어머니가 무얼 공부했냐고 물으시거든 서로 이야기하는 법을 공부했다고 말하라고 했다. 그렇게 한참 공부를 하고, 운동장에서 공을 차고 놀던 친구들이 거의 가고 나면, 우리는 손을 잡고 교문 앞으로 나가서 떡볶이나 쥐포를 사 먹었다. 마지막 떡 조각을 입에 넣고 헤어져야 할 순간이 다가오면,

나는 정말 가슴이 먹먹한 아쉬움에 고개를 숙이곤 했는데 선생님은 그럴 때마다 내 볼을 아낌없이 쓰다듬으며 내일 아침이면 어김없이 볼 수 있고, 수업이 끝나면 또 재미있게 이야기할 수 있다고 말했다. 헤어질 때 선생님과 나는 몇 번이나 뒤를 돌아보며 손을 흔들었다. 그리고, 선생님이 마침내 완전히 뒤돌아서 탄력 있는 걸음걸이로 멀어져 갈 때면 나는 학교 옆에 있는 목욕탕 입간판 뒤에 숨어 선생님의 뒷모습이 가뭇없이 사라질 때까지 쳐다보곤 했다.

《나의 아름다운 정원》(한겨레신문사, 2002)

심윤경

서울대 분자생물학과를 졸업하고 같은 대학 대학원에서 석사과정을 마쳤습니다. 대학을 졸업한 후 얼마간의 직장 생활을 거쳤으며 1998년부터 소설을 쓰기 시작했습니다. 〈나의 아름다운 정원〉으로 한겨레문학상을 수상하며 작품 활동을 시작했습니다. 장편소설 〈달의 제단〉, 〈이현의 연애〉가 있습니다. 세상에 처음 내놓는 장편《나의 아름다운 정원》은 인왕산 아래 산동네에서 자랐던 어린 시절의 경험이 고스란히 녹아 있는 자전적 소설이기도 합니다. 앞으로도 새로운 분위기의, 뚜렷한 주제를 가진 소설을 쓰고 싶다는 소망을 갖고 있습니다.

:: 생각해 보기

1 가족들은 동구와 영주를 다르게 대합니다. 동구처럼 가족들에게 이해받지 못했던 경험이 있다면 글로 써 보세요.

2 선생님이 동구의 마음속 보석을 발견했듯 우리는 누구나 반짝 빛나는 것을 갖고 있습니다. 내가 나를 칭찬한다면 내 어떤 모습일지, 내게 보석 같은 면이 있다면 무엇인지 이야기해 보세요.

3 지금까지 만난 선생님 중에서 고마웠던 분이나 내게 상처를 주었던 분을 생각하며 구체적인 경험을 적어 보세요.

:: 더 읽어 보기

우리는 가정이라는 가장 가까운 곳에서 천국과 지옥을 경험합니다. 가족이 모여 있는 공간인 가정은 '즐거운 나의 집'이기도 하지만, 열등감과 불행의 공간이 되기도 합니다. 〈난독의 시대〉는 가족의 몰이해로 자존감을 잃은 동구가 담임 선생님을 만나 자기를 들여다보게 되는 이야기입니다. 동생에 가려 빛을 보지 못하던 동구가 자신의 마음을 알아주는 선생님 앞에서 속상했던 마음을 얘기할 때, 어두운 무대 뒤편에서 쪼그리고 있던 동구가 무대의 전면에 불려 나올 때, 그래서 생각 깊고 마음 넓은 동구로 인정을 받을 때 뭉클한 감동이 이는 소설입니다.

이 소설은 장편소설《나의 아름다운 정원》에서 가려 뽑은 것이기 때문에 장편소설 전체를 찾아 꼭 읽어 보기 바랍니다. 동구에게 욕과 지청구를 해 대는 그악스런 할머니, 어머니와 아내 사이에서 한숨만 쉬는 무기력한 아버지, 할머니와 어머니의 밀고 당기는 역학 구도 안에서 빚어지는 갈등이 실감나게 담겨 있습니다. 1970년대 학교를 다닌 작가의 경험을 바탕으로 쓴 성장소설인데, 인물의 생생함으로 인해 오늘 우리가 읽어도 재미와 감동은 여전합니다.

박영은 선생님같이 밝은 눈을 가진 선생님이 나오는 소설을 몇 권 권합니다. 꾸준하게 교육소설을 펴내는 하이타니 겐지로의 《나는 선생님이 좋아요》(양철북)에는 파리 박사 데쓰조에게 다가가는 고다니 선생님의 모습이 감동적입니다. 이 소설을 읽고 막연하게 전체에게 잘해 주는 것보다 구체적으로 마음이 쓰이고 문제를 갖고 있는 몇몇의 아이들에게 에너지를 집중하는 것이 도움이 된다고 생각했는데, 이는 고다니 선생님뿐만 아니라 〈난독의 시대〉의 박 선생님과도 통하는 생각입니다.

《추억의 학교》(조반니 모스카, 우리교육)는 초등학교 때 《사랑의 학교》와 같은 동화를 재미있게 읽은 아이들에게 먼저 권하는 책입니다. 작가가 실제로 5년 동안 교사 생활의 경험을 바탕으로 쓴 소설입니다. 동화를 뛰어넘어 문학적 향기가 뛰어난 소설을 읽고자 하는 학생에게는 《내 생애의 아이들》(가브리엘 루아, 현대문학)을 권합니다. 풋내기 선생님의 정성과 착한 아이들이 겪어야 하는 힘겨움, 첫사랑의 떨림 등이 잘 살아 있는 소설입니다. 처음에 실린 〈빈센토〉에는 세상에 대한 두려움을 안고 학교에 온 이민 2세 빈센토를 다독거려 주는 선생님이 계시고, 그 선생님이라는 존재에게 온통 기대는 아이들이 있습니다. 동구가 박영은 선생님을 마음에 품고 성장하듯이, 속 깊은 선생님들은 아이들에게 감동을 줄 수 있는 자리입니다. 앞에서 소개한 책들은 선생님들과 함께 읽어 보세요.

국어시간에 소설읽기 3

1판 1쇄 발행일 2007년 1월 26일
개정판 1쇄 발행일 2012년 4월 9일
2판 1쇄 발행일 2020년 3월 9일
2판 6쇄 발행일 2023년 10월 23일

엮은이 전국국어교사모임

발행인 김학원
발행처 (주)휴머니스트출판그룹
출판등록 제313-2007-000007호(2007년 1월 5일)
주소 (03991) 서울시 마포구 동교로23길 76(연남동)
전화 02-335-4422 **팩스** 02-334-3427
저자·독자 서비스 humanist@humanistbooks.com
홈페이지 www.humanistbooks.com
유튜브 youtube.com/user/humanistma **포스트** post.naver.com/hmcv
페이스북 facebook.com/hmcv2001 **인스타그램** @humanist_insta

편집책임 문성환 **편집** 윤무재 **디자인** 김태형 김수연 **일러스트** 하수정
용지 화인페이퍼 **인쇄** 청아디앤피 **제본** 민성사

ISBN 979-11-6080-339-6 44810
979-11-6080-336-5 (세트)